DARK CHRISTMAS

JAMES PATTERSON

ALEX CROSS

DARK CHRISTMAS

THRILLER

Aus dem Amerikanischen von
Wolfgang Seidel

Weltbild

Die amerikanische Originalausgabe erschien 2012 unter dem Titel
Merry Christmas, Alex Cross
bei Little, Brown and Company, Hachette Book Group, New York.

Besuchen Sie uns im Internet:
www.weltbild.de

Genehmigte Lizenzausgabe für Verlagsgruppe Weltbild GmbH,
Steinerne Furt, 86167 Augsburg

Übersetzung: Wolfgang Seidel
Umschlaggestaltung: Johannes Frick, Neusäß
Umschlagmotiv: www.shutterstock.com (© welcomia, © Benoit Daoust)
Gesamtherstellung: GGP Media GmbH, Pößneck
Printed in the EU
ISBN 978-3-95569-025-0

2016 2015 2014 2013
Die letzte Jahreszahl gibt die aktuelle Lizenzausgabe an.

Für Bob und Mary Simses

Prolog

Der Teufel an Heiligabend

1

Das kleine Seitenportal von St. Anthony war nicht verschlossen. Genau wie abgemacht. John Sampson und ich schlichen durch die schummrige Sakristei. In diesem Raum legen die Priester ihre Messgewänder an, und hier werden der Messwein, die Gesangbücher und die liturgischen Gewänder und Geräte verwahrt.

»Mein Lieber, ich will doch schwer hoffen, dass wir in der Kirche keinen Typen umlegen müssen«, flüsterte Sampson. »Deine Großmutter Nana würde mir deswegen mindestens mit Fegefeuer drohen.«

»Insbesondere dann, wenn es ausgerechnet heute Abend passiert.«

»Das ist nicht witzig, Alex.«

»Wer lacht denn hier, John? Wenn du an Heiligabend in einer Kirche jemanden umlegst und ich dich nicht davon abhalte, dann wird Nana Mama mich im Höllen- oder Fegefeuer direkt neben dich platzieren.«

Mittlerweile durchquerten wir einen kurzen, schmalen Flur, den direkten Zugang zur Apsis und damit zum Altarraum. Am Ende des Gangs blieben wir stehen. Das einzige Licht in der Kirche kam von einigen flackernden Votivkerzen, ein paar elektrischen Leuchten hoch oben im Gewölbe und einer Kerze, die an Ketten von der Decke nahe beim Altar hing.

Alles in allem hielten sich vielleicht drei oder vier Leute in der Kirche auf. Eine ältere Frau, die ihren Rosenkranz betete, dessen Perlen aneinanderklickten, ein Obdachloser, der in der vordersten Bank eingenickt war, und ein alter

Mann, der in einem Gebetbuch las und ab und zu vor sich hin fluchte. Ich sah mir jeden genau an.

Dann trat eine junge Frau aus dem Beichtstuhl an der nahe gelegenen Seitenwand und hielt sich schluchzend einen langen gestreiften Schal vor die Nase. Sie trug einen Pelzmantel, der für hiesige Verhältnisse viel zu schick und zu teuer war. Der Priester eilte hinter ihr her. Pater Harris legte ihr die Hand auf die Schulter, geleitete sie zu den Kirchenbänken und kniete sich neben sie.

Pater Harris war ein ausgesprochen sympathischer Mann und ein hervorragender Priester. Er gehörte zu den Menschen, denen man immer gern einen Gefallen tut.

Ich betrachtete den schütteren Wandschmuck im Kirchenschiff. Seit meinem zehnten Lebensjahr ging ich in St. Anthony in die Kirche, aber ich konnte mich nicht erinnern, den Kirchenraum an Weihnachten jemals so kahl gesehen zu haben. Es wirkte regelrecht deprimierend.

Ich wartete, bis alle Anwesenden die Köpfe nach unten gebeugt hatten, ging rasch an den Altarstufen entlang und kniete neben der Treppe zu der mit Schnitzereien verzierten Kanzel nieder. Sampson, ein Mann so groß und stark wie ein Bär, verharrte nahe der Sakristei und kniete sich zwischen rot leuchtende Weihnachtssterne, die in Töpfen die Altarstufen hoch aufgereiht standen, dem Lesepult und den Sesseln für den Priester und die Messdiener hin.

Kurz darauf verabschiedete sich die junge Frau mit einem Nicken und verließ die Kirche. Pater Harris blieb noch einen Moment, schielte zu uns herüber und verschwand dann ebenfalls durch einen Seiteneingang.

In St. Anthony war es nun vollkommen still bis auf ein schwaches Pfeifen aus den Orgelregistern. Mit dem Rücken zu dem Kruzifix an der Rückwand des Altarraums zu knien kam mir nicht nur merkwürdig vor, sondern grundfalsch. Wenn ich es recht bedenke, bin ich wohl in den vergangenen fünfunddreißig Jahren einem Altar nicht mehr so nahe gewesen. Bestimmt nicht mehr, seit ich zu meiner Firmung an genau diesen Altar getreten bin; damals war ich zwölf.

Wir verharrten vorerst an Ort und Stelle und warteten ab, was passieren würde. Allerdings wussten wir, dass nur noch eine Stunde Zeit blieb. Um sechs Uhr würden die Priester und Mönche aus dem angeschlossenen kleinen Kloster hereinkommen, um die Kirche für die Mitternachtsmesse vorzubereiten.

Spätestens um sechs Uhr wäre diese kleine Überwachungsaktion also beendet. Anschließend konnte ich nach Hause gehen, um den Heiligabend und den anschließenden wohlverdienten Feiertag zusammen mit meiner Familie zu verbringen.

Man hat mich schon oft genug einen Zyniker genannt. Wenn man in meiner Branche arbeitet, bleibt einem nicht viel, wofür man sich voller Idealismus und positiver Zuversicht begeistern könnte. Mehrere Minuten verstrichen, immer deutlicher nahm ich den Weihrauchgeruch und den Tannennadelduft in der Kirche wahr und beobachtete die flackernden Kerzen vor der Krippe. Ich erinnerte mich an die Weihnachtsabende von früher. Es wirkte alles genauso wie damals; das Gefühl von unverbrüchlicher Beständigkeit hatte etwas Beruhigendes.

Ich spürte sogar, wie ich mich körperlich entspannte und dass ich anfing, mich auf wesentliche Dinge wie Demut und Dankbarkeit zu konzentrieren; Nana Mama hatte immer gesagt, sie wären der Schlüssel zu einem langen und erfüllten Leben. Da ich vor meiner Großmutter, die immerhin über neunzig war, mit ihrer robusten und vitalen Art sehr viel Respekt hatte, hörte ich genau hin, wenn sie von solchen Dingen sprach. Wie ich nun seitlich neben der Kanzel kniete, verdrängte ich all das Schreckliche, was ich im Laufe des gerade zu Ende gehenden Jahres hatte mit ansehen müssen, und dankte meinem Herrn und Erlöser für all die Segnungen, die er mir zuteilwerden ließ. Meine Frau. Meine Großmutter. Meine Kinder. Mein Beruf. Mein Leben.

Während ich über all dies nachdachte, kam ich mir schon etwas weniger abgefeimt vor, dankbar, wie gut es das Schicksal mit mir meinte. Ich habe ein gutes Leben. Sicherlich nicht perfekt, aber doch sehr gut. Und das können heutzutage nicht viele Menschen von sich behaupten und insbesondere nicht in dieser Zeit des Jahres.

Vielleicht hatte Nana Mama ganz recht. Ich sollte wirklich öfter in die Kirche gehen.

Sampson kniete unverdrossen inmitten all der Blumentöpfe mit Weihnachtssternen. Durch die Dunkelheit flüsterte er mir zu: »Ist das gemeint, wenn man davon spricht, dass sich Polizisten im Dschungel der Großstadt behaupten müssen?«

Ich schüttelte nur den Kopf. Es gibt nichts Besseres als einen schlechten Kalauer, wenn man sich bei so einer Observation in einer Kirche die Zeit vertreiben muss. Ich hörte ein klackerndes Geräusch und spähte um die Kanzel herum. Die alte Dame hatte ihren Rosenkranz fallen lassen. Sie langte über die Rücklehne der Kirchenbank vor ihr und klaubte ihn von der Sitzfläche wieder auf. Dann sah ich, wie jemand den Beichtstuhl verließ, der gleich neben demjenigen stand, aus dem die junge Frau im Pelzmantel getreten war.

Es handelte sich um einen jungen Mann, und er war sehr groß. Als wäre er tief ins Gebet versunken, schlich er in tief gebeugter Haltung den Mittelgang hinauf Richtung Hauptportal.

Das musste er sein.

Ich gab Samson ein Zeichen, und wir setzten uns in Bewegung, überwanden die Chorschranken und nahmen jeder einen Weg durch eines der beiden Seitenschiffe. Beide hielten wir die rechte Hand in der Manteltasche, die Finger am Abzug des Revolvers.

Die Zielperson trat durch das Portal in die Vorhalle und blieb beim Weihwasserbecken stehen. Er tauchte die linke Hand hinein und beließ sie dort. Die linke Hand in das Weihwasserbecken zu tauchen ist eigentlich ein Unding; das macht man nicht. Immer nur mit der rechten. Und man lässt die Finger auch nicht sekundenlang im Becken.

Nun sah ich das, was ich schon so halbwegs erwartet hatte. Während die Finger der linken Hand immer noch in das Weihwasserbecken getaucht waren, schüttelte er seinen rechten Arm, und aus seinem Jackenärmel glitt eine Brechstange in seine Hand.

Es war vorauszusehen, dass er sich noch einmal umblicken würde, bevor er die Sammelbüchsen für die Gemeinde und für die Wohltätigkeitsorganisation der Franziskaner aufbrechen würde. Daher ging ich hinter einer Säule in Deckung.

In dem Augenblick, als ich das Knirschen von Metall auf Metall hörte, schnippte ich mit den Fingern, zog meinen Revolver hervor und bewegte mich aus meiner Deckung. So ertappten wir vermutlich den gleichen Mann auf frischer Tat, der genau wie im Vorjahr erneut aufgetaucht war, um die Ärmsten der Armen frommer Spenden zu berauben. In der Kirche. An Heiligabend.

2

Pater Harris drehte in der Sakristei einen Schalter um, und sämtliche Lichter in St. Anthony gingen an. Der Mann stürmte davon, wobei er das Brecheisen wie einen Staffelstab bei einem Wettrennen mit der Hand umklammerte. Er zwängte sich durch das Kirchenportal und sprang die Stufen herab. Gerade fielen die ersten Schneeflocken des Jahres.

Sampson und ich waren ihm dicht auf den Fersen; noch bevor der Missetäter um die Ecke biegen konnte, hatten wir ihn praktisch eingeholt. Ich war als Erster an ihm dran und schlug ihm meine Faust wie einen Hammer zwischen die Schultern. Er taumelte und ging zu Boden. Sampson drückte ihm das Knie in den Rücken und legte ihm Handschellen an. Das alles hatte weniger als eine Minute gedauert.

Ich rollte ihn auf den Rücken, sah zu meinem Partner und meinte: »John, sag Fröhliche Weihnachten zu unserem alten Freund Latrell Lewis.«

»Sieh an, Lewis! Verfluchter Himmel!«, rief Sampson, doch als ihm einfiel, wie nahe wir immer noch an der Kirche waren, murmelte er: »Ach, tut mir leid.«

Latrell Lewis und mich verband eine ziemlich unheilige Geschichte. Es hatte vor fünf Jahren begonnen; da war er ein Kurier für eine der zweitrangigen Straßengangs von Columbia Heights. Sein Straßenname lautete Lit-Lat. Dieser armselige Vogel war so eingebildet, dass er meinte, was auf eigene Faust machen zu können, und dann wiederum so dumm, dass Sampson und ich ihn schon in der ersten Woche seines Alleingangs erwischten. Nachdem wir ihn ein zweites Mal geschnappt hatten, wurde Latrell zu einem Aufenthalt in sehr ländlicher Umgebung geschickt: in die Jessup-Besserungsanstalt des Bundesstaates Maryland, wo er achtzehn Monate verbringen durfte.

»Ich dachte, du bist noch eingesperrt, Lit-Lat«, sagte ich zu ihm.

»Vielleicht hast du noch nicht richtig zählen gelernt, Cross«, erwiderte er, »oder du solltest dir einen Kalender zulegen.«

Wir richteten Lewis wieder auf, sodass er stehen konnte. Er war ziemlich hibbelig, nicht nur wegen seines missglückten Bruchs, sondern auch, weil er Kokain oder Heroin genommen hatte, das er sich von dem Spendengeld der Kirchgänger besorgte. Aber das war mir jetzt egal. Ich bin zwar Psychologe, aber mir war nicht danach, eine Diagnose zu stellen und dem Mann eine kostenlose Beratung zukommen zu lassen.

»Na, komm schon, Bruder«, begann Lewis und spielte damit auf unser beider dunkle Hautfarbe an. »Heute ist Heiligabend. Da könntest du dich gegenüber einem Bruder mal ein bisschen barmherzig erweisen.«

»Das auf jeden Fall«, erwiderte ich. »Wir werden dir gegenüber genauso barmherzig sein wie du gegenüber der Kirche und den Menschen, die dieses Geld dringend für Essen und Obdach benötigen.«

Dann schoben wir ihn zu unserem Zivilstreifenwagen. Der Wind frischte auf. Die Temperatur sank schlagartig. Man konnte schon ahnen, dass für die Heilige Nacht ein richtiger Wintersturm bevorstand.

»Hör mal, Mann«, lamentierte Latrell. »Ihr müsst mich jetzt nicht in ein Scheiß-Polizeiauto stecken. Gerade an den Feiertagen, Mann, das wäre echt traurig. Ich brauchte das Geld, damit ich meinem Jungen was zu Weihnachten schenken kann. Ich gehöre selbst zu den Bedürftigen, Mann.«

Ich sah hinauf zu dem weißen Himmel. Dann blickte ich wieder diesen schäbigen Junkie an und sagte: »Du hast doch gar kein Kind. Und wenn du dein Geld nicht für Drogen rausschmeißen würdest, dann hättest du vielleicht auch was übrig. Aber weil Weihnachten ist, möchte ich nicht, dass du traurig bist, Latrell.«

Er sah mich an, und sein ganzer Gesichtsausdruck war so voller Hoffnung. »Aha!«

»Aber sicher! Weißt du was, auf dem ganzen Weg zum Polizeirevier werden wir zusammen Weihnachtslieder singen, und du darfst dir das erste aussuchen.«

»Und damit du gleich Bescheid weißt: Am besten passt für dich ›Stille Nacht‹«, sagte Sampson, drückte ihn auf den Rücksitz und schlug die Wagentür zu.

Erstes Buch

Fröhliche Weihnachten, Alex

1

Man sagt, es sei ein gutes Omen, wenn es an Weihnachten schneit. Normalerweise gebe ich nicht viel auf derlei Volksweisheiten, doch wenn es stimmt, dann konnte man sich auf eines der besten und vielversprechendsten Weihnachtsfeste seit Langem freuen. Ein Sturmtief zog von den Carolinas her die Küste entlang in Richtung Nordosten, während sich gleichzeitig eine Kaltfront vom kanadischen Ontario her nach Süden vorschob – die besten Voraussetzungen für einen Monstersturm, wenn sich die beiden an der Ostküste vereinigten.

Sampson und ich lieferten Lewis auf dem Polizeirevier ab. Da bis übermorgen keine Vorführungen vor dem Haftrichter vorgesehen waren, sah es ganz danach aus, als würde unser Alle-Jahre-wieder-Opferstockräuber die Feiertage in einer Arrestzelle verbringen und dort auf den Weihnachtsmann warten.

Bis wir alle Formulare und Protokolle ausgefüllt hatten und endlich gehen konnten, war es acht Uhr abends.

»Fröhliche Weihnachten, Alex«, verabschiedete sich Sampson draußen.

»Wünsche ich dir auch, John. Was hältst du davon, wenn du morgen auf einen kleinen Weihnachtsumtrunk bei uns vorbeischaust?«

»Ich klär's mal mit Billie ab. Sie organisiert schließlich unser gesamtes Privatleben«, erwiderte Sampson.

Für den Weg nach Hause nahm ich ein Taxi. Als der Wagen durch die Vororte im District of Columbia fuhr, hatte ich Zeit, die Weihnachtsdekorationen an den Fenstern und in den Vorgärten der Häuser ausgiebig zu betrachten. Bis jetzt hatte sich die Geschwindigkeit, mit der der Schnee herabrieselte, nicht wesentlich verändert, im Gegensatz zu der Größe der Schneeflocken. Sie erreichten mittlerweile fast den Durchmesser von kleinen Münzen; es waren richtig dicke Flocken, und dadurch glich die ganze Gegend mittlerweile den Winterlandschaften, wie man sie aus den Schneekugeln kennt, die die Touristen am Bahnhof oder am Flughafen kaufen.

Als ich unser Haus in Southeast, Fifth Street, erreichte, war es halb neun. Der köstliche Duft von Pecan Pie zog durch sämtliche Stockwerke. Bei der Vorstellung an ein Stück von dem süßen Nusskuchen lief mir das Wasser im Mund zusammen. Bree und die Kinder waren noch damit beschäftigt, den Baum für den kommenden Tag zu schmücken. Er stand wie immer im Wohnzimmer vor dem Erkerfenster, das zur Straße hinausging. Und selbstverständlich kümmerte sich die Oberzeremonienmeisterin aller unserer Feiertage, Großmutter Nana Mama, um jedes kleine Detail.

»Häng nicht zwei grüne Kugeln zu nahe beieinander auf, Damon. Du könntest dir etwas mehr Mühe geben und ein bisschen Geschmack unter Beweis stellen«, kommentierte sie in oberlehrerhaftem Ton; schließlich war sie ja mal stellvertretende Schulrektorin.

Bree befestigte gerade eine ziemlich verblichene Bleistiftzeichnung der Weisen aus dem Morgenland an einem der Zweige. Der Familienlegende zufolge hatte ich das Bild gemalt, als ich noch in den Kindergarten ging, und Nana Mama zog es an Weihnachten unweigerlich immer wieder hervor.

»Sieh mal einer an, wer kommt denn da von draußen rein? Und noch dazu mitten aus einem Schneesturm?«, sagte Bree und begrüßte mich mit einem Kuss auf die Lippen. »Guten Abend, mein Schatz.«

Nana schaute absichtlich nicht in meine Richtung. Sie bemerkte nur beiläufig: »Alex, dürfen wir uns somit ein klein wenig Hoffnung machen, dass du an den Feiertagen tatsächlich ein paar Minuten für deine Familie opferst? Oder erwarten wir zu viel?«

Ich hätte so klug sein sollen, Nanas spitze Bemerkung zu überhören und ihr einfach einen Kuss zu geben, aber irgendwie lernte ich es nie. Sie verstand es allerdings auch wie sonst niemand, mich zu provozieren.

»Vielen Dank für die Blumen! Und noch dazu mit so einer schönen weihnachtlichen Schleife versehen«, sagte ich und begrüßte meine Tochter Jannie mit einer Umarmung sowie meinen Sohn Damon, der für die Weihnachtsfeiertage von seiner Prep School nach Hause gekommen war. Und schließlich noch Ava, ein Pflegekind von Nana, das sie erst kürzlich zu uns ins Haus gebracht hatte.

»Ich habe den Eindruck, dass du so langsam Vernunft annimmst, du Narr«, fuhr Nana fort.

»Also bitte, Nana. Als mich Pater Harris heute Morgen anrief, sagte er mir, du selbst hättest vorgeschlagen, dass ich dabei helfen soll, den Opferstockräuber zu fangen«, sagte ich. »Und nichts anderes habe ich getan.«

»Pater Harris hat das gesagt?«, wollte Nana wissen.

»Das hat er. Er entschuldigte sich, dass er mich nur ungern an Heiligabend belästigt, aber du hast ihm angeblich gesagt, das würde mir überhaupt nichts ausmachen. Dein Enkel würde das Geheimnis um diesen Räuber, der jedes Jahr an Heiligabend auftaucht, sicherlich im Handumdrehen lüften.«

»Na so was«, sagte sie und schüttelte den Kopf. »Man sollte nicht glauben, was für Geschichten sich so ein Priester ausdenkt. Und ausgerechnet Pater Harris. Aber so ist es halt, man steckt in den Menschen nie drin.« Sie griff in eine der Schachteln mit der Christbaumdekoration und wandte sich Ava zu. »Nimm das, meine Süße. Binde das Porzellanfigürchen vom Jesuskind am besten an einem der unteren Zweige fest. Sollte der Baum kippen, dann fällt es nicht so tief und zerbricht nicht so leicht.«

»Willst du damit behaupten, Pater Harris hätte mich an einem Heiligabend dreist angelogen, Nana?«

Sie zog die Stirn kraus und blinzelte zu mir hinüber. »Ich habe nur davon gesprochen, in welchem beklagenswerten Zustand sich diese Welt befindet, wenn ein Familienvater den Heiligabend nicht komplett bei den Seinen verbringen kann. Selbst so ein bedeutender und unabkömmlicher Kriminalbeamter sollte doch wenigstens am Abend vor dem Geburtstag Jesu bei seinen Angehörigen sein.«

Alle kicherten vor sich hin, als Nana mir ihre Lektion erteilte. Ich musste selbst ein Grinsen unterdrücken, und Nana ging es genauso.

»Ich find's blöd, dass Ali nicht hier ist«, meinte Jannie; sie sprach von meinem sechs Jahre alten Sohn.

»Da hast du recht«, erwiderte ich. »Aber seine Mutter feiert schließlich auch Weihnachten.«

»Bin gleich wieder da«, sagte Bree und verließ das Zimmer. Ich musste zugeben, dass der Baum inzwischen prachtvoll aussah, besonders vor dem Hintergrund der verschneiten Erkerfenster. Dann trat Bree mit einem großen Krug selbst gemachtem Eierpunsch wieder ins Wohnzimmer; das gehört bei uns ebenfalls traditionell zum vorweihnachtlichen Abend. In dem Eierpunsch schwammen lauter große Flocken Schlagsahne, bestreut mit geriebenem Muskat. In jedem Glas steckten wahrscheinlich tausend Kalorien. Bree stellte den Krug neben einem Teller mit Plätzchen ab, von denen jedes einzelne bestimmt auch für ein paar tausend Kalorien gut war. Aber egal, schließlich war Weihnachten. Ich gönnte mir von beidem zwei Mal. Damon fand im Radio einen Sender, der ausschließlich Weihnachtslieder spielte, und so konnte es nicht ausbleiben, dass der gute alte Nat King Cole uns mit seiner butterweichen Stimme damit tröstete, dass all unsere Sorgen alsbald vergessen sein würden. Auch wenn Nana sich immer noch nicht beruhigen konnte, weil ich an Heiligabend quasi noch dienstlich unterwegs gewesen war, konnten wir uns nun immerhin auf einen gemütlichen und sicherlich ganz zauberhaften Vorweihnachtsabend freuen.

Als im Radio das eher diskomäßige »All I Want for Christmas Is You« von Mariah Carey drankam, fingen Jannie, Ava und Bree an zu tanzen. Damon erzählte mir eine unglaubliche, aber wahre Geschichte, die sie gerade in seiner Schule lasen. Es ging um eine Expedition in den Amazonas-Regenwald, an der der amerikanische Präsident Theodore Roosevelt nach dem Ende seiner Amtszeit gemeinsam mit seinem Sohn teilgenommen hatte. Dann klingelte mein Mobiltelefon.

Nicht einmal Mariah Careys leuchtende Stimme konnte verhindern, dass mit diesem Klingelton die fröhliche Stimmung im Wohnzimmer schlagartig erstarb.

Ich ließ den Kopf sinken, schaute niemandem in die Augen, ging in die Diele und drückte den Knopf. Der stellvertretende Polizeichef Allen Chivers war am Apparat. »Ich störe wohl bei der Familienfeier am Vorweihnachtsabend?«

»Allerdings.«

»Tut mir ehrlich leid, Alex, ich mache es nur äußerst ungern. Aber wir haben es hier gerade mit einer ganz üblen Sache zu tun bekommen. Eins von den Kalibern, mit denen eigentlich nur du wirklich zurechtkommst.«

Ich hörte mir eine geschlagene Minute lang an, worum es ging. Dabei lehnte ich meinen Kopf gegen die Wand und merkte schon, wie still es im ganzen Haus geworden war. »Okay«, sagte ich schließlich, »ich mach mich auf den Weg.«

Ich schaltete das Gerät aus und ging wieder hinein. Nana verdrehte die Augen. Die Kinder blickten zur Seite; in ihren Mienen konnte man lesen: »Jedes Jahr das gleiche Spiel.«

Bree schüttelte nur den Kopf und sagte: »Na, dann wären wir wieder so weit. Fröhliche Weihnachten, Alex Cross.«

2

Als ich durch die verlassenen Straßen von Washington fuhr, empfand ich den Schnee, der mir noch vor einer Stunde so weihnachtlich anheimelnd erschienen war, als kalt und abweisend. Es war einfach deprimierend, an so einem Abend Haus und Familie verlassen zu müssen, und ich konnte es gut verstehen, wenn sie deswegen aufgebracht waren und sich über mich ärgerten. Zum Teufel, ich war selbst aufgebracht und ärgerte mich über meinen Job.

Verdammt noch mal, dachte ich. An Heiligabend sollte es nur einen geben, der alle Hände voll zu tun hat. Und der trägt einen knallroten Anzug mit Bommelmütze. Verdammt – und der Weihnachtsmann soll mir ebenfalls den Buckel runterrutschen.

Als ich auf der Pennsylvania Avenue in den Washingtoner Stadtteil Georgetown hineinfuhr, fing es richtig an zu schneien. Vor mir bremste ein Bus unvermittelt auf einer gut einen Zentimeter hohen geschlossenen Decke aus Schneematsch. Auch ich geriet ins Rutschen und wäre um ein Haar hinten reingekracht. Die verflixten öffentlichen Angestellten der Straßenmeisterei feierten natürlich zu Hause bei ihren Familien. Die Schneepflüge können ja warten, oder?

Meine Scheibenwischer fingen an zu vereisen, als ich nach der Adresse in Northwest, Thirtiest Street Ausschau hielt. Dieser Teil der Stadt ist so ziemlich das genaue Gegenteil von der Gegend, in der ich lebe. Hier liegt das Land, wo Milch und Honig fließen, hier residieren Geld und Macht, und hier stehen die Villen, an denen man das alles unmittelbar ablesen kann.

Nummer 1314 war eine wunderschöne Stadtresidenz aus hellem Kalkstein, die leuchtete und funkelte wie der Weihnachtsbaum vor dem Weißen Haus. Aber man brauchte nicht lange, um zu erkennen, dass fast alle Lichter von Polizeiautos, Fotoblitzen, Flutlichtern und TV-Scheinwerfern stammten. Ich parkte meinen Wagen, öffnete die Tür, sah den Schneematsch auf dem Boden und fluchte. Nach dem Anruf war ich so überstürzt und so stinksauer von zu Hause weggefahren, dass ich nicht daran gedacht hatte, ein Paar Snowboots mitzunehmen. Bis ich mich zum Absperrband um den Tatort vorgekämpft hatte, waren meine Knöchel durchgefroren, Eisstückchen und nasser Schnee schmolzen mittlerweile in meinen Halbschuhen.

Ich wies meine Dienstmarke vor, und der Wachmann an der Absperrung ließ mich passieren. Ich duckte mich unter dem Absperrband hindurch und ging als Erstes auf zwei große Einsatzwagen zu, die auf dem Rasen vor einem stattlichen Wohnhaus im klassizistischen Stil mit Ziegelwänden und cremeweißen Fenster- und Türumrahmungen samt kleinem Säulenportikus abgestellt waren. Eine der Wagentüren öffnete sich, und ein Mann mittleren Alters kam mir entgegen. Er trug einen grünen Skiparka und eine rote Wollmütze. Als wir voreinander standen, streifte er einen Handschuh ab und streckte mir seine etwas aufgedunsene Hand entgegen.

»Sie sind bestimmt Alex Cross?«

Ich hatte immer geglaubt, dass ich praktisch alle Polizisten im District of Columbia kenne, aber dieser Mann mit seinem von Sommersprossen übersäten Gesicht und einigen welligen rötlichen Haarsträhnen, die unter seiner Skimütze hervortraten, war mir völlig neu.

»Der bin ich«, antwortete ich und schüttelte ihm die Hand.

»Ich bin Detective Tom McGoey. Seit sechs Tagen bei der hiesigen Polizei. Ich stamme eigentlich aus Staten Island, New York.«

»Dann erst mal fröhliche Feiertage, Detective. Und willkommen in Washington. Ich habe bis jetzt lediglich eine äußerst knappe Zusammenfassung von Polizeichef Chivers am Telefon zu hören bekommen. Wollen Sie mir jetzt mal die ganze Geschichte erzählen?«

»Ist echt 'n ziemlich grauenvolles Weihnachtsgeschenk für Sie. Und für mich auch.«

Ich seufzte. »Das kann man wohl sagen. So viel ist mir schon klar geworden. Wie sehen die hässlichen Details aus?«

3

Wir krochen in seinen Einsatzwagen. McGoey stellte das Gebläse der Wagenheizung auf höchste Stufe und breitete die ganze Geschichte vor mir aus. Ein ziemlich grauenvolles Szenario, wie sich rasch herausstellte.

Mit viel Potenzial, sich zu einer echten Tragödie auszuwachsen.

Die schöne Stadtresidenz gehörte einst einem gewissen Henry Fowler, einem Spitzenanwalt, der schwere Zeiten durchgemacht hatte. Mittlerweile war dessen Exfrau Diana Alleinbesitzerin des Hauses, wo sie zusammen mit ihrem neuen Ehemann Dr. Barry Nicholson und ihren drei Kindern lebte, den elfjährigen Zwillingen Jeremy und Chloe sowie dem sechsjährigen Trey.

»Henry Fowler hält sie alle da drin fest«, erklärte McGoey. »Er ist bis an die Zähne bewaffnet und angeblich bereit, heute Nacht zu sterben.«

»Hält das Leben nicht immer wieder die schönsten Überraschungen parat?«, sagte ich.

»Und es kommt noch besser«, fuhr der Detective fort. »Melissa Brandywine ist auch da drin.« Er deutete die Straße entlang zu einem vergleichbaren und ähnlich repräsentativen Haus. »Die Frau des Kongressabgeordneten Michael Brandywine aus Colorado ist eine Nachbarin.«

»Hat mir Chief Chivers vorhin schon am Telefon berichtet«, murmelte ich. Ich schloss die Augen und rieb mir über die Schläfen. »Wo ist er eigentlich? Ich meine, Brandywine?«

»Zusammen mit ihren beiden Kindern in Vail zum Skifahren. Sie warten darauf, dass sie nachkommt. Sie sollte heute Nachmittag abfliegen, machte aber den Fehler, ihrer Nachbarin und Freundin Diana vorher noch selbst gebackene Weihnachtsplätzchen vorbeibringen zu wollen.«

Es ist einfach kurios, in was für Situationen man durch eine harmlose, nett gemeinte nachbarschaftliche Geste in Washington geraten kann.

»Hat er eigentlich einen Grund angegeben, dieser Fowler?«

»Bisher hat er erst ein Mal mit uns geredet, aber das kam dabei nicht zur Sprache«, sagte McGoey. »Wir wüssten gar nicht, was da drinnen vorgeht, wenn Mrs. Brandywine nicht von der Toilette aus ihrem Mann eine SMS geschickt hätte.«

»Der Kongressabgeordnete hat demnach als Erster die Geiselnahme gemeldet?«

»Genau. Hat unsern Bossen echt Feuer unterm Hintern gemacht.«

Ich begann, in meinem Kopf den Ärger und die Frustration darüber, dass ich am Heiligabend von meiner Familie weg zu einem Einsatz gerufen worden war, zu verdrängen und mich auf die Aufgabe hier zu konzentrieren. »Erzählen Sie mir mehr über Fowler. Über seine Scheidung. Alles, was hier wichtig ist.«

»Die Zentrale ist heute Abend nicht gerade personell überbesetzt, daher haben wir noch keinen detaillierten Hintergrundbericht. Alles, was wir wissen, ist, dass die Fowlers vor zwei Jahren geschieden wurden. Sie hat die Scheidung eingereicht und hat sich innerhalb von zwei Monaten einen neuen Ehemann geangelt; vielleicht hatte sie ihn schon vorher an der Hand. Dann ging ihr Leben weiter wie gewohnt. Fowler war offensichtlich nicht so cool.«

»Wissen wir, über was für Waffen er verfügt?«

»O ja«, sagte McGoey und konsultierte sein Notizbuch.

»Bei dem einzigen Telefongespräch bisher gab er uns seine komplette Liste durch.«

Zu Fowlers Arsenal zählten angeblich zwei Glock-19-Pistolen. Die Glock 19 ist die Standardwaffe der Polizei in Washington, was bedeutet, dass ich natürlich auch eine bei mir trage. Der Vorteil der 19er ist, dass man neunzehn Schuss damit abgeben kann. Der Nachteil der 19er ist, dass man damit neunzehn Schuss abgeben kann. Fowler gab an, außerdem zwei Schrotflinten und zwei AR-15, also halb automatische Gewehre, dabeizuhaben, außerdem jeden Menge Munition. Immer alles paarweise, immer zwei von jedem Typ. Was hatte das zu bedeuten?

Ich notierte mir alles in mein Notizbuch und kritzelte dazu: »Lange und gründliche Vorbereitung.«

»War das alles?«, fragte ich.

»Soweit wir wissen, ja. Na ja, mit Ausnahme der Erdnussbutter-Marmelade-Sandwiches.«

Ich runzelte die Stirn und sagte: »Ist mir ehrlich gesagt neu, dass Erdnussbutter und Marmelade tödliche Waffen sein sollten.«

»Für manche schon. Beispielsweise für Fowlers jüngsten Sohn«, erklärte McGoey. »Er hat eine Erdnussallergie. Ein Bissen, und er hat nur noch zehn Minuten zu leben.«

4

Eine familieninterne Geiselnahme ist meiner Meinung nach die absolut schlimmste Herausforderung für jeden Einsatzleiter bei der Polizei. Diese Lektion habe ich schon vor sehr langer Zeit gelernt – um genau zu sein, als ich vierzehn Jahre alt war. Ein Kokainsüchtiger namens Willie Gonzales hatte in der gleichen Straße, wo ich damals mit Nana Mama wohnte, seine Familie als Geiseln genommen. Nachdem Gonzales zuerst seine schwangere Frau, dann seine beiden Töchter und zum Schluss sich selbst erschossen hatte, sah ich zufällig den Einsatzleiter, der mit ihm verhandelt hatte. Der Polizist saß heulend in seinem Wagen und trank einen Zug Jack Daniel's nach dem anderen direkt aus der Flasche.

Manchmal als Verhandlungsführer, meistens aber als psychologischer Berater, hatte ich ungefähr ein Dutzend Mal das Pech, in derartige Einsätze verwickelt zu sein. Ein Polizist, vor allem ein Kriminalbeamter, kann im Laufe seines Berufslebens mit den unterschiedlichsten Aufträgen und Einsätzen konfrontiert sein: Mal muss ein Terrorist mit einem gezielten Todesschuss ausgeschaltet werden; oder ein Kidnapping muss durch minutiöse Aufklärungsarbeit beendet werden; oder man hat es mit einem Serienkiller zu tun, der überlistet und überführt werden muss. Jeder dieser Einsätze kann einen Menschen an die Grenze der psychischen Belastbarkeit bringen.

Aber wenn es um Geiselnehmer geht, die eigene Familienmitglieder festhalten, besteht sehr leicht die Gefahr, dass man vom Wahnsinn überrollt wird. Im Allgemeinen ist der bewaffnete Täter – üblicherweise handelt es sich um einen besessenen Mann unter Drogeneinfluss wie Willie Gonzalez – schon so weit gegangen und so weit außer jeder Selbstkontrolle, dass ihm das Schicksal seiner Geiseln und sein eigenes zukünftiges Schicksal völlig egal sind. Er macht ihnen irgendwas zum Vorwurf. Er gibt sich selbst wegen irgendwas die Schuld. Er verdreht Tatsachen und kann die Gründe nicht verstehen, warum er sich in einer verzwickten Lage befindet. Man steckt in einem unlösbaren Dilemma; es kann auf jeder Seite nur Verlierer geben.

Kollegen, die bei Geiselnahmen als Verhandlungsführer agieren, sind natürlich intelligent und gut ausgebildet, trotzdem vollbringen wir selten so heroische Taten, wie man das von Filmen her kennt. Noch nie habe ich es selbst erlebt, dass ein Täter nur auf das gute und geschickte Zureden des Verhandlungsführers hin seine Waffe weggeworfen hat und mit erhobenen Händen rausgekommen ist. Das ist so wahrscheinlich wie der Gewinn der Redskins beim Football-Super-Bowl. Zwei oder drei Mal kann es vorkommen. Es liegt immerhin im Bereich des Möglichen. Aber die Wahrscheinlichkeit spricht eher dagegen.

Wir stiegen aus dem Wagen und gingen hinüber zu den Einsatz-Vans. McGoey sagte mir unterwegs, dass die Kollegen dort drin versuchten, Sprechkontakt mit Fowler herzustellen. Mittlerweile lagen schon zwei bis drei Zentimeter Schnee, und der Sturm wurde immer schlimmer. Ich fror sofort wieder an den Füßen.

»Könnte es sein, dass die in dem Einsatzwagen noch ein Paar Snowboots übrig haben?«

Der Detective blickte auf meine Halbschuhe hinunter und antwortete: »Wie gesagt: Ich bin hier erst seit sechs Tagen im Dienst.«

»Verstehe«, erwiderte ich. Es führt kein Weg dran vorbei:

Schnee und Kälte behagen mir einfach nicht. »Wem gehört eigentlich dieses Anwesen?«, fragte ich und deutete auf das klassizistische Haus, vor dem McGoeys Streifenwagen geparkt war.

»Dem Botschafter von Nigeria. Aber ich habe keine Ahnung, wie man dessen Namen ausspricht.«

»Dann kann sich der Botschafter von Nigeria ja etwas sehr Hübsches leisten.«

»Stimmt. Bei ihm daheim hungert das halbe Land, aber der Kerl hat eine Residenz mit sechs Schlafzimmern in Georgetown. Ich nehme an, er ist über die Feiertage ebenfalls verreist.«

»Vermutlich nach Abuja oder Lagos. Da war ich schon mal. Die reinste Hölle. Aber angesichts der Umstände hier, wäre ich heute Abend vielleicht doch lieber in Lagos.«

5

Der Leiter des SWAT-Teams, des Spezialeinsatzkommandos, das heute Nacht Bereitschaft hatte, war ein guter Freund von mir: Adam Nu. Da sie von Beginn an den Wetterbericht verfolgt hatten, hatte er seine Männer sogleich angewiesen, hinter den beiden Einsatz-Vans Zeltbahnen als Windschutz aufzustellen. Außerdem war dort über dem bereits gefallenen Schnee eine Art Teppichboden ausgerollt worden, jede Menge Verlängerungskabel lagen bereit, und Scheinwerfer waren aufmontiert. Eine gasbetriebene Baustellenheizung mit Gebläse war ebenfalls schon in Betrieb und sorgte für annehmbare Temperaturen, während seine Männer ihre Ausrüstung ausbreiteten. Sie hatten sogar noch ein Paar Sturmstiefel und Wollsocken für mich übrig.

»Eins muss man euch lassen«, sagte ich zu Adam, während ich auf einer Bank in ihrem provisorischen Unterstand saß und die Socken wechselte, »auf einen Schneesturm seid ihr ja bestens vorbereitet.«

Adam zuckte bloß die Achseln. »Das lernt man, wenn man in Duluth nahe an der kanadischen Grenze bei einem alleinerziehenden Vater aufgewachsen ist, der leidenschaftlich gern zum Eisfischen ging.«

»Du hast deine Männer schon postiert?«, wollte ich wissen.

Nu bestätigte, dass er bereits mehrere seiner SWAT-Leute in unterschiedlichen Entfernungen und Positionen rings um das Haus der Nicholsons in Stellung gebracht hatte. Wegen des Schnees war es unmöglich, Einsatzkräfte auf den Dächern der Nachbarhäuser zu postieren; normalerweise die günstigste Position bei derartigen Einsätzen. Einige von seinen Männern waren schon damit beschäftigt, ein paar verreiste Besitzer oder Bewohner von Häusern in der näheren Umgebung ausfindig zu machen. Man wollte bei ihnen die Genehmigung einholen, in ihre Häuser einzudringen. Von deren Fenstern aus konnten Scharfschützen und Beobachter möglicherweise mit Ferngläsern oder Wärmebildgeräten auszumachen versuchen, was in dem Nicholson-Haus vorging.

Außerdem wurde das Haus außerhalb der Grundstücksgrenzen ständig von einigen schwerbewaffneten Männern aus Nus SWAT-Team umkreist. Jeder von ihnen trug ein Hochleistungsgewehr mit Präzisionszielfernrohr bei sich.

»Sind die denn nicht dafür vorgesehen, gezielte Fangschüsse abzugeben?«, fragte McGoey.

»Ich habe genügend Leute«, erklärte Nu. »Außerdem haben neuere Untersuchungen des FBI ergeben, dass Täter durch bewegliche Polizeikräfte verunsichert werden. Ist schon vorgekommen, dass sie so verwirrt wurden, dass sie sich ergeben haben.«

»Haben wir Grundrisse vom Haus?«, wollte ich wissen.

»Ramiro hat einen Plan bei sich drinnen«, sagte Nu, und wir bestiegen den Van zu unserer Linken.

Detective Diego Ramiro, ebenfalls ein guter Freund von mir, verfügte als Verhandlungsführer bei Geiselnahmen über sehr viel mehr Erfahrung als ich. Er und drei weitere Kollege in dem Van waren gerade hauptsächlich damit beschäftigt, über Wahlwiederholung sowohl über den normalen Telefonanschluss wie über die Mobiltelefone, welche dem Arzt, seiner Frau und der Frau des Kongressabgeordneten Brandywine gehörten, drinnen im Haus der Nicholsons anzurufen.

Soweit uns bekannt war, hatte Fowler alle Mobiltelefone eingesammelt, und er schien dieses ständige Klingeln geradezu zu genießen. Allein daran zeigt sich schon, wie unterschiedlich und teilweise bizarr solche Familiengeiselnahmen ablaufen können.

Ramiro, ein untersetzter Typ Anfang fünfzig, schaltete sein Handy ab, sah mich völlig frustriert an und sagte: »Alex, wir können hier im Moment praktisch gar nichts unternehmen, solange dieser verflixte Mistkerl nicht ans Telefon geht und nicht mit uns spricht.«

Ich hatte schon bei früheren Gelegenheiten mit Ramiro zusammengearbeitet. Er gehörte wirklich nicht zu den Typen, die schnell die Beherrschung verlieren. Doch andererseits war er, wie alle anderen in diesem Einsatz auch, an einem Heiligabend nicht zu Hause. Wir alle steckten mitten in einem Schneesturm fest und warteten darauf, dass dieser Wahnsinnige endlich ans Telefon ging.

»Wie lange versucht ihr denn schon, Fowler zu erreichen?«, fragte ich.

Diego schaute auf seinen Notizblock. »Vor einer knappen Stunde haben wir damit angefangen.«

McGoey bemerkte: »Zu dem Zeitpunkt war Fowler noch ziemlich mitteilsam und ließ uns genau wissen, wen er alles in seiner Gewalt hatte und wie genau sein Waffenarsenal aussieht, einschließlich Munitionsvorräte.«

»Versucht weiter, mit ihm ins Gespräch zu kommen«, riet ich. »Sprecht ihm was auf Band. Und zwar jedes Mal.«

Ramiro nickte und gab seinen Männern entsprechende Anweisungen. Ich hörte ihnen eine kurze Weile zu und wünschte mir nichts inständiger, als mehr Information über diesen Fowler zu bekommen. Was bringt einen erfolgreichen, wohlhabenden Anwalt dazu, sich in eine solch verzweifelte Lage zu manövrieren?

Kaum war mir diese Frage durch den Sinn gegangen, als

Ramiro mir und McGoey ein Zeichen machte. Dann drückte er einen Knopf auf seinem Mobiltelefon. Es war drahtlos mit Lautsprechern innerhalb des Vans verbunden. Wir hörten die erstickte Stimme einer Frau, verschiedene undefinierbare Geräusche und dann ein Wimmern. Wir hielten den Atem an und starrten auf die Lautsprecher, als wären sie Videomonitore.

»Mr. Fowler?«, begann Ramiro vorsichtig. »Ich danke Ihnen, dass Sie …«

Dann knallten Gewehrschüsse am anderen Ende der Leitung.

Die Weihnachtshorrorshow hatte begonnen – vielleicht war sie auch soeben zu Ende gegangen.

6

Damon stand auf Zehenspitzen auf einem wackligen Küchenstuhl. Er schwitzte vor Anstrengung, während er versuchte, eine zerbrechliche antike Engelsfigur an der Spitze des Weihnachtsbaums festzubinden.

»Ich hole lieber eine Trittleiter und steige selbst hinauf«, sagte Nana Mama.

»Ich brauche keine Trittleiter, und es kommt überhaupt nicht infrage, dass unsere Uroma mit über neunzig auf so was herumkraxelt«, gab Damon zurück.

»Du bist einfach nur ein bisschen zu faul, dir selbst eine Leiter zu holen«, erklärte Nana. »Dein Vater hat dich nämlich verzogen. Oder habt ihr das als Unterrichtsfach in dieser schicken Prep School, auf die sie dich geschickt haben?«

Damon wusste nicht, ob er weinen oder lachen sollte, angesichts der Art und Weise, wie sie ihn herunterputzte. Endlich gelang es ihm, den Engel mit einem Seidenband, das angeblich schon Nana Mamas Großmutter gehört hatte, am Baum festzuknoten.

»Na bitte«, sagte er, sprang von dem Küchenstuhl herunter und sah sich Beifall heischend nach seiner Urgroßmutter um. »Ein wenig Applaus gefällig?«

»Wofür?«, fragte die alte Dame.

»Immerhin schwebt der Engel jetzt ganz oben, oder nicht?«

»Ach, das ist doch eine Kleinigkeit«, erwiderte sie. »Wenn du mir die Trittleiter gebracht hättest, hätte ich es selbst viel schneller gemacht.«

»Und du hättest dir dabei vermutlich die Hüfte gebrochen«, bemerkte Bree und begann, all die Dekorationen und Kerzenhalter, die in diesem Jahr nicht für den Baum gebraucht wurden, wieder wegzupacken. »Vielen Dank, Damon. Der Engel wirkt da oben sehr schön.«

Nana seufzte. »Ich verstehe einfach nicht, warum wir die Spitze des Baums immer zuletzt dekorieren. Damit sollten wir anfangen, sodass der Engel immer auf uns herabschauen kann, während wir den Baum schmücken. Das wäre doch wirklich sinnvoller, oder?«

Damon erwiderte nichts. Niemand gab eine Antwort. Seit Alex fort war, war niemand besonders gesprächig außer Nana Mama.

Dementsprechend fuhr sie unbeeindruckt fort: »Jannie, was ist deine Meinung dazu?«

»Bei allem Respekt, Nana«, erwiderte Jannie, »ich glaube, dass du glaubst, du könntest mit deinem Gequassel vergessen machen, dass Dad zu einem gefährlichen Einsatz unterwegs ist. Es wär doch schlimm, wenn ihm ausgerechnet an Weihnachten etwas passiert.«

Nana ging auf Jannie zu und umarmte sie zärtlich. »Du bist ein kluges Kind, Jannie. In dieser Familie gibt es in jeder Generation immer wieder kluge Frauen.«

Damon verdrehte die Augen. Bree lächelte still vor sich hin, und Nana tat ihr Bestes, um wieder altersweise Vernunft zur Schau zu stellen. »Also nein, dieser Alex. Es ist natürlich alles mein Fehler, das gebe ich zu. Ich habe diesen Jungen einfach nicht richtig erzogen. Denn andernfalls wäre er nicht so närrisch, nur wegen irgendeines dummen Polizeieinsatzes an Weihnachten das Haus zu verlassen.«

Niemand erwiderte etwas darauf.

Schließlich legte Bree einen Deckel auf den von ihr inzwischen eingeräumten Karton, blickte in die Runde im

Wohnzimmer und sagte: »Hört mal, es ist ja wohl ziemlich offensichtlich, dass Alex so schnell nicht nach Hause zurückkommen wird. Vielleicht dauert dieser Einsatz eine ganze Weile. Also lasst uns jetzt das Beste daraus machen. Allen ein fröhliches Weihnachten.«

Und Ava fügte hinzu: »Und allen eine gute Nacht.«

Nana versuchte zu lächeln, doch ihre Augen füllten sich mit Tränen. Ihre Stimme klang brüchig. »Ja, euch allen ebenfalls eine gute Nacht. Bitte, o Herr, lass es eine gute Nacht sein, in der nichts Schlimmes passiert.«

Damon bekam ganz weiche Knie, trat zu seiner Urgroßmutter, nahm sie in die Arme und sagte: »Es wird schon werden, Nana. Bestimmt wird nichts Schlimmes passieren.«

7

Das Knallen von sechs Gewehrschüsse, die sehr schnell hintereinander abgefeuert wurden, hallte in meinen Ohren nach.

Sechs Geiseln, dachte ich. War jetzt alles schon vorbei? Konnten wir nur noch die Leichen bergen?

Und dann hörten wir kreischende Schreie von Kindern. »Daddy, nicht!«

Sie wurden rasch von einer verärgert und unangenehm klingenden Stimme übertönt, die aus den Lautsprechern im Van dröhnte: »Seht ihr, so hätte ich jeden von euch abknallen können, ihr Abschaum der Menschheit; jeder von euch ist doch nicht mehr wert als ein Stück Dreck. Aber ich habe es doch nicht getan. Und wisst ihr, warum? Es gehört sich einfach nicht, die Geschenke schon an Heiligabend auszupacken. Damit wartet man, bis der scheinheilige Weltfeiertag des Konsumrauschs angebrochen ist. Stimmt doch, oder? Aber diesmal nicht, Leute! Ich habe sie gerade alle ausgepackt!«

Fowlers Lachen klang wie das eines beglückten Irren.

»Bitte, Daddy!« Eine Mädchenstimme, ein Schluchzen. Das musste Chloe Fowler sein.

»Bitte was?«, mokierte sich Fowler. »Bitte, Daddy, erschieß meine Barbie nicht? Wenn du Barbie erschießt, wen soll Ken dann liebhaben, Daddy?«

Dann war die Stimme eines Mannes zu hören. Sicherlich Dr. Nicholson. »Sie jagen dem Kind einen furchtbaren Schrecken ein, Fowler. Ihrer eigenen Tochter.«

»Nein!« Fowler lachte höhnisch auf. »Stimmt das, Barry? Sie wissen doch sonst alles so genau, Barry. Herr Doktor Augenarzt. Herr Geld wie Heu scheffelnder Augenarzt.«

Dann wieder eine Gewehrsalve. Wir hörten das Klirren von geborstenem Glas und weitere Schreie.

Fowler brüllte nun herum. »Sehen Sie das? Sehen Sie, was los ist, Doktor Augenarzt? Halten Sie gefälligst Ihr verdammtes Maul, Herr Doktor Augenarzt. Andernfalls sehen Sie gleich genauso aus wie all das andere zerfetzte Zeug, das da unterm Weihnachtsbaum liegt.« Dann begann er zu singen: »O Tannenbaum, o Tannenbaum!«

»Mr. Fowler!«, schrie Ramiro entrüstet in sein Telefon.

»Wie grün sind deine Blätter«, grölte Fowler noch, dann hielt er schlagartig inne. Wir hörten einige Schritte. Er nahm das Telefon zur Hand. »Was hat Henry der Zauberer mit seinem Zauberstab weggezaubert, meine Damen und Herren Geschworenen? Kann es mir jemand sagen? Weiß es jemand?«

Er sprach nicht weiter. McGoey, Nu und Ramiro sahen mich irritiert an.

Bevor wir uns irgendeinen Reim auf Fowlers tollwütiges Gefasel machen konnten, sprach er weiter: »Oha … was haben wir denn da? Mal sehen. Ein hübsches neues iPad. Da hab ich ja mitten in das Apfel-Logo getroffen … und das hier war mal ein Xbox Kinect. Meine Damen und Herren Geschworenen, der Kläger sollte mir dankbar sein, statt mich zu verklagen. Jetzt haben meine verblödeten Söhne endlich mehr Zeit für ihre Hausaufgaben. Und was ist mit der Christbaumkugel von Tiffany, die meiner Exgattin gehörte? Also ehrlich, hat man jemals so einen überteuerten Krimskrams gesehen? Läden wie Tiffany gehören eigentlich gesetzlich verboten. Seht euch doch nur Barrys wunderschönen blauen Pulli an. Kaschmirwolle ist leider aber auch kein wirksamer Schutz gegen Schrotkugeln, nicht wahr, meine Damen und Herren?«

Fowler redete erst mal nicht weiter. Wir hörten lediglich,

wie er keuchend atmete, und ich fragte mich, ob er Drogen genommen oder getrunken hatte oder beides.

»Hallo, Mr. Fowler«, begann Ramiro in ruhigem, nicht überhastetem, beinahe sanftem Tonfall, so wie man es in den FBI-Kursen über Verhandlungen bei Geiselnahmen beigebracht bekommt.

»Wer zum Teufel sind Sie denn?«, gab Fowler schroff zurück.

»Mein Name ist Ramiro. Anscheinend sind alle Menschen bei Ihnen da drüben wohlauf. Darüber bin ich sehr froh.«

Fowler rastete gleich wieder aus. »Wer sind Sie denn wieder? Noch so ein weinerlicher Arsch von einem Bullen? Ich kann Ihnen versichern, Sie Trauerkloß, dass die Leute bei mir hier alles andere als wohlauf sind. Sobald die Sonne am Weihnachtsmorgen aufgeht, puste ich ihnen ein für alle Mal den Kopf weg.«

Die Kinder fingen wieder an zu kreischen und zu heulen.

Ramiro suchte erneut meinen Blick. Ich machte eine besänftigende Handbewegung nach unten. Ruhig bleiben. Ohne Aufregung weitermachen.

»Ich verstehe, was Sie sagen, Mr. Fowler«, sprach Ramiro ins Telefon. »Was halten Sie davon, wenn wir uns miteinander unterhalten und gemeinsam über eine Lösung nachdenken?«

Sehr gut, dachte ich. Versuche, ihn vorsichtig einzubinden, Gemeinsamkeiten herauszustellen.

»Sind Sie so ’ne Art Geiselverhandler?«, fragte Fowler.

Ramiro zögerte kurz. Nicht gut. Dann sagte er: »Ich bin nur jemand, der sich anhört, was Sie zu sagen haben, Mr. Fowler.«

»Das kannst du deiner Großmutter erzählen, weinerlicher Bullenarsch!«, schrie Fowler. »Mit dir werde ich mich nicht wieder unterhalten. Niemals.«

Klick.

8

Draußen hatte der eiskalte Wind wieder aufgefrischt und wehte die Schneeflocken seitwärts.

»Wie sollen wir mit diesem Typen am besten umgehen, Alex?«, fragte mich Ramiro. »Der scheint ja regelrecht geisteskrank zu sein.«

»Oder zumindest besessen von etwas Stärkerem als krankhafte Wut«, entgegnete ich.

Adam Nu sprach am Telefon mit dem Kongressabgeordneten Brandywine und versicherte diesem, dass seine Frau nach unserem derzeitigen Kenntnisstand über die Geiselnahme noch lebte. Ich ging die Notizen durch, die ich mir gemacht hatte, als Fowler aufgelegt hatte, und suchte nach irgendeinem Muster in seinen wilden Äußerungen.

Er hatte uns als Geschworene angesprochen. Er hat zugegeben, auf die Weihnachtsgeschenke geschossen zu haben. Er hat den neuen Ehemann seiner früheren Frau »Herr Doktor Augenarzt – Geld wie Heu scheffelnder Augenarzt« genannt. Ganz offensichtlich war ihm Barry Nicholson zutiefst verhasst. Ebenso offensichtlich hatte er ein starkes Ressentiment gegenüber Wohlstand und Konsum. Weihnachten bezeichnete er als »scheinheiligen Weltfeiertag des Konsumrauschs«, dazu noch die abfällige Bemerkung über Tiffany.

Sah er sich als Rächer der Enterbten?

Ich klopfte nachdenklich mit meinem Stift auf mein Notizbuch, als mir etwas auffiel. Von den beiden Frauen war bei dem Telefonat gar nichts zu hören gewesen, oder? Vielleicht hatte es gleich am Anfang einen Aufschrei gegeben, bevor Fowler angefangen hatte zu schießen. Aber spätestens danach waren mit Sicherheit keine Frauenstimmen mehr zu vernehmen gewesen. Waren sie womöglich schon tot?

Bestimmt nicht. Er hätte es mit Sicherheit in irgendeiner Weise erwähnt, wenn er sie erschossen hätte. Also waren sie dort, gaben aber nichts von sich. Warum? Um nicht aufzufallen oder zu stören …?

»Hier, Alex«, unterbrach mich McGoey.

Ich schaute zu ihm hoch.

Der Detective reichte mir einen Tablet-Computer. »Die Kollegen aus der Zentrale haben gerade Unterlagen über Henry Fowler rübergeschickt.«

Adam Nu beendete sein Gespräch mit dem Kongressabgeordneten. Jeder von uns dreien hatte ein separates Tablet in der Hand, auf dem er Justiz- und Polizeiangaben, psychologische Begutachtungen und Zeitungsartikel über Henry Fowler und seinen Werdegang bis zu dieser Geiselnahme runterscrollen konnte. Ich übersprang erst mal das Vorstrafenregister und suchte nach Informationen über den Fowler, der er vorher gewesen war.

9

Fowlers Leben hatte sehr vielversprechend begonnen. Seine Eltern waren Lehrer, zählten also zur gebildeten Mittelklasse, und er hatte in Chicago die New Trier High besucht, offensichtlich eine sehr anständige Privatschule in einer vorstädtischen Gegend. Von dort wechselte er auf die Georgetown-Universität in Washington, wo er sein Grundstudium absolvierte. Daran schloss sich ein Jurastudium an der Georgetown Law School an. In der Zentrale waren sie sogar auf sein College-Jahrbuch gestoßen. Er hatte als Drittbester seines Jahrgangs seinen Abschluss gemacht, und es war bestimmt nicht von Nachteil, dass er so aussah, als wäre er ein Bruder des gut aussehenden Football-Hünen Tom Brady.

Nach seinem Studium fing Fowler bei Fulton Holt an zu arbeiten, einer der besten Anwaltsfirmen in der Bundeshauptstadt. Fowler erwarb sich schnell einen guten Ruf. Er verkörperte in geradezu idealer Weise all das, was einen erfolgreichen Zivilrechtsanwalt ausmacht: unerschütterliches Stehvermögen, Bildung, Eloquenz und einen Killerinstinkt. Es gab schmeichelhafte Artikel über ihn sowohl in der *Washington Post* wie in der *New York Times*. Als ich sie las, erinnerte ich mich wieder, dass ich von dem Mann schon gehört hatte. Vor etlichen Jahren hatten ungefähr neunhundert Frauen eine Sammelklage gegen eine landesweite Bekleidungskette erhoben; die Klage richtete sich gegen krasse Unterbezahlung und Mobbing.

Bree und ich hatten uns bei einem unserer ersten Rendezvous über den Fall unterhalten. Kein besonders romantisches Thema, na klar, aber meine damals noch zukünftige Ehefrau verfolgte das Verfahren intensiv, wenn nicht geradezu obsessiv, weil sie selbst bei dieser Firma gearbeitet hatte, bevor sie in die Polizeiakademie gewechselt war. Sie glaubte fest, dass diese Frauen sehr unfair behandelt wurden, weil sie selbst von der Firma unfair behandelt worden war.

Fowler hatte in dem Prozess indessen die beklagte Firma vertreten – und er hatte den Prozess gewonnen. Dabei wurde damals in allen Zeitungsartikeln vermerkt, dass Arbeitsrecht gar nicht die eigentliche Stärke, beziehungsweise gar nicht sein eigentliches Spezialgebiet war. Vielmehr war er Spezialist für Arzneimittelrecht und hier insbesondere für die Fälle von Körperverletzung mit Todesfolge.

Bevor er das Mandat bei jener arbeitsrechtlichen Sammelklage übernommen hatte, hatte er unter anderem eine kalifornische Biotech-Firma vertreten. Diese war von Angehörigen von Patienten verklagt worden, die an einer Versuchsreihe für ein neues Mittel gegen die Demenzkrankheit Huntington teilgenommen hatten und bald nach der Einnahme gestorben waren. Fowler hatte überzeugend argumentiert, dass die fraglichen Patienten sich zu dem Zeitpunkt schon in einem finalen Stadium befanden, dass sie eigentlich nur noch auf ein Wunder hoffen konnten und dass seine Mandantin nicht dafür haftbar gemacht werden konnte, wenn Wunder ausblieben.

Auch nach dem großen Arbeitsrechtsprozess beschäftigte sich Fowler wieder mit Haftungsfällen für die pharmazeutische Industrie. Für einen der Pharma-Multis wehrte er die Klagen ab, die nach dem Einsatz eines neu entwickelten Hepatitis-A-Impfstoffs angestrengt worden waren. Bei zehn Prozent der Patienten waren neurologische Schäden aufgetreten.

Fowler gewann auch hier. Der Impfstoff musste nicht vom Markt genommen werden.

»Allein damit muss Fowler ein Vermögen verdient haben«, sagte ich.

McGoey nickte. »Hat in jenem Jahr rund eine Million an Steuern bezahlt. Da kannst du dir den Rest ausrechnen.«

»Zu der Zeit konnte er sicher im Geld schwimmen«, meinte auch Nu, den Blick auf seinen eigenen Bildschirm geheftet. »Aber vor ein paar Jahren hat sich das Blatt gewendet. Jetzt kann man es einigermaßen nachvollziehen.«

10

»Wo siehst du das?«, fragte ich Adam Nu. »Gibt es Details über seine Scheidung?«

»Diese Akten sind nicht zugänglich«, sagte der Einsatzleiter der SWAT-Gruppe. »Aber hast du dir schon seine Polizeiakte angesehen, Alex? Dieser Typ rutscht nicht langsam den Abhang hinunter. Der springt gleich in den Abgrund.«

Ich scrollte wieder nach oben, fand die Datei und öffnete sie; schnell war mir klar, was Nu meinte. Ungefähr ein Jahr, bevor seine Frau die Scheidung einreichte, war Fowler wegen Trunkenheit am Steuer festgenommen worden. Bis zu dem Zeitpunkt war er nie mit dem Gesetz in Konflikt geraten. Doch das änderte sich im Laufe des folgenden halben Jahres auf geradezu dramatische Weise.

In den nächsten sechs Monaten wurde er noch zweimal mit Alkohol am Steuer erwischt, dann wurde ihm der Führerschein entzogen. Aber das brachte ihn anscheinend nicht zur Vernunft. Einmal wurde er im Anacostia Park beobachtet, wie er sich Drogen beschaffte. Bei einer anderen Gelegenheit hatte man ihn verhaftet, und er war im Besitz von Crystal und von schwarzem Heroin gewesen. Einen Monat später wurde er wieder in Arrest genommen; diesmal, weil er eine Prostituierte geschlagen haben sollte. Während dieser Tat war er anscheinend ziemlich weggetreten, jedenfalls beschimpfte er die Frau und gab ihr die Schuld für das, was aus ihm geworden war.

Mindestens sieben Mal wurde die Polizei von Nachbarn zum Grundstück der Fowlers gerufen, die sich wegen Lärmbelästigung und Hausfriedensbruch beklagten. Ungefähr neun Monate später – seitdem diese gravierenden Verhaltensänderungen immerhin schon registriert wurden – verlor Fowler schließlich seinen Job; er wurde von seinen Partnern aus der Kanzlei ausgeschlossen. Zwei Monate danach ließ seine Frau die Schlösser des gemeinsamen Hauses auswechseln, dann erwirkte sie ein Kontaktverbot in Bezug auf sich und ihre Kinder und reichte die Scheidung ein.

Die Scheidungsklage führte offenbar zu einem weiteren Schub der Persönlichkeitsveränderung von Fowler. Praktisch im Monatsrhythmus tauchten neue Einträge in seiner Akte auf. Er wurde des Versuchs der Zeugenbeeinflussung beziehungsweise Einschüchterung im Zusammenhang mit seinem Scheidungsprozess beschuldigt. Seine Frau wollte ihn wegen Kindesmissbrauchs belangen. Hinzu kam illegaler Waffenbesitz.

An dem Tag, als die Scheidung vollzogen wurde, brach Fowler abends in das Haus eines früheren Freundes ein und nahm alles Mögliche mit, dessen er habhaft werden und das er tragen konnte. Dafür wurde er verurteilt und musste für neunzig Tage ins Gefängnis, sein erster wirklicher Aufenthalt hinter Gittern, aber nicht sein letzter.

Nun kündigte seine geschiedene Gattin an, Dr. Barry Nicholson heiraten zu wollen, der ein langjähriger Freund der Familie war. Eine Woche danach erschien Fowler offensichtlich zugedröhnt und mit einem Messer in der Hand in der Praxis des Augenarzts. Eine Stunde lang versetzte er das Personal der Praxis in Angst und Schrecken und bedrohte den Doktor, bevor er überwältigt und abgeführt werden konnte.

Nicholson hatte darauf verzichtet, Anzeige zu erstatten. Er hielt Fowler für krank. Seiner Meinung nach hatte dessen Verhaltensänderung organische Ursachen und war nicht auf die äußeren Lebensumstände zurückzuführen. Ein Gericht hatte eine psychiatrische Untersuchung angeordnet, doch dabei hatte sich nichts Konkretes ergeben, und Fowler war schließlich entlassen worden.

Als Nächstes versuchte Fowler, die Hochzeit seiner Exgattin zu stören. Er wurde vom Sicherheitspersonal abgefangen und nach draußen gebracht, aber sein Geschrei, Barry Nicholson sei dem Tode geweiht und seine frühere Frau sei ebenfalls dem Tode geweiht, hallte in den Saal. Und seitdem verlief Fowlers Leben vollends am Rande des Abgrunds.

Um sich seinen Drogenkonsum leisten zu können, versuchte sich Fowler als Drogendealer, scheiterte aber damit und lebte eine Zeitlang praktisch auf der Straße, zog von einer dieser eleganten Behausungen in die nächste – Container, leerstehende Häuser, öffentliche Toiletten. Schließlich schlüpfte er bei einer drittklassigen Prostituierten unter, die sich Patty Paradise nannte. Diese Patty war selbst schwer drogensüchtig, litt unter Zittern, Zahnfäule, HIV, das ganze Spektrum von Folgeerscheinungen bei Metamphetamin-Gebrauch.

Fowler hatte bis vor Kurzem in Montgomery County im benachbarten Bundesstaat Maryland vier Monate wegen Einbruchdiebstahls gesessen.

»Einen Tag nach Thanksgiving ist er entlassen worden«, bemerkte McGoey. »Somit hatte er achtundzwanzig Tage Zeit, sich auf das hier vorzubereiten.«

»Falls er damit nicht schon früher angefangen hat«, sagte ich und massierte meine Schläfen. »Ein früherer Chef von mir pflegte zu sagen: Menschliche Zeitbomben sind so gefährlich, weil man nie genau weiß, wann sie hochgehen.«

11

Fowler ging in der nun folgenden Stunde nicht mehr ans Telefon. Ein paar Männer aus Adam Nus SWAT-Team hatten sich in weißen Tarnanzügen nahe ans Haus herangerobbt, um ein Abhörgerät anzubringen. Sie waren zehn Minuten vor elf Uhr wieder zurück, und ich riet Tom McGoey, die Einsatzführer zu einem raschen Treffen zusammenzutrommeln.

Wir versammelten uns in dem provisorischen Unterstand hinter den Einsatzwagen, wo es erstaunlich warm und trocken war angesichts des Wetters an diesem Abend.

»Die Geiselnahme begann vor knapp vier Stunden, und er führt sie ganz allein durch«, erklärte ich zu Anfang. »Das macht es für uns nicht leichter. Wenn er einen Partner hätte, könnte Fowler zwischendurch schlafen. Aber so, im Alleingang, wird es mit jeder Minute schwieriger für ihn. Er muss die Menschen in seiner Gewalt ständig im Auge behalten. Jedes Knarren von den Parkettdielen könnte eine Gefahr für ihn bedeuten.«

Einer der SWAT-Leute, der noch seinen weißen Overall trug, ein kleiner, kernig wirkender Polizist namens Jacobson, sagte: »Er ist verdammt schlecht drauf.«

»Habt ihr ihn zu Gesicht bekommen?«, fragte McGoey.

»Für einen kurzen Moment, als wir das Abhörgerät platzieren wollten. Fowler bewegte sich mit Waffen in der Hand am Fenster vorbei.«

»Welche Drogen nimmt er?«, fragte ich.

»Seine Bewegungen sind schnell und etwas fahrig«, erklärte Jacobson. »Ich würde sagen, er ist auf Crystal.«

Das war keineswegs überraschend. In den Gefängnissen

wurde Crystal heutzutage wie Hors-d'oeuvre-Häppchen bei einer Party herumgereicht, und in den letzten paar Jahren war es im Straßenhandel von Washington ebenfalls sehr verbreitet. Und Fowler war als User bekannt.

»Okay. Also je nachdem, wie lange er jetzt schon auf einem Trip ist, müssen wir jeden Moment damit rechnen, dass er durchdreht«, sagte Nu.

Wenn jemand Crystal genommen hat, ist er wirklich unberechenbar. Während der ersten ein oder zwei Tage pendelt seine Stimmung rasch von einem Extrem ins andere. Ist er im Moment noch ganz gesellig, kann er kurz darauf schon völlig paranoid sein. Erst ganz euphorisch, dann fällt er in ein tiefes, depressives Loch. Ab einem bestimmten Zeitpunkt, meistens nachdem er mehrere Tage hintereinander ohne Schlaf war, führt die Droge zu einem riesigen Wut- und Gewaltausbruch, bei dem der Süchtige wie ein Berserker alles und jeden um sich herum attackiert.

»Haben Sie eine Einschätzung, wie nahe er an diesem Punkt ist?«, wollte ich von Jacobson wissen.

Der SWAT-Mann schüttelte nur den Kopf. »Kann ich nicht beurteilen. Dazu habe ich ihn zu kurz gesehen.«

»Aber das Abhörgerät konntet ihr anbringen?«, fragte McGoey.

Wieder schüttelte Jacobson den Kopf. »Zu viel Schnee und Eis. Wir hatten die Befürchtung, er könnte Geiseln erschießen, falls er mitbekommt, dass wir das Fenster freikratzen und trocken wischen.«

»Das habt ihr richtig gemacht«, sagte ich.

Nu informierte uns, dass die SWAT-Teams Erlaubnisse erhalten hatten, in benachbarte Häuser einzudringen. Sie waren schon dabei, auf Position zu gehen.

»Bei einem der Häuser können zwei Scharfschützen in

Stellung gehen, und wir positionieren Sturm-Teams in unmittelbarer Reichweite von jeder Tür, die von dem Nicholson-Haus nach außen führt – Haupteingang, Hintereingang, Patio, Küche und Garage. Wenn es uns gelingt, Fowler am Haupteingang abzulenken – darauf konzentrieren Geiselnehmer in der Regel ihre Aufmerksamkeit –, könnten wir vielleicht über den Hintereingang rein.«

»Hat das Haus eine Alarmanlage?«, fragte ich.

»Das ist ein wichtiger Aspekt«, sagte Nu. »Die müssten wir deaktivieren.«

Die Debatte drehte sich also darum, wie man Fowler unschädlich machen konnte. Ich fand das zwar bedauerlich, aber wenn der Mann sich weigerte, mit uns zu sprechen, blieb kaum etwas anderes übrig. Ohne Sprechkontakt konnte man ihn natürlich nicht zur Aufgabe überreden.

»Wir sollten uns auch über den richtigen Zeitpunkt verständigen«, sagte McGoey. »Ich meine, je länger wir warten …«

Etwas war mir aufgefallen, weswegen ich mich mitten in seinem Satz nicht mehr darauf konzentrierte, was er sagte. Über Nus Schulter hinweg und gerade durch einen Spalt zwischen den aufgespannten Zeltbahnen sah ich eine dick vermummte Frau durch den mittlerweile zehn Zentimeter hohen Schnee stapfen, der inzwischen die ganz Stadt bedeckte. Sie kam direkt auf uns zu. Im Strahl eines Scheinwerfers erkannte ich ihr Gesicht.

Es war Bree.

Was war jetzt los? Was wollte meine Frau hier?

12

»Entschuldigen Sie bitte, meine Herren, ich bin gleich wieder zurück«, sagte ich und löste mich aus der Besprechung.

Bree betrat gerade den Unterstand.

»Hallo«, sagte ich und ging auf sie zu. »Was ist los?«

Sie schlug ihre Kapuze zurück.

»Was könnte wohl los sein?« Bree flüsterte. »Als ich von zu Hause wegging, heulte sich Nana die Augen aus, weil sie sich sicher ist, dass du an Heiligabend sterben wirst.«

Das versetzte mir einen Stich ins Herz. »Wie du siehst, ist mit mir alles in Ordnung. Ich ruf sie schnell an.«

»Sie ist schon ins Bett gegangen.«

»Dort solltest du auch sein.«

»Glaubst du, ich könnte einfach so seelenruhig schlafen, Alex?«

Ich seufzte. »Bree, du weißt doch am besten, wie die Dinge laufen.«

»Ich weiß, wie du es gerne laufen lässt«, erwiderte sie. »Ich würde durchaus auch mal einen Auftrag ablehnen, aber du bringst es nicht fertig, Alex. Das ist ganz und gar nicht gut für deine Familie. Besonders an einem Tag wie heute.«

»Manchmal kann man wirklich nicht ablehnen, nicht einmal an Weihnachten«, sagte ich. »Hier geht's um einen durchgeknallten Crystal-Junkie, der ausgerechnet die Feiertage für den idealen Zeitpunkt hält, seine Exfrau, seine drei Kinder und den neuen Mann der Frau als Geiseln zu nehmen.«

Bree verschränkte die Arme, wandte ihren Blick ab und sagte: »Im Zweifel haben wohl immer andere Familien bei dir den Vorrang – das ist der Eindruck, den deine eigene Familie hat, mein Lieber.«

»Das stimmt nicht, Bree. Das ist nicht fair.«

»Möglicherweise nicht«, entgegnete sie und sah mir wieder in die Augen. »Aber es war mir wichtig, dir das zu sagen, damit du weißt, wie deine Kinder darüber denken.«

Mir war, als würde mein Kopf ganz schwer, und ich spürte ein Ziehen in der Brust. »Ich bin unsagbar traurig, das zu hören, Bree. Und ich versichere dir, es gibt nichts, was ich lieber täte, als jetzt mit dir nach Hause zu gehen und morgen früh mit euch aufzustehen und die Geschenke auszupacken. Aber ehrlich gesagt, weiß ich auch nicht, wie ich es mit mir selbst abmachen sollte, wenn ich das täte und dann hören müsste, dass dieser Irre seine gesamte Familie ausgelöscht hat, wobei ich die Chance gehabt hätte, das zu verhindern.«

Bree schaute mir intensiv in die Augen, hob die Hand und strich mir mit ihrem eiskalten Finger über die Wange. »Dann tue eben, was du für richtig hältst. Ich wollte dich nur daran erinnern, dass alles irgendwie seine Folgen hat.«

Ich nickte, wobei ich mir auch die Frage stellte, ob unsere Beziehung darunter litt, dass ich das tat, was ich für richtig hielt. »Ich liebe dich«, sagte ich, »aber nun muss ich mich wieder an meine Arbeit machen, damit ich eine Chance habe, wenigstens am Weihnachtsmorgen zurück bei meiner Familie zu sein.«

Ich erwiderte ihren Blick und erkannte in den Augen meiner Frau eine Mischung aus Verständnis und Resignation. Sie strich mir noch einmal über die Wange. Dann drehte sie sich um und verließ den Unterstand. Ich ging ihr nach, trat nach draußen in den Sturm und rief: »Fahr vorsichtig!«

Über die Schulter gewandt, rief sie zurück: »Ich bete für dich, Alex. Das ist alles, was ich tun kann.«

13

Bree stapfte weiter und verschwand hinter der Polizeiabsperrung im Schneegestöber. Ich blieb eine Weile stehen, starrte hinter ihr her, und in meinem Kopf kreisten meine Gedanken um meine Familie.

Was tat ich hier? Ramiro, Nu und McGoey waren alle Spitzenleute auf ihrem Gebiet. Ich nehme an, der stellvertretende Polizeichef hatte mich hauptsächlich als Beruhigung für den Kongressabgeordneten dazugeholt. Aber musste ich hier wirklich dabei sein? Konnte ich diese Geiselnahme nicht meinen kompetenten Kollegen überlassen und mit Bree nach Hause gehen?

»Alex!«, rief McGoey aufgeregt.

Ich drehte mich um, blinzelte gegen den Wind und den umherwirbelnden Schnee an und sah ihn neben der Zeltluke des provisorischen Unterstands.

»Fowler ist am Apparat«, sagte er. »Er hat endlich abgenommen. Und er möchte Sie sprechen.«

»Mich?«, antwortete ich und ging rasch auf McGoey zu.

»Er hat nicht ausdrücklich nach Ihnen gefragt. Nur nach jemand anderem als Ramiro.«

Ich durchquerte den Eingang zum Unterstand und wischte mir dabei den Schnee von meiner Jacke und meiner Mütze. Dann kletterte ich in den Einsatzwagen und versuchte, mein Gespräch mit Bree jetzt bewusst hinter mir zu lassen. Von den Besorgnissen und traurigen Gefühlen, die sie in mir wachgerufen hatte, musste ich mich jetzt vollkommen lösen. Falls mir das nicht gelang, wäre ich nicht in der Lage, mit einem vollkommen durchgeknallten Typen zu verhandeln.

Ramiro übergab mir sein Telefon.

»Henry Fowler?«, sagte ich.

Er räusperte sich. »Wer spricht da?«

»Mein Name ist Alex Cross«, erwiderte ich.

Fowler schwieg eine ganze Weile, bevor er sagte: »Ich habe schon von Ihnen gehört.«

»Und ich habe schon von Ihnen gehört«, antwortete ich. »Sie sind ein bemerkenswerter Mann, Mr. Fowler.«

Daraufhin lachte er auf. »Ich bin ein verdammter Loser, Cross. Sie können es ruhig beim Namen nennen, denn von dem, was ich früher mal war, bin ich meilenweit entfernt.«

»Wenn Sie das so sagen…«, erwiderte ich nur, dann schwieg ich kurz. »So, und was tun wir hier?«

»Wir?« sagte Fowler. »Hier gibt es kein ›wir‹. Da sind nur Sie, Cross, und ihre schwerbewaffneten Freunde da draußen, sozusagen die Geschworenen, die mir den Spaß verderben wollen.«

Spaß. Ich schloss die Augen. So was wollte ich lieber gar nicht hören. Denn es bedeutete nichts anderes, als dass er mit seinen Geiseln und mit uns spielen wollte. Er wollte sich damit selbst eine Freude machen, und das hieß, dass er versuchen würde, das Ganze in die Länge zu ziehen. Es sah ganz danach aus, also ob dies eine sehr lange Weihnachtsnacht werden würde.

»Was soll es denn nun werden?«, fragte ich ihn. »Ein Spiel? Oder eine Art Gerichtsverhandlung?«

»Beides«, antwortete er in ganz vernünftigem Ton. »Eine Gerichtsverhandlung ist doch auch nichts anderes, oder? Ein Spiel mit tödlichem Ausgang?«

»Könnte man so sehen.«

»So so, könnte man so sehen. Bevor wir hier weitermachen, Cross, werde ich Ihnen einen guten Rat geben.«

»Ich höre.«

Fowler fing unvermittelt an zu schreien. »Lassen Sie sich nicht einfallen, mich für dumm verkaufen zu wollen! Lügen Sie mich nie an! Und spielen Sie keine Spielchen mit mir. Wenn Sie versuchen, in meinem Gerichtssaal Spielchen zu spielen, dann werden Sie der Verlierer sein!«

Ich behielt meinen Tonfall bei und sprach möglichst ruhig weiter. »Ich verstehe Ihre Bedenken, Mr. Fowler. Ich verspreche Ihnen, Sie nicht anzulügen oder Spielchen zu spielen. Ich erlaube mir auch meinerseits einen Rat an Sie: Sie können jederzeit mit mir sprechen. Ich verspreche Ihnen, dass ich Ihnen zuhöre. Ich werde Ihnen wirklich zuhören … Dennoch – und nun kommt das Wichtigste dabei –, ich werde nur bis zu einem gewissen Punkt zuhören.«

»Und wann ist dieser Punkt erreicht?«, fragte er hörbar ruhiger.

»Wenn ich es sage«, erwiderte ich. Ich war mir im Klaren, dass ich mit dieser Antwort etwas riskierte. Denn es lag letztlich nicht in meiner Entscheidung, wann die Verhandlungen abgebrochen und der Befehl zum Angriff erteilt würde. Doch ich wollte Fowler glauben machen, dass ich über diese Entscheidungsgewalt verfügte. Ich wollte, dass er davon ausging, mit dem verantwortlichen Einsatzleiter zu sprechen.

Einen Moment lang herrschte Stille in der Leitung. Dann ergriff Fowler wieder das Wort. »Okay, Alex Cross. Damit haben wir die Grundlage für einen Deal …«

14

Bevor ich darauf etwas antworten konnte, fuchtelte Fowler offenbar mit dem Telefon herum, denn seine Stimme klang jetzt so, als käme sie aus etwas größerer Entfernung, obwohl er unvermittelt herumbrüllte: »Verdammt noch mal, sorg dafür, dass diese kleine Rotznase still ist, Diana! Stell sie ruhig, und zwar sofort!«

Ich konnte das durchdringende Weinen von Chloe im Hintergrund vernehmen. Außerdem hörte ich, wie Diana sagte: »Meine Güte, Henry, das Kind steht Todesängste aus, Chloe ist müde, und sie hat Hunger.«

Und ohne zu zögern und in fiesem, sarkastischem Ton fügte Fowler hinzu: »Wenn sie Hunger hat, soll sie gefälligst eins von den Sandwiches essen, die ich mitgebracht habe.« Dann gab er ein diabolisches Kichern von sich: »Erdnussbuttersandwich mit Marmelade, die Lieblingskombi von Little-Trey. Keine Sorge, ich heb ihm eins auf.«

Diana fing an, etwas zu erwidern: »Henry …«

»Halt's Maul, Diana!«, schrie Fowler. »Ich habe keine Veranlassung und ehrlich gesagt auch keinen Bock, mich mit dir zu unterhalten.« Dann knallten zwei Schüsse, anschließend hörte man Splitter, die zu Boden fielen.

Mit ruhigerer Stimme fuhr Fowler fort: »So, jetzt ist deine kostbare Ming-Vase auch futsch, Diana, und dein preziöses kleines Zigarettendöschen von Swarovski ebenfalls. Ich möchte, dass du den Realitäten hier und jetzt ins Auge siehst: Dieser ganze Raum, alles hier drin, auch du selbst, ist für mich wie eine Schießbude, in der ich abknallen …«

Dr. Nicholson schnitt ihm das Wort ab. »Was ist los mit Ihnen, Fowler? Sie sind doch nur …«

Wieder ein Schuss. Schweiß tropfte mir von der Augenbraue. Das Kreischen der Kinder, aber sonst kein Geräusch.

Dann fuhr Fowler mit sich überschlagender Stimme fort: »Jetzt hör mir mal genau zu, du erbärmlicher Kurpfuscher. Dich werde ich bestimmt als Ersten ins Jenseits schicken. Verstanden? Mit dir rechne ich auf alle Fälle ab. Hast du das verstanden?«

Der Arzt gab keine Antwort.

Fowler schrie aus Leibeskräften: »Hast du mich verstanden, Barry?«

»Hör ihm zu, Barry, hör ihm zu«, bettelte Diana

»Ich höre es ja«, antwortete Nicholson kaum vernehmbar, »und ich habe es auch verstanden.«

Fowler sprach mit immer noch zornbebender Stimme, aber er schrie nicht mehr: »Keiner hier im Raum gibt von jetzt an einen Ton von sich. Nicht mal einen Piep. Und das gilt ganz besonders für dich, du Quacksalber. Hör mir also ganz genau zu. Wenn du noch ein Wort sagst, nur ein einziges Wort, oder wenn du sonst irgendein dämliches Geräusch von dir gibst, sei es ein Husten oder ein Schluckauf, dann bist du fällig. Dann knalle ich dich ab. Nicke gefälligst, wenn du die Regeln hier verstanden hast.«

Ich nahm an, dass Dr. Nicholson nickte, denn nun sprach Fowler in einem normalen geschäftsmäßigen Ton mit mir weiter, als hätte er unser Telefonat nur kurz wegen eines Gesprächs auf der anderen Leitung unterbrochen. »Hallo, Cross. Tut mir leid, dass Sie etwas warten mussten. Sie wissen ja selbst, wie unruhig es in einem Gerichtssaal manchmal zugeht.«

»Stimmt«, antwortete ich vorsichtshalber, obwohl ich mir

über seine vertrackten Vorstellungen hinsichtlich dieses Gerichtssaal-Szenarios noch nicht so ganz im Klaren war. Oder was er sich unter den »Geschworenen« vorstellte. Dann dämmerte es mir, dass es – jedenfalls im Moment – vielleicht gar nicht so gut war, direkt auf eine Entschärfung der Lage für die Geiseln zuzusteuern, was sonst das primäre Verhandlungsziel war. Vielleicht wäre es besser, sich auf seine Realitätswahrnehmungen einzulassen und diese anschließend zu nutzen.

»Mr. Fowler, da Sie mich vorhin ja zum Sprecher der Geschworenen ernannt haben, stellt sich mir die Frage, ob ich nicht lieber ins Haus kommen sollte, um den Fortgang des Verfahrens vor Ort besser beobachten zu können«, sagte ich möglichst sachlich, so als wollte ich mir vom Nachbarn den Rasenmäher ausleihen.

Nu und McGoey sahen mich an, als wäre nun auch ich wahnsinnig geworden.

15

Es folgte eine lange Pause, bis Fowler antwortete: »Wozu soll das gut sein, Cross?«

»Beurteilen Geschworene nicht die Mimik und die Körpersprache von Zeugen genauso wie deren inhaltliche Aussagen?«

Wieder trat eine Gesprächspause ein. Es waren die gefühlt längsten Sekunden meines Lebens.

Meine größte Befürchtung war, dass Fowler vor Wut explodieren und seine Waffen auf die Geiseln richten könnte. Ich sah, wie McGoey den Kopf schüttelte, als wollte er mich davon abhalten, einen falschen Zug zu machen.

Endlich sagte Fowler: »Davon sehen wir lieber ab, Cross. Einen Versuch war es wert, aber das lassen wir besser sein.«

Dranbleiben. Dranbleiben.

»Dann hätte ich Gelegenheit, Ihre Version der Geschichte zu hören«, fuhr ich fort. »Von Angesicht zu Angesicht. Von Mann zu Mann.«

Wieder verstrichen die Sekunden.

Dann antwortete Fowler in ganz ruhigem Ton und ziemlich leise: »Ich werde Sie gründlich filzen, wenn Sie reinkommen, Cross. Wenn Sie eine Waffe dabeihaben, töte ich Sie auf der Stelle. Und gleich anschließend werden auch ein oder zwei Geiseln dran glauben. Als Erstes der liebe Onkel Doktor Pfusch N. Geldsack.«

»Ich brauche keine Waffe, wenn ich mich mit jemandem unterhalten will«, erwiderte ich und übergab meine Glock bereits an McGoey.

Dann verstrichen fünfzehn Sekunden, bevor ich Fowlers Stimme wieder im Apparat hörte.

»Jeremy, geh und öffne die Eingangstür für Mr. Cross. Ich bleibe dicht hinter dir, mein Junge. Also denk nicht einmal daran wegzulaufen. Hast du mich verstanden? Also los.« Ich vermute, dass der Junge sich nicht schnell genug bewegte, denn ich konnte hören, wie dieser Vater seinen elfjährigen Sohn an einem Heiligabend anbrüllte: »Mach schon, Jeremy, oder soll ich dir in deinen verdammten, eklig fetten Arsch treten, damit du weißt, wo's lang geht?«

Ich warf einen Blick auf meine Armbanduhr. Es war kurz vor Mitternacht, als ich meine Jacke überstreifte und meine Mütze aufsetzte, um zum Haus der Nicholsons hinüberzugehen.

Ich ging durch den menschenleeren Vorraum hinaus ins Schneegestöber und dachte daran, dass ich jetzt eigentlich mit meiner Familie in der St.-Anthony-Kirche sein und zum Beginn der Christmette »O Little Town of Bethlehem« singen sollte.

16

Während ich mit Fowler am Telefon verhandelte, hatten Nu und McGoey ihre Truppe in unmittelbare Einsatzbereitschaft versetzt. Als ich die Straße überquerte, umkreisten die SWAT-Männer erneut das Haus, diesmal mit ihren Waffen im Anschlag. Sie waren zum sofortigen Eingreifen bereit, und Leute wie sie waren auf alles vorbereitet. Auf alles, was in den nächsten Momenten passieren konnte. Falls ich getötet würde.

In den Fenstern der Nachbarhäuser lagen jeweils im zweiten und im dritten Stock Scharfschützen in Bereitschaft. In den Fenstern der dunklen Häuser wurden gelegentlich Taschenlampen als Signale geschwenkt.

Ich konnte mir keine Gedanken darüber machen, was sie zu bedeuten hatten. Ich musste andere Problemen lösen, und das möglichst schnell.

Ich wenigen Sekunden würde ich direkt auf das Haus zugehen. Aus den Augenwinkeln konnte ich erkennen, dass rechts von mir Polizisten gerade dabei waren, neugierige Reporter zurückzudrängen und außer Sichtweite zu schaffen. Zum Glück mussten die Polizisten die Journalisten nicht zweimal mahnen, doch ich fragte mich schon, ob ich hier wirklich das Richtige tat.

Meine Hosensäume wurden vom Schnee ganz nass, als ich die kurze Zufahrt zum Haus entlangging. Die breite Eingangstür stand bereits einen Spaltbreit offen. Sie wurde rechts und links von zwei großen Mattglasfenstern flankiert. Von drinnen konnte ich hören, wie Diana Nicholson weinte. Plötzlich gingen sämtliche Lichter aus – am Vorplatz vor der

Tür, in der Eingangshalle und in allen dahinter gelegenen Räumen im Haus. Ein vollkommener Blackout.

Ich stutzte, betrat aber dennoch den mit Ziegelsteinen belegten Vorplatz. Dann wurde die Eingangstür weit geöffnet. Ich konnte die schattenhaften Umrisse des Vestibüls erahnen und nahm die Gestalt eines kleinen, dicklichen Jungen wahr, der in der Dunkelheit schluchzend wegrannte und irgendwo rechter Hand verschwand.

Zu dieser Mitternachtsstunde war im Moment alles so totenstill, dass man den Eindruck hatte, man könnte es hören, wenn die Schneeflocken auf dem Boden landeten. Ich betrat das Haus. Die Tür fiel ins Schloss, und sofort hörte ich das schwere Atmen von Fowler direkt hinter mir.

»Fröhliche Weihnachten, Cross«, sagte er und schaltete die Lichter wieder ein. In dem weitgehend unmöblierten Vestibül fiel mir als Erstes die ornamentierte, beflockte Tapete ins Auge, und man sah gleich, dass es sich um Wandschmuck von der teuren Sorte handelte.

»Hände an die Wand«, sagte er. »Sie kennen den Ablauf ja ganz genau.« Er gab ein gackerndes Lachen von sich. »Ich habe es mir immer mal gewünscht, das zu einem Bullen sagen zu können.«

Ich erwiderte nichts darauf, sondern presste einfach meine Hände an die Wand und stellte mich breitbeinig hin.

»Ich will mal hoffen, dass das kein Fehler war, Sie ins Haus reinzulassen«, sagte Fowler.

»Der Gedanke ist mir auch schon durch den Kopf gegangen«, bemerkte ich, bevor ich den kalten Stahl eines Pistolenlaufs hinten an meinem Nacken spürte.

17

Fowler tastete mich beinahe so gut ab wie ein Profi. Sicherlich deshalb, weil er in den vergangenen Jahren selbst bei annähernd dreißig Festnahmen durchsucht worden war. Den Pistolenlauf in meinem Nacken spürte ich nicht mehr.

»Finger hinter dem Kopf verschränken«, sagte er. »Dann vorwärts durch das Vestibül und am Ende nach rechts. Sollte ich sehen, dass die Finger auseinandergehen, oder das Gefühl haben, dass Sie versuchen, sich nach mir umzudrehen, werde ich augenblicklich schießen, Cross.«

Ich folgte seinen Anweisungen, faltete die Hände so, wie er es wollte, und ging dorthin, wo auch sein Sohn bereits verschwunden war.

»Gleich rechts befindet sich ein großer Polstersessel«, befahl er. »Dort setzen Sie sich hin, die Hände auf den Schoß.«

Im Wohnzimmer sah es so aus, als hätte dort eine Bombe eingeschlagen. In einer Ecke stand ein großer Weihnachtsbaum. Viele Zweige waren von Schrotkugeln geknickt oder zerfetzt, ebenso wie die gesamte Dekoration, vor allem viele zersprungene Kugeln. Die Lichter am Baum funktionierten auch nicht mehr. Überall lagen die Splitter von den zerschossenen Geschenken herum, die man kaum identifizieren konnte: Metallstückchen des iPad und kleinste Stückchen irgendeines Goldschmucks, den Nicholson bei Tiffany sicher hübsch hatte verpacken lassen, doch es war unmöglich zu sagen, was es einmal gewesen sein könnte.

Was mir überhaupt nicht gefiel: Sämtliche Vorhänge waren bis auf schmale Schlitze zugezogen.

Weder ich noch Fowler noch die drei Kinder oder die

drei Erwachsenen, die auf dem Bauch neben dem völlig zerrupften Weihnachtsbaum lagen, waren von draußen gut zu sehen. Ich spürte, wie ihre Blicke zwischen Hoffen und Bangen auf mir ruhten, Blicke aus müden, von Anspannung und Weinen geröteten Augen.

Diana Nicholson, eine ausgesprochen attraktive, schlanke, durchtrainierte und sehr gepflegte Erscheinung, trug lediglich eine Jeans und ein bequemes Sweatshirt. Ihr zweiter Ehegatte war ein großer und kräftiger, gut aussehender Mann. Er wirkte so, als sei er gerade von einer Segeljacht heruntergestiegen; ein Inbegriff von Reichtum und Oberklasse.

Melissa Brandywine, die Frau des Kongressabgeordneten, lag nahe neben Nicholson und dessen Frau. Sie war eine bekannte Gestalt aus den Gesellschaftsspalten der Zeitschriften, ihr kupferfarbenes Haar war tadellos frisiert, als käme sie direkt vom Friseur, und ihr Make-up war ebenfalls makellos. Aber sie zitterte völlig unkontrollierbar am ganzen Körper und klapperte mit den Zähnen, als ob ihr kalt wäre. Warum hatte Fowler sie ebenfalls als Geisel genommen? War das Absicht, oder war sie einfach zufällig in diese Situation hineingestolpert?

Die Kinder boten einen noch viel beklagenswerteren Anblick als die Erwachsenen, vielleicht einfach deswegen, weil es Kinder in Pyjamas waren, weil Weihnachten war und ihre kindliche Unschuld gebrochen war.

Der Kleinste, Trey, lutschte am Daumen. Chloe umarmte ein Sofakissen mit Stechpalmendekor, roten Bändern und Glöckchen an den Ecken. Ihr Zwillingsbruder, Jeremy, starrte ins Leere. Ich erkannte einen dunklen Flecken auf seiner Pyjamahose, und mir war klar, dass sein Vater dem armen Jungen so viel Angst und Schrecken eingejagt hatte, dass er sich nass gemacht hatte.

Daher war mir Fowler bereits zutiefst unsympathisch, als er sich mir schließlich zeigte und ich mir ein Bild machen konnte, wie tief er seit jener Zeit gefallen war, als er im Zenit seiner Karriere in den Vorzimmern der Macht in Washington und im Gerichtssaal stand. Statt der italienischen Designeranzüge, die er früher trug, hatte er nun eine dreckige Jeans an sowie eine abgetragene Army-Jacke. Seit jener Zeit hatte er schätzungsweise zwanzig bis dreißig Kilo Gewicht verloren. Seine Augen waren tief eingefallen, und er hatte Lücken in den Zähnen. Im Gesicht hatte er einige verschorfte Stellen, an denen er offenbar herumpulte; sie waren dementsprechend entzündet und eiterten. In den Händen trug Fowler eine Glock 19 und eine grob abgesägte Remington-Schrotflinte.

Fowler starrte mich einige Sekunden lang an, was sehr unangenehm war. Dann verzog er den Mund zu einem Grinsen und entblößte sein lückenhaftes Gebiss.

»Na, sind wir zu Scherzen aufgelegt, Cross?«, fragte er. »Um die Atmosphäre ein bisschen aufzulockern? Vielleicht 'n bisschen Feiertagsstimmung und so?«

18

Ich konnte sie bereits spüren, die irritierende Nervosität und Unruhe, die Fowler aus jeder Pore verströmte. Man konnte sie auch riechen. Er hatte jenen säuerlichen Körpergeruch an sich, den Menschen ausdünsten, die zu lange auf der Straße gelebt haben.

»Da haben wir also diesen unwissenden, ahnungslosen Mann«, begann Fowler. »Zusammen mit seiner Frau, um die ihn viele beneiden, entspannt er sich auf der Veranda eines Ferienbungalows in St. John's auf der Karibikinsel Antigua. Traumhafter Sonnenuntergang. Beide sind sehr schön gebräunt. Er hat einen herrlichen Burgunder eingeschenkt. Seine Frau sagt: ›Ich liebe dich‹, und der Mann sieht sie an und erwidert: ›Spricht du jetzt selbst, oder ist das eher der Wein, der aus dir spricht?‹ Sie mustert ihn, als sei er ein Clown und meint: ›Wenn du es genau wissen willst, mein Lieber: Ich habe gerade mit dem Wein gesprochen.‹«

Fowler sah sich in dem Raum um. Keiner lachte. Alle wirkten eher noch verängstigter als zuvor, bevor er diese Episode zum Besten gegeben hatte.

»Du erinnerst dich doch sicher daran, Diana?«, fragte Fowler.

»Nein, Henry, das tue ich nicht«, antwortete sie.

Sein Lächeln wirkte eiskalt. »Natürlich tust du das. Und falls du es tatsächlich vergessen haben solltest, dann wäre es gut, wenn es dir wieder einfällt. Es ist so symptomatisch für alles, was uns verband …«

»Hör auf damit!«, kreischte Diana. »Mach dem Ganzen hier ein Ende, Henry. Lass doch wenigstens die Kinder frei.«

»Sei doch nicht so eine Spielverderberin, Diana. Besinn dich auf die Weihnachtszeit«, sagte Fowler und deutete ihr mit einer herablassenden Geste zu schweigen, bevor er sich an mich wandte. »Meine liebe Exfrau konnte nie viel mit der Realität oder mit der Wahrheit anfangen. Das werden Sie bald merken, Cross.«

Ich konnte das nicht länger mit ansehen. »Sie hat recht, Mr. Fowler. Warum lassen Sie nicht wenigstens die Kinder gehen? Es ist Weihnachten. Lassen Sie es nicht an ihnen aus.«

Er zielte mit der Pistole auf mich. »Warum sollte ich es nicht an ihnen auslassen, Cross? Wegen ihnen ist es doch so weit gekommen. Wegen ihnen und wegen ihrer lieblosen, gierigen, vollkommen materialistisch eingestellten Mutter. Es war der größte Fehler meines Lebens, dass ich mich mit ihr eingelassen habe.«

»Mister.« Eines der Kinder sprach mich an. Es war Trey. Er sah mich flehentlich an. »Mister, können Sie Daddy bitten, dass er wieder nach Hause geht, damit der Weihnachtsmann endlich kommen kann?«

Bevor ich irgendetwas Tröstliches sagen konnte, ging Fowler zu dem Jungen hinüber und verpasste ihm mit seinem schwarzen Stiefel einen Tritt ans Ohr. »Halt die Klappe, Trey, oder wir spielen ›Wo ist die Erdnussbutter versteckt?‹. Außerdem habe ich euch bereits gesagt, dass ich nirgendwohin gehen werde.« Fowler sah mich an und kratzte an seinem Gesicht. »Typisch Kinder. Sie hören einem nie zu.«

Mittlerweile hatte ich im Kopf schon eine Liste mit den diversen Ticks von Fowler zusammengestellt: das Kratzen im Gesicht, wie er sich ständig die Hände rieb oder den Nacken massierte, ein schneller Biss in den Ringfinger der linken Hand. Wenn er sich in der U-Bahn neben einen setzen würde, dann würde man aufstehen und an der nächsten Station in einen anderen Wagen umsteigen.

Er griff nach dem Telefon, das auf einem Beistelltisch nahe bei meinem Sessel lag, und drückte die Wahlwiederholungstaste.

Dann legte Fowler den Apparat auf das Tischchen zurück.

Ich hörte, wie sich jemand meldete. »Hier spricht Ramiro.«

»Hier ist Cross«, sagte ich. »Bei mir ist so weit alles in Ordnung.«

»Da die Geschworenen inzwischen Platz genommen haben, sind Sie bereit, die Eröffnungsplädoyers anzuhören?«, sagte Fowler und blickte zu mir.

Ich zögerte erst, doch dann nickte ich.

»Ausgezeichnet«, sagte Fowler und rieb sich den Rücken der Hand, mit der er die Pistole hielt. »Dann beginnen wir mit der gegenseitigen Vorstellung. Diana, mein Liebling. Kinder. Barry. Dies ist der berühmte Alex Cross. Er wird der Sprecher der Geschworenen in diesem Verfahren sein.«

Sein Tonfall klang nicht mehr so hektisch-chaotisch wie bisher; stattdessen glich sein Redefluss nun der professionellen, mühelos wirkenden Vortragsweise eines Spitzenverteidigers vor Gericht. Trotz seines Drogenmissbrauchs und seiner Verkommenheit verfügte dieser Verrückte immer noch über Manieren und Geistesgegenwart, wodurch er mir aber umso gefährlicher erschien.

»Die Verhandlung hat begonnen«, intonierte Fowler mit feierlicher Stimme.

19

Fowler fing an, gravitätisch wie ein Gerichtsdiener durch das sehr geräumige Wohnzimmer zu marschieren. Dann blieb er neben seiner Exfrau stehen und stellte seinen Stiefel auf ihren Rücken.

»Erster Aufruf für den Zeugenstand«, sagte Fowler mit Blick in meine Richtung. »Die Strippenzieherin, die hinter den Kulissen meinen Untergang betrieben hat: Diana Alstead Fowler Nicholson.«

»Henry«, sagte sie und begann zu wimmern.

»Schscht jetzt, Diana«, versuchte Fowler, sie zu besänftigen. »Ich werde nun für dich sprechen. Wenn ich etwas Falsches sage, meldest du dich einfach.« Er blickte wieder auf. »Die zauberhafte Diana Alstead stammt aus Charleston in South Carolina. Eine Südstaatenprinzessin wie aus dem Bilderbuch, Tochter einer seit Generationen sehr wohlhabenden Familie. Von Anfang an führte sie ein sorgenfreies Leben, und dass ihr jeder Wunsch von den Lippen abgelesen wurde, war für sie so selbstverständlich wie Essen und Trinken. Sie besuchte die besten Privatschulen und schaffte es auch an die Eliteuniversität Georgetown in Washington. Hier lernte sie einen Jungen kennen, der sich diese Privatuniversität nur dank eines Vollstipendiums leisten konnte. Henry Fowler rangiert gesellschaftlich gesehen weit unter ihr, aber er wirkt vielversprechend. Er macht seinen Abschluss in Chemie und Englisch und kann an der Georgetown Law School Jura studieren. Sie sieht, was für ein ehrgeiziger Typ er ist, und heftet sich an ihn wie eine Klette.«

Diana sah mit mitleiderregendem Blick zu mir auf und

rief: »Das ist nicht wahr, Henry. Ich habe dich aufrichtig geliebt.«

»Oha! Oha! Meine liebe Prinzessin, heute ist der Tag der Wahrheit, keine Märchenstunde«, fuhr Fowler fort. »Werter Herr Sprecher der Geschworenen, ich hatte zwanzig Jahre lang Gelegenheit, diese besondere Spezies zu studieren. Mein fachmännisches Urteil lautet folgendermaßen: Diana gehört zu jener Art von Damen der Gesellschaft, die sich auf einer Auktion bei Sotheby's ohne mit der Wimper zu zucken gegenseitig überbieten, nur um einen Wasserbüffel oder was weiß ich für ein grünliches Yak aus Jade zu ergattern und den Preis über zehntausend Dollar treiben. Sie ist die Art von eleganter Gastgeberin, die es fertigbringt, ihren echten Regency-Esstisch mit modernen Designer-Platztellern zu decken, Stückpreis zweitausend Dollar. Sie gehört zu denjenigen Weibchen, vor denen bei Bloomingdale's und Bergdorf Goodman sämtliche Verkäufer katzbuckeln und deren süße kleine Popöchen sie bei Prada küssen, die Art von Kundin, der bei Tiffany in Washington *und* in New York im Separee ein Tee serviert wird. Tja, meine Ex ist schon was Besonderes. – Und stellen Sie sich vor, sie brachte es sogar über sich, ihre Edelgene mit meinen zu mischen, und das Ergebnis ist dieses umwerfende Trio«, fügte er hinzu und deutete auf seine Kinder. »Trey haben Sie sicher schon bemerkt, der jede seiner Allergien und Krankheiten mit Inbrunst liebt. Er ist ständig krank, praktisch seit seiner Geburt; es fing gleich mit einer Lungenentzündung an. Nennen Sie eine beliebige Kinderkrankheit – mein Junge hatte sie unter Garantie. Zwei-, dreimal die Woche geht er bei den Koryphäen ihres Fachs in die Sprechstunde. Die besten sind für ihn gerade gut genug, stimmt's, mein Sohn?«

Trey fing an zu schniefen. »Ich kann doch nichts dafür, Dad.«

»Natürlich nicht«, erwiderte Fowler sanftmütig. »Du hast eben leider jede Menge schadhafter Gene von deiner Mutter abbekommen. Alle diejenigen, die sie nicht an deine älteren Geschwister weitergeben konnte.« Fowler lächelte mich an. »Sie sehen, was für ein vom Glück gesegneter Mann ich bin, Cross.«

»Tatsächlich?«, entgegnete ich in der Hoffnung, dass er sich weiter verausgabte, seinen angestauten Emotionen freien Lauf ließ, um am Ende vielleicht einzusehen, wie hoffnungslos die Lage hier für ihn war, bevor er sich unter dem Einfluss der Droge wieder in einen Berserker verwandelte.

»Na hören Sie mal, das ist doch vollkommen offensichtlich«, sagte Fowler in ätzendem Ton. »Sie sehen doch, wie ich mich im Glorienschein des Glücks sonnen kann.«

»So war es einmal«, sagte ich.

Sein Blick verlor sich in unbestimmter Ferne. »Ja, so war es einmal, bevor sich meine Umgebung, meine engsten Vertrauten gegen mich verschworen haben.«

Da war sie, die Paranoia, die wichtigste Begleiterscheinung bei Leuten, die Crystal Meth nehmen. Als Nächstes würde Fowler mit einer dramatischen Geschichte von Verfolgungswahn aufwarten, darauf konnte ich wetten.

Er enttäuschte mich nicht.

20

Fowler trat zu seinem Sohn Jeremy und rollte ihn mit einer Bewegung seines Stiefels auf den Rücken, woraufhin sich der Junge wegduckte wie ein Hund.

»Da haben wir ihn«, sagte Fowler, »meinen Stammhalter. Ich sollte ihn hüten wie meinen Augapfel, aber er ist nicht mehr wert als ein Apfelstrudel. Ganz davon zu schweigen, dass er mein Lieblingsbettnässer ist. So wie es aussieht, macht er sich jetzt sogar einfach nur noch die Hose nass statt der Matratze.«

Der Junge war vollkommen gedemütigt. Er verfiel unwillkürlich in eine Art Schluckauf, der in ein Würgen und Schluchzen überging.

»Daddy, hör auf damit!«, rief Chloe. »Du machst es nur noch schlimmer. Du machst doch alles kaputt! Du machst immer alles kaputt!«

»Ach, Chloe«, sagte Fowler. »Unsere kleine Perfektionistin.« Er sah zu mir hinüber. »Chloe ist ausgesprochen klug und intelligent; das hat sie zweifellos von mir. Aber diese Intelligenz paart sich bei Chloe mit dem Narzissmus ihrer Mutter. Unsere junge Dame hier glaubt nämlich, dass sich das ganze Universum allein um sie dreht, und meint daher, alles bestimmen zu können.«

»Ich habe schon verstanden, was Sie sagen wollen, Mr. Fowler«, ergänzte ich. »Ihre Kinder sind nicht so geraten, wie Sie sich das vorgestellt haben. So ist nun mal der Lauf der Welt. Sie sind eben Menschen und keine Zuchttiere. Sie sind deswegen enttäuscht? Das ist Ihr Problem. Damit müssen Sie zurechtkommen.«

Er sah mich völlig überrascht an und zog die Augenbrauen zusammen. Dann zischte er: »Was glauben Sie eigentlich, wer Sie sind, Mr. Schlauberger?«

»War das nicht der Grund, weswegen Sie mich hier reingeholt haben?«, sagte ich.

»Ich habe Sie als Sprecher der Geschworenen engagiert«, schnauzte er mich an. »Ich dirigiere hier das Orchester, falls Sie das noch nicht bemerkt haben sollten.«

»Jetzt hören Sie mal zu«, entgegnete ich. »Heute ist Heiligabend. Sie sind mit Ihrem Leben und mit Ihrer Familie offensichtlich nicht besonders glücklich. Aber ich bin mit meiner Familie glücklich. Ich habe zu Hause eine Familie, die ich sehr liebe. Und ich wäre heute Nacht gerne so bald wie möglich wieder bei ihr. Deswegen wäre ich Ihnen sehr verbunden, wenn Sie mir jetzt sagen würden, was es war, was Sie aus der Bahn geworfen hat.«

Fowler wusste im ersten Moment nicht, was er darauf erwidern sollte. Damit hatte er offenbar nicht gerechnet.

»Wovon reden Sie eigentlich?«, fragte er.

»Früher gehörten Sie zu den Machtzirkeln in der Hauptstadt. Sie haben Millionen verdient und waren hin und wieder in den Schlagzeilen, und dann löst sich auf einmal alles auf«, sagte ich. »Ich verstehe schon, was Sie bedrückt: die enormen Ausgaben ihrer konsumfreudigen Gattin, die verwöhnten und missratenen Kinder. Aber in dieser Stadt sind so viele Ehemänner mit den gleichen Problemen konfrontiert, ohne dass sie am Weihnachtsabend ihre Familien mit Waffen bedrohen und als Geiseln nehmen. Also, was ist mit Ihnen los? Warum sind Sie so abgestürzt?«

21

Einen Augenblick lang war ich über mich selbst erschrocken und fragte mich, ob ich soeben zu weit gegangen war und ihn zu direkt angegriffen hatte.

»Sie wollen wissen, was das Fass zum Überlaufen gebracht hat, Cross?«, fragte er. Dabei griff er in eine der Taschen seiner Army-Jacke und zog ein Glasfläschchen hervor.

»Es würde nicht schaden, um Ihre Sicht der Dinge zu verstehen«, sagte ich.

Fowler kauerte sich vor einem Glas-Chrom-Couchtisch hin, streute weißes Pulver auf die Platte und schob es mit einer Hotel-Schlüsselkarte zu Bahnen zusammen. »Die Frage ist durchaus berechtigt, aber um Ihnen diese Geschichte zu erzählen, muss ich erst mal einen klaren Kopf bekommen.«

Er rollte einen Dollar-Schein zusammen und zog zwei von fünf *lines* hoch. Während ein Zittern durch seinen Körper lief, schloss er die Augen, dann stand er auf, schüttelte sich und sagte: »Ah, so ist es besser.«

»Wie lange haben Sie jetzt eigentlich nicht geschlafen, Fowler?«, fragte ich.

»Spielt keine Rolle«, antwortete er. »Ich sehe die Dinge völlig klar und so wie sie sind, Cross. Ich werde Ihnen also berichten, warum ich irgendwann mal ausgerastet bin.«

»Okay«, sagte ich, wobei mir ein leichtes Zittern an seinen Fingern auffiel. Wenn er sich das Meth schon seit mehr als ungefähr sechsunddreißig Stunden spritzte oder reinzog, dann musste man jeden Moment damit rechnen, dass der Berserker in ihm hervorbrach.

»Es war an Weihnachten, gar nicht so lange her«, begann

Fowler. »Und wir waren hier, in unserem Zuhause. Alle waren glücklich. Am Nachmittag von Heiligabend hatten wir zu einer Party eingeladen. In diesem Jahr habe ich richtig gut verdient, und Diana scheute für die Party keine Kosten. Caterer vom Feinsten. Das volle Programm. Ich weiß gar nicht mehr warum, aber es war eines von den Jahren, in denen die meisten Leute über die Feiertage nicht weggefahren, sondern in Washington geblieben sind. Es kam praktisch jeder, den wir kannten. Sogar Barry, ein alter Freund aus unseren Uni-Zeiten an der Georgetown, war als Weihnachtsmann verkleidet gekommen. Selbst unsere liebe Nachbarin Melissa und ihr Gatte, der Kongressabgeordnete Brandywine, gaben sich die Ehre. Wie auch immer … Ich hatte mich in dem Partygewühl schon etwa eine Stunde lang um die Gäste gekümmert, und in all dem Geplauder bat mich einer um meine Visitenkarte; vielleicht hatte ich einen neuen Klienten an der Angel. Ich gehe rüber zu meinem Arbeitszimmer. Die Tür ist verschlossen. Ich klopfe an. Keine Antwort.«

Fowler hielt inne, kniete sich kurz hin, zog zwei weitere *lines* und zuckte mit den Schultern. »Die Tür war also verschlossen. Kann vorkommen. Darum kann ich mich später kümmern. Also stürze ich mich wieder ins Gewühl, entschuldige mich bei dem potenziellen Klienten und verspreche ihm, dass ich mich gleich nach Neujahr bei ihm melden werde. Ich nehme mir einen Drink und schaue mich um. Die Stimmung ist auf dem Höhepunkt. Mich beschleicht so ein komisches Gefühl. Also gehe ich durch die Hintertür nach draußen und von dort ums Haus herum. Und was sehe ich, als ich vorsichtig durch das Fenster meines Arbeitszimmers hineinspähe?«

Fowler machte ein paar Schritte und blieb neben Dr. Nicholson stehen. Dann gab er ihm mit seinem Stiefel einen

Tritt in die Rippen. Während der Arzt laut aufstöhnte, sagte Fowler: »Dieser Herr sitzt in meinem Schaukelstuhl, den ich schon seit meiner Studentenzeit besitze, und die liebe Diana, meine langjährige Gattin, kniet vor ihm und …« Er fiel in einen leichten Singsang: »Hab ich's nicht geseh'n? War es denn nicht schön? Wie Mommy die Rute vom Weihnachtsmann …«

22

Diana war im Gesicht tiefrot angelaufen und wandte den Blick von mir weg. Dr. Nicholson lag nach dem Tritt in seine Rippen immer noch zusammengekrümmt da.

»Das erklärt natürlich vieles, wenn die Liebe zu Ihrer Frau tatsächlich so stark war, dass diese Entdeckung Sie so tief erschüttert hat«, sagte ich zu Fowler. »Aber war es auch wirklich so?«

Fowler bedachte mich sofort mit einem hasserfüllten Blick. »Wollen Sie mich einen Lügner nennen, Cross?« Er deutete mit der Hand auf seine Frau. »Ich habe sie damals nicht gleich drauf angesprochen. Ich wollte wissen, wie weit das ging zwischen den beiden. Ob das nur ein Ausrutscher war oder ob mehr dahintersteckte. Wie sich herausstellte, hatte sie sich mit diesem Brillenheini eingelassen, als wäre er der begehrteste Preishengst auf der ganzen Koppel. Können Sie sich das vorstellen? Dieses Flittchen setzt total leichtfertig unsere Ehe aufs Spiel, und das mit einem Typen, der seinen Lebensunterhalt damit verdient, dass er fragt: ›Und können Sie die Buchstabenreihe darunter auch noch lesen? Und was ist mit der folgenden Zeile?‹«

Er funkelte seine Exfrau und Barry so böse an, dass ich bereits fürchtete, er würde wieder anfangen zu treten oder noch Schlimmeres tun. Fowler fuchtelte mit seiner Pistole in Richtung Nicholson und fuhr an mich gewandt fort: »Die beiden hatten eine Dauerreservierung für ein Zimmer im *Four Seasons*, wo sie es trieben wie die Tiere, und ich bezahlte auch noch die Rechnung!« Fowler wurde mit einem Mal knallrot im Gesicht. Er ging aufgeregt im Wohnzimmer auf und ab und kratzte sich übernervös an Brust und Armen. »Kapieren Sie so langsam, was hier gelaufen ist, Cross? Wie es dazu kam, dass ich so tief sinken musste? Sehen Sie endlich, wer hier das wahre Opfer ist?«

Ich sagte nichts darauf. Ich sah Fowler lediglich an und versuchte, neutral zu wirken. Seine Tiraden konnte man sowieso nicht stoppen. Dann zeigte er mit dem Finger auf Melissa Brandywine.

»Sie werden sich vielleicht schon gefragt haben, wer diese glückliche Besucherin ist, die an diesem Feiertag unverhofft hereingeschneit kam. Na los doch, zeigen Sie Mr. Cross ihr hübsches Gesicht, junge Frau. Ich sagte: Heben Sie gefälligst den Kopf.« Er packte sie grob unterm Kinn und drückte ihr die Finger in die Wangen.

Sie schrie auf. »Henry, bitte.«

»Na los schon, meine Liebe, zeigen Sie Ihr strahlendes falsches Lächeln; es hat nicht zuletzt Ihrem Mann dazu verholfen, in den Kongress gewählt zu werden. Und wenn Sie schon dabei sind, zeigen Sie ihm doch Ihren Kontoauszug, damit Mr. Cross den wahren Grund kennenlernt, warum Ihr Mann in den Kongress gewählt wurde.«

Die Gattin des Abgeordneten wandte mir den Kopf zu. Ihr Gesichtsausdruck wirkte zutiefst traurig, gedemütigt und beschämt. Ich fragte mich in der Tat, warum das so war.

»Unsere liebe Mrs. Brandywine«, sagte Fowler. »Eine wahre Publicity-Expertin. Eine Frau, die an so vielen Lunches im Weißen Haus und an zahllosen Botschaftsempfängen teilnimmt. Wollen Sie wissen, was sie sonst noch ist?«

»Henry, bitte nicht«, sagte Melissa Brandywine.

»Quatsch«, entgegnete Fowler. »Es ist höchste Zeit, dass alle Karten auf den Tisch kommen. Nicht einmal die liebe

Diana weiß, was unsere Nachbarin so treibt. Aber nachdem ich dahintergekommen war, dass meine Frau eine Hure ist, habe ich mich betrunken und war der Ansicht, dass ich mir jetzt selbst eine Hure gönnen sollte. Und dafür wendet man sich doch am besten an die Frau eines Mannes, der seinerseits käuflich ist. Sie hatte mir schon früher Avancen gemacht. Jetzt bin ich einfach darauf eingegangen. Soll ich Ihnen ein kleines Geheimnis verraten? Sie hat es gern, wenn man ihr den Finger in…«

Diana schrie laut auf. »Denk an die Kinder, Henry! Es sind auch deine Kinder, um Himmels willen! Warum kannst du jetzt nicht damit aufhören? Warum kannst du es nicht einfach sein lassen? Warum musst du alle und alles um dich herum kaputt machen? Lass es jetzt dabei bewenden. Hör einfach auf!«

Zu meinem großen Erstaunen ging Fowler nicht in die Luft. Er stand einfach da, hielt in der Bewegung inne, wie ein Schlafwandler. In dem riesigen Zimmer war es plötzlich vollkommen still. Es war sogar so leise, dass ich mir einbildete, das Rieseln der Schneeflocken hinter den dicken Vorhängen hören zu können.

Fowler machte ein paar schnelle Schritte und ließ sich auf dem Sofa nieder, das gegenüber der Stelle stand, wo die Geiseln lagen. Er strich mit der Schrotflinte über sie hinweg und sagte wie in Trance: »Ich möchte es gern dabei bewenden lassen, Diana, doch es lässt mich nicht los.« Er sah mich an. »Haben Sie das schon einmal erlebt, Cross? Dass irgendetwas Sie nicht in Ruhe lässt?«

Ich musste an den schwarzen Schatten denken, der über die Szene huschte, als meine erste Frau im Sterben lag. »Allerdings.«

»Dann werden Sie auch verstehen, dass jetzt die Zeit für

Sie gekommen ist zu gehen«, sagte er. »Die Verhandlung ist geschlossen. Alle wurden für schuldig befunden, und ich muss mich nun auf den Vollzug der Strafen vorbereiten.«

23

»Tun Sie das lieber nicht«, sagte ich. »Egal, wie viel Vertrauen verloren gegangen ist. Egal, was man Ihnen angetan hat, Fowler, das ist nicht die richtige Art, damit fertigzuwerden.«

In seinen Augen blitzte es auf. »Das zu entscheiden ist nicht Ihre Sache. Verschwinden Sie jetzt lieber, bevor mir einfällt, dass es vielleicht nicht schlecht wäre, Sie auch noch zu liquidieren. Gehen Sie heim zu Ihrer Familie, die Sie lieben, Cross. Und haben Sie Mitleid mit meiner.«

Aufgrund der emotionslosen Art, wie er das gesagt hatte, war mir klar, dass ich nicht viel Verhandlungsspielraum hatte. Während ich langsam aufstand, sagte ich: »Ich weiß es zu schätzen, dass ich Ihre Sicht der Dinge kennenlernen konnte, Mr. Fowler.«

»Und ich weiß es zu schätzen, dass Sie zugehört haben, Herr Geschworener«, erwiderte Fowler.

»Kann ich einen von ihnen mitnehmen?«, fragte ich und deutete auf die Geiseln. »Sozusagen als Zeichen des guten Willens?«

»Hauen Sie ab.«

»Zeigen Sie mir doch, dass Sie zu einem Kompromiss bereit sind«, sagte ich und trat langsam den Rückzug an. »Andernfalls wären dann auch meine Optionen begrenzt, Fowler. Sie setzen mich unter Zugzwang und bringen mich dazu, energischer einzugreifen.«

»Was Sie tun, ist mir egal, Cross«, erwiderte er. »Drohungen wirken nur bei Menschen, die Angst um ihr Leben haben, aber ich habe meines schon vor langer, langer Zeit verloren.«

»Mr. Fowler…«

Er richtete den Lauf der Pistole auf mich. »Raus jetzt oder Sie sterben auf der Stelle.«

»Ich kann es nicht so ganz glauben, dass Sie wirklich alle töten wollen«, sagte ich.

»Das glauben Sie nicht, hä?«, erwiderte Fowler und machte ein paar Schritte auf Dr. Nicholson zu, der sich in Erwartung eines weiteren Tritts reflexartig zusammenkrümmte.

Fowler funkelte mich mit einem Blick an, der ausdrückte: Ich hab's dir ja gesagt! Anschließend streckte er den Arm aus, sah noch einmal auf den Ehemann seiner Exfrau und drückte ab.

24

Nicholson bäumte sich auf und sackte dann zusammen, sein Pullover saugte sein Blut auf wie ein Schwamm. So schnell ich konnte – der Knall des Pistolenschusses hallte noch in meinen Ohren nach –, sprang ich zu Nicholson hinüber und griff nach einem Sofakissen. Seine Frau war zuerst bei ihm.

»Barry!«, schrie sie. »Barry?«

Ich kniete mich auf den Boden und versuchte, seinen Pullover und sein Hemd nach oben zu schieben, um mir seine Wunde besser ansehen zu können.

»Fass ihn gefälligst nicht an, Diana!«, brüllte Fowler. »Und komm ja nicht auf die Idee, ihm zu helfen. Mir hast du nie geholfen, wenn ich dich gebraucht hätte.«

Diana kreischte: »Du mieses, geistesgestörtes Schwein!«

Jeremy, Chloe und Trey heulten los. Melissa Brandywine kniete auf allen vieren und war nahe daran, sich zu übergeben.

Ich versuchte immer noch, mir ein Bild von Nicholsons Verletzung zu machen. Schussverletzungen sind nie »leichte« Verletzungen, aber ein Bauchschuss ist stets besonders schwerwiegend und gefährlich. Daran kann man innerhalb weniger Minuten bis zu etlichen Stunden Todesqual sterben. Eine Kugel kann den Dickdarm zerfetzen oder die Leber. Fäkale Substanzen treten dann in den Bauchraum aus und verursachen eine bakterielle Infektion, die sich nicht mehr eindämmen lässt. Knochensplitter können die Nieren oder die Milz schädigen, was zu einem rascheren Tod führt. Auf jeden Fall musste man davon ausgehen, dass der Mann schwere innere Verletzungen hatte und augenblicklich einen Arzt brauchte.

»Ich hab gesagt, lass verdammt noch mal die Finger von ihm!«, schrie Fowler Diana erneut an. »Ich meine, was ich sage!«

Ich musste damit rechnen, dass Fowler nicht lange zögern würde, mir oder Diana oder uns beiden ebenfalls eine Kugel in den Leib zu jagen. Mit zornblitzenden Augen stand er auf.

»Mach nur so weiter!«, kreischte Diana. »Das ist es doch, was du willst, Henry. Mach schon und bring mich um. Aber dann lass vorher wenigstens alle anderen frei. Cross soll Barry nach draußen bringen und die Kinder und Melissa mitnehmen; anschließend kannst du mit mir tun, was du willst.«

»Kommt nicht infrage«, entgegnete Fowler. »Barry wird nirgendwohin gebracht. Und du bleibst auch hier.«

Sie drehte sich auf dem Absatz um und kauerte sich neben mich. »Was sollen wir tun?«

Ich konnte jetzt die Stelle sehen, wo die Kugel eingedrungen war. Sie befand sich auf der Höhe des Bauchnabels, aber relativ weit außen am Rumpf. Das sah immerhin nicht ganz so schlecht aus; möglicherweise hatte Fowler bei diesem Schuss aus kürzester Entfernung absichtlich auf die Seite gezielt. Doch dann rollte ich den Augenarzt sanft auf die Seite und erkannte, dass er dort, wo die Kugel ausgetreten war, viel Blut verlor. Auf dem Teppich hatte sich bereits eine Lache gebildet. Ich drückte das Sofakissen auf die Wunde, zog meinen Gürtel ab und schnallte es damit an Barrys Körper fest. »Man sollte etwas Alkohol auf die Wunde tun«, sagte ich noch.

»Raus jetzt hier, Cross!«, kreischte Fowler. »Und zwar auf der Stelle, oder Sie erleben den Weihnachtsmorgen bei Ihrer Familie nicht mehr.«

Ich spürte den Pistolenlauf an meinem Hinterkopf. »Tut mir leid«, sagte ich.

Tränen tropften über die Wangen von Diana. »Mir ebenfalls.«

Ich erhob mich, ließ ein letztes Mal meinen Blick durch den ganzen Raum schweifen, damit ich ihn nachher genau beschreiben und die Position jedes Einzelnen darin angeben konnte. Dann drehte ich mich um und ging zur Eingangstür. Fowler folgte mir mit wenigen Metern Abstand. Ich zog sie ohne Hast am Türgriff auf und fragte mich, ob Fowler mir zum Schluss nicht doch noch in den Hinterkopf schoss.

25

Ich trat in gleißendes, geradezu blendendes Licht draußen und machte einen Satz nach vorn, als Fowler hinter mir die Tür zuschlug.

Die Hände auf die Oberschenkel gestützt, stand ich vornübergebeugt da und versuchte, wieder regelmäßig zu atmen und mich geistig zu befreien von dem Verletzten und von den anderen fünf Geiseln, die ich in der Gewalt dieses Wahnsinnigen zurücklassen musste.

»Alex!«, rief Adam Nu. »Weg da!«

Ich fuhr hoch und bewegte mich flink durch den Schnee auf die Lichter zu. Kurz vor Mitternacht reichte mir der Schnee bis auf Knöchelhöhe. Jetzt, rund zwei Stunden später, ging mir der Schnee schon bis ans Schienbein, und er fiel so dicht und so schnell, wie ich es in Washington noch nie erlebt habe. Wenn es so weiterging, würden pro Stunde schätzungsweise zehn Zentimeter dazukommen. Das kannte man sonst nur aus den Rocky Mountains.

Je weiter ich mich vom Haus entfernte, desto mehr Übertragungswagen mit Satellitenschüsseln obendrauf konnte ich erkennen. Das würde offensichtlich das Medienereignis an diesen ansonsten eher nachrichtenarmen Feiertagen werden. Oder? So eine kleine Geiselnahme gehörte mittlerweile doch fast schon zum Feiertagsprogramm – so ähnlich wie die übliche Autobombe in Bethlehem.

Mittlerweile standen sogar schon neugierige Zaungäste aus der Nachbarschaft auf der Straße, was mich überraschte. Es waren sogar ein paar Kinder dabei. Sollten sie nicht im Bett liegen und schlafen? Einige Leute hielten ihr

Smartphone in die Höhe und machten über die Köpfe der anderen hinweg Fotos. Es herrschte ein emsigen Klicken, Simsen, Tweeten. Aber es waren die Angehörigen der Polizeieinheiten, die mir wirklich eine Überraschung bereiteten. Inzwischen waren die Mannschaften hier auf dem Schauplatz auf an die fünfzig Einsatzkräfte angewachsen. Die bewaffneten und mit beinahe mannshohen Schilden ausgerüsteten Männer waren in lockerer Formation angetreten, und sie hatten mich offensichtlich erwartet. Ich dachte, ich hätte hinter mir ein Geräusch vernommen, doch ich drehte mich nicht um. Einer aus der Formation rief: »Frohe Weihnachten, Detective!«, gefolgt von einem donnernden Applaus und einigen Pfiffen.

Dann hörte ich hinter mir die Stimme einer Frau.

»Mr. Cross!«, rief sie. »Detective, bitte warten Sie auf mich.«

Ich wandte mich um. Die Frau des Kongressabgeordneten stolperte nur in Strümpfen hinter mir durch den Schnee. Sie machte einen zutiefst betrübten, auch etwas benommenen Eindruck, und sie zitterte immer noch am ganzen Körper wie Espenlaub. In der Hand hielt sie eine Schneeschaufel. Ich ging ihr entgegen, hob sie hoch und trug sie mitten durch die Reihen der angetretenen Männer in voller Kampfmontur.

»Was hat denn das mit der Schaufel zu bedeuten?«, fragte ich sie, als ich sie zwei Rettungssanitätern in dem Unterstand hinter den Einsatzwagen übergab.

Sie sah mich reichlich verstört an. »Er sagte, die sei für Sie. Damit Sie den Zugang zum Haus freischaufeln, falls Sie noch weitere Geiseln lebend sehen wollen.« Dann fing sie hemmungslos an zu weinen. »Hören Sie, Mr. Cross?«

»Ja, Mrs. Brandywine?«

Sie zitterte immer noch unter den Decken, in die sie von

den Sanitätern gehüllt worden war, und vermied es, mir in die Augen zu sehen, doch sie sagte: »Sie werden doch diese unaussprechlichen Dinge … niemandem gegenüber wiederholen?«

»Nein, Madam«, erwiderte ich. »Es ist nicht meine Art, Aussagen von Verrückten zu zitieren.«

Die Abgeordnetengattin nickte, ihre Unterlippe zitterte. »Ich danke Ihnen.«

»Wenigstens einer sollte ein anständiges Weihnachtsfest feiern können. Wie es aussieht, ist das Ihnen zugedacht.«

Zweites Buch

Frohe Weihnachtszeit

26

»Sieh mal einer an, wer das mit heiler Haut überstanden hat«, sagte Adam Nu. Er kam gerade aus dem Schneesturm von draußen herein, als die Sanitäter Mrs. Brandywine in einen Krankenwagen bugsierten. Nu drückte mich in einer raschen Umarmung an sich, was sonst überhaupt nicht seine Art war.

Ich atmete tief durch. »Tja, besonders spaßig war es nicht. Wenn ich jetzt nicht bald einen heißen Kaffee und etwas zu essen bekomme, bin ich zu nichts mehr zu gebrauchen.«

Einer von Nus Männern reichte mir ein Schinkensandwich und einen dampfenden Styroporbecher mit heißem, scharf gebranntem Kaffee. Unter den Umständen geradezu ein Feiertagsfestessen, das ich im Stehen nahe bei einem der Gasheizer herunterschlang. Dann fragte ich: »Was habt ihr übers Telefon mitbekommen?«

»Einiges«, sagte McGoey. »Sein ganzes Geschrei und seine Gesangseinlagen. Auch das, was Sie gesagt haben. Dieser Typ ist völlig durchgeknallt.«

»Da haben Sie recht. Dennoch kann ich mir nicht vorstellen, dass er seine ganze Familie abknallt«, meinte ich.

»Aber Sie haben uns gesagt, dass er auf Nicholson geschossen hat«, warf Nu ein.

»Hat er auch«, entgegnete ich. »Aber ich glaube, nicht mit der Absicht, ihn zu töten. Er hat aus kürzester Entfernung auf ihn abgedrückt. Wenn er es wirklich gewollt hätte, hätte er Nicholson mit Leichtigkeit den Garaus machen können.«

»Vielleicht möchte er ihn lieber leiden sehen«, meinte Nu.

»Oder er hält sich in seinem tiefsten Innern nicht für einen Killer«, gab ich zu bedenken. »Immerhin hat er Mrs. Brandywine ziehen lassen; ich halte das für einen Hinweis auf seine Bereitschaft, sich auf Verhandlungen einzulassen, um das Ganze ohne weiteres Blutvergießen zu beenden.«

»Tut mir leid, dass ich Ihnen die Feiertage vermiesen muss«, sagte McGoey, »aber da schätzen Sie Fowler vollkommen falsch ein.«

»Wie das?«, fragte ich etwas verärgert, weil er sich so dezidiert über jemanden äußerte, dem er noch nie begegnet war.

Er zog sein Mobiltelefon aus der Tasche. »Können Sie sich noch daran erinnern, wie wir über diese abgefuckte Meth-Hure gesprochen haben, bevor Sie zu ihm rein sind? Diejenige, bei der Fowler eingezogen ist?«

»Patty soundso«, antwortete ich.

»Patty Paradise alias Patricia Kocot«, erklärte McGoey. »Ich habe jemanden in ihre Unterkunft geschickt, um sie zu fragen, ob sie bereit wäre, ihrem Freund und Untermieter gut zuzureden.«

»Und?«

Der Detektiv griff nach einem Laptop und zeigte mir Aufnahmen von Patty Paradise, die vor einer Stunde von seinen Leuten gemacht worden waren. Sie lag nackt und leblos in einer Badewanne. Auf der Stirn waren zwei Einschusslöcher zu sehen. Aufgeplatzte Haut und üble blaue Flecken auf ihren Vorderarmen und Schienbeinen waren eindeutige Hinweise, dass sie zuvor mit Stromschlägen malträtiert worden war…

27

Nu stellte nun zusammen mit seinen Einsatzkräften auf der Grundlage meiner Informationen über den Grundriss und die Position der Geiseln einen Plan zur Erstürmung des Hauses auf. In der Zwischenzeit versuchten Ramiro und seine Leute erneut, telefonisch Kontakt mit Henry Fowler im Haus der Nicholsons aufzunehmen.

Trotz des Kaffees und des Sandwichs fühlte ich mich plötzlich erschöpft. Ich sagte McGoey Bescheid, dass ich ein wenig dösen wollte, dass er mich aber sofort wecken sollte, falls Fowler sich meldete. In dem Einsatzwagen gab es zwei Pritschen, die man von der Wand herunterklappen konnte. Ich breitete eine Decke über mich, legte mich hin und schloss die Augen.

Es fiel mir immer leicht, im Handumdrehen einzuschlafen. Das ist sehr nützlich bei solchen Einsätzen, die sich lange hinziehen können. Aber in dieser Nacht konnte ich nicht einschlafen. Jedenfalls zunächst nicht.

Meine Gedanken kreisten ständig um das, was Fowler vorhin gesagt und getan hatte. Es gelang mir einfach nicht, den Mann, der er früher einmal gewesen sein musste, mit der Bestie, die er jetzt war, zur Deckung zu bringen.

Ich kann ihm einfach nicht glauben, dachte ich, als ich allmählich wegdämmerte. Hier spielt sich noch etwas anderes ab, was wir bisher noch nicht gesehen, noch nicht erkannt haben.

28

In der Familie Cross steht keiner vor Nana auf, auch nicht an Weihnachten.

An diesem Morgen erhob sie sich um Viertel vor fünf.

Als Erstes drehte sie den Heizungsthermostat hoch und »stellte den Kaffee auf«, wie sie zu sagen pflegte. Dann schaltete sie die Lichter am Weihnachtsbaum ein, brachte eine große Einkaufsplastiktüte ins Wohnzimmer und fing an, die Weihnachtsstrümpfe mit den Geschenken zu füllen. Das war ihr vorbehalten, und es bereitete ihr stets die größte Freude. Und natürlich mochte jeder die Süßigkeiten und die billigen Kleinigkeiten, die einfach dazugehörten, genauso wie die teureren Hemden, Pullover, Bücher oder elektronischen Geräte. Nana verteilte die winzigen Plastikpuzzles, Schokoriegel und Kugelschreiber. Wie immer hatte jede der Kleinigkeiten, die in die Strümpfe kamen, auch eine symbolische Bedeutung. So bekam Bree beispielsweise ein Wegwerffeuerzeug. Damit deutete Nana an, dass sie sehr wohl wusste, dass Bree manchmal heimlich eine Zigarette rauchte.

In Avas Strumpf steckte die alte Dame ein Fläschchen teuren Nagellack. Hier war der Hintergedanke, sie vom Nägelkauen abzuhalten.

Ohrhörer für den iPod wanderten in Damons Strumpf. Ein leuchtend roter Haarclip war für Jannie und ein Zahnseidenhalter für Alex.

»Alex«, sprach sie leise vor sich hin und schaute zum Wohnzimmerfenster hinaus. Es schneite immer noch, und mittlerweile lag der Schnee dreißig Zentimeter hoch auf den Autodächern. Aber von ihrem Enkel gab es kein Lebenszeichen.

»Sieh einer an«, vernahm sie eine Stimme, »die kleinen Helfer des Weihnachtsmanns werden auch mit jedem Jahr jünger und hübscher.«

Nana drehte sich um und sah Bree am anderen Ende des Wohnzimmers stehen. Sie umarmten sich und wünschten sich gegenseitig fröhliche Weihnachten, auch wenn sie beide wussten, dass es nicht so fröhlich werden würde, solange man um Alex bangen musste.

»Hast du schlafen können?«, wollte Nana wissen.

»Kein bisschen.«

»So ging's mir auch. Ich hatte die ganze Nacht einen Kloß im Magen.«

Sie tranken gemeinsam Kaffee und unterhielten sich. Jannie, Damon und Ava kamen herunter, als der Weihnachtsmorgen anbrach. Alle lächelten, umarmten sich gegenseitig und wünschten sich frohe Weihnachten, aber der übliche Ansturm auf die Geschenke mit dem ungeduldigen Aufreißen der Verpackungen blieb aus.

»An diesem Weihnachtsmorgen brauchen wir ein kräftiges Frühstück mit allem, was dazugehört«, sagte Nana.

Alle taten so, als seien sie derselben Meinung.

»Dann lasst uns in die Küche gehen und ran an die Arbeit. Oder denkt ihr, dass ich das alles allein mache? Ich brauche jede Menge Hilfe.«

Die Kinder folgten ihr in die Küche. Bree sagte, sie käme gleich nach. »Am liebsten schlage ich die Eier auf«, rief sie den anderen hinterher. »Hebt das für mich auf.«

Dann nahm sie die Fernbedienung zur Hand und schaltete den Fernseher ein. Auf einem Schriftband am unteren Rand der Mattscheibe liefen die Worte »Geiselnahme an Weihnachten« über den Monitor. Man sah das stattliche, schöne alte Haus in Georgetown. Es wimmelte von Polizisten, Gaffern, und über allem rieselte der Schnee. Dann sah man, wie Alex eine Frau von dem Haus wegtrug, in dem der Wahnsinnige im Grunde in der Falle saß. Der Nachrichtensprecher erklärte, dass es sich um die Frau des Kongressabgeordneten Brandywine handelte, und fuhr fort: »Detective Cross wagte sich unter Lebensgefahr in das Haus, um direkt mit dem Geiselnehmer zu verhandeln. Eine Geisel konnte gerettet werden, aber soweit inzwischen bekannt, hängt das Leben einer anderen am seidenen Faden. Der Geiselnehmer hat auf den neuen Ehemann seiner Exfrau geschossen und ihn dabei schwer verwundet.«

Er hatte sich unbewaffnet in das Haus gewagt. Drinnen ist auf jemanden geschossen worden. Bree dachte darüber nach und sprach leise vor sich hin, als ob der Fernseher es hören könnte: »O Alex, Alex. Ich bin mir nicht sicher, ob ich länger ertragen kann, was du tust.« Dann wechselte sie zu einem anderen Sender. Aber auf Channel 4 kam praktisch die identische Geschichte. Dieser Sender hatte immerhin bereits eine Reporterin vor Ort. Sie hielt ein Mikrofon in der Hand und sprach in die Kamera.

»Vom Staranwalt zum Drogenjunkie bis zum wahnwitzigen Gewaltverbrecher: Das ist die negative Karriere von Henry Fowler, die ihn an diesem Weihnachtsmorgen bis hierher führte.«

Bree drückte vehement auf den Aus-Knopf und warf die Fernbedienung auf den Tisch. Mit dem Ärmel wischte sie sich über die feuchten Augen. Dann rief sie in Richtung Küche: »Wehe, wenn jemand meine Eier angerührt hat!«

29

Ich spürte, wie mich jemand wach rüttelte. Sofort fuhr ich auf und sah zu meiner Überraschung Detective McGoey im schwachen, bleichen Tageslicht stehen.

»Fowler ist am Apparat«, sagte er. »Vor einigen Minuten klang es so, als ob er durchdrehen würde. Nu und seine Männer waren schon in Bereitschaft, das Haus zu stürmen, als Fowler endlich ans Telefon ging. Er hat verlangt, mit Ihnen zu sprechen, Alex.«

Ich nickte, setzte mich auf und schüttelte mir die Schlaftrunkenheit aus dem Kopf. »Wie spät?«

»Sechs Uhr fünfzehn«, antwortete McGoey.

»Habe ich vier Stunden lang geschlafen?«, fragte ich.

»Es gab bis jetzt keinen Grund, Sie zu wecken«, erwiderte er.

Ich nickte und ging nach vorn zur Fahrerkabine des Einsatzwagens, wo Ramiro mir den Apparat reichte. »Hier spricht Cross«, sagte ich.

»Ich bin von Ihnen enttäuscht«, begann Fowler. »Sehr enttäuscht.«

»Warum das?«

»Sie haben mich betrogen. Ich habe mal zum Fenster hinausgesehen. Ihr habt mich ja mit einer ganzen Armee eingekreist.«

»So ist das eben, wenn wir es mit jemandem zu tun haben, der bis an die Zähne bewaffnet ist und nicht mit uns sprechen will.«

»Sind die hinter mir her? Wollen die sich ihren Weg ins Haus freischießen?«

»Sofern Sie nicht mit uns sprechen.«

»Hier mit Gewalt eindringen zu wollen wäre ein schwerer Fehler. Ihr würdet nichts anderes vorfinden als Leichen rund um einen Weihnachtsbaum, einschließlich meiner.«

»Aber mit mir werden Sie sich doch unterhalten?«, fragte ich. »Und mir dabei helfen, einen Weg zu finden, wie sich das vermeiden lässt.«

Er antwortete nicht, aber er legte auch nicht auf.

»Ist Dr. Nicholson noch am Leben?«

»Barry?«, gab er giftig zurück. »Klar ist der noch am Leben. Aber er hat ziemliche Bauchschmerzen.«

»Lassen Sie ihn frei«, sagte ich. »Lassen Sie mich und einen weiteren unbewaffneten Mann hinein, damit wir ihn abholen können.«

»Nein«, erwiderte Fowler. »Es gefällt mir, wie er leidet.«

»Dann lassen Sie jemand anderen gehen. Eines der Kinder.«

Eine Weile herrschte Stille, dann sagte er: »Ein Zeichen des guten Willens. Sagten Sie nicht, dass es so etwas sei?«

»Ganz recht.«

»Ihr Wunsch soll in Erfüllung gehen«, meinte Fowler. »Ich schicke Ihnen den Einzigen aus diesem Haus, der mir wirklich am Herzen liegt.«

Nu klopfte an die Wand und deutete auf das seitliche Fenster des Einsatzwagens. Ich richtete mich auf und sah, wie die Haustür aufging. Ein schwarzer Labrador Retriever mit einem roten Halsband schlüpfte heraus, blieb einen Moment unschlüssig stehen, und als die Tür hinter ihm wieder ins Schloss fiel, lief er vom Haus weg.

30

Fowler legte es eindeutig darauf an, Spielchen mit uns zu spielen. Er wollte uns zeigen, dass er hier der Herr über Leben und Tod war, auch wenn er selbst wegen der Bedrohung durch Scharfschützen und Sturmtrupps rund ums Haus in Todesgefahr schwebte. Ich hätte mich verärgert zeigen können, hätte ihn herausfordern, hätte den Druck erhöhen können, aber irgendwie spürte ich, dass der Schuss nach hinten losgehen würde.

»Lieben Sie Ihren Hund, Mr. Fowler?«, fragte ich ihn.

»Welcher Mensch würde seinen Hund nicht lieben?«, erwiderte er in ätzendem Ton.

»Beispielsweise jemand, der eine Katze besitzt«, sagte ich.

»Sehr witzig, Cross.«

»Ich bin froh, dass Sie den Hund rausgelassen haben. Wie heißt er übrigens?«

»Mindy. Es ist eine Sie.«

»Wir bedanken uns dafür, dass Sie Mindy rausgelassen haben, und ich versichere Ihnen, dass wir gut für sie sorgen werden. Aber ich brauche noch mehr von Ihnen, Mr. Fowler, wenn ich meine Einsatzkräfte davon abhalten soll, die Haustür einzutreten und Ihnen den Kopf wegzublasen, bevor Sie irgendjemandem da drinnen ein Leid antun können. Das sind Profis.«

Darauf folgte eine längere Pause. »Und das wäre?«

Ich schaute zu Nu und McGoey hinüber und sagte: »Ich möchte noch einmal zu Ihnen ins Haus kommen und Sanitäter mitbringen. Ich möchte Barry rausholen.«

Fowler fing an, wie ein Besessener zu kreischen, jetzt

drehte er wirklich durch. Wir hörten, wie irgendwelche Gegenstände zerbrachen, dann kam er wieder an den Apparat. »Es ist mir so was von scheißegal, was ihr wollt! Ich tue das, was ich will. Barry soll sterben. Habt ihr das kapiert? Er soll für das, was er mir angetan hat, büßen! Und das Gleiche gilt für meine Exfrau. Sie haben mir auch mein Leben geraubt. Jetzt werde ich mir ihres nehmen. Ich bring sie alle um.«

»Ich bin unterwegs zu Ihnen, Fowler«, sagte ich. »Und zwar jetzt.«

Aber er hatte bereits aufgelegt.

31

»Wollt ihr lieber Pfannkuchen oder Waffeln?«, fragte Nana in so übertrieben fröhlichem Ton, dass jeder merkte, wie aufgesetzt das war. Da sowohl Jannie – will immer Waffeln – als auch Damon – reißt sich um Pfannkuchen – sagten, es sei ihnen egal, war deutlich, wie getrübt die Feiertagsstimmung wegen der Sorgen um Alex war.

»Da heute Weihnachten ist«, sagte Nana schließlich, »mache ich einfach beides.«

Auch dazu kam keine Reaktion von den Kindern.

Mit einem Mal riss sich Nana die Küchenschürze vom Leib und warf sie auf den Boden. »Jetzt habe ich aber genug davon!«, rief sie, marschierte hin und her und schwang die Fäuste, als wollte sie den Sandsack bearbeiten, der im Keller von der Decke hing.

Damit war ihr die allgemeine Aufmerksamkeit sicher.

»Jetzt hört ihr mir mal alle zu«, begann Nana, schnappte sich einen langstieligen Löffel und deutete damit auf jeden Einzelnen. »Mir gefällt diese Situation genauso wenig wie euch. Mein Enkel, euer Vater ist an Weihnachten dienstlich unterwegs, und ich vermisse ihn ebenfalls. Aber ziehe ich deswegen ein verdrießliches Gesicht? Echauffiere ich mich deswegen? Lasse ich den Kopf hängen?«

Sie schaute jeden auf ihre inquisitorische Art an; das konnte sie immer noch sehr gut aus ihrer Zeit als stellvertretende Schulrektorin. »Die Antwort auf jede dieser drei Fragen lautet: Ja. Natürlich geht es mir auch so. Mir ist auch dauernd zum Heulen zumute. Ich gebe zu, ich habe heute Nacht zweimal weinen müssen, und es kann jederzeit wieder passieren.

Aber genauso wahr ist, dass man das Leben so nehmen muss, wie es kommt. Heute ist Weihnachten. Jetzt ist Weihnachten. Weihnachten findet nun mal an keinem anderen Tag statt. Ich habe eigentlich nicht vor, eine Feiertagspredigt zu halten, aber an Weihnachten dreht sich alles um Hoffnung und Glauben. Daran sollten wir wirklich alle denken. Habt ihr das verstanden? Hoffnung und Glaube. Verstanden? – Ich sagte: Habt ihr das verstanden?«

»Es ist schwer, Hoffnung und Glauben zu spüren, wenn einem richtig übel ist«, sagte Jannie. »Leute, die nicht in einer Polizistenfamilie aufgewachsen sind, verstehen das gar nicht, Nana.«

»Es ist einfach Scheiße«, fügte Damon hinzu.

»Ich streite das ja gar nicht ab«, entgegnete ihre Urgroßmutter. »Wenn es alles so einfach wäre, bräuchte ich ja nicht so eine Ansprache zu halten.«

»Okay, wir halten uns an Hoffnung und Glauben«, sagte Bree. Sie fasste Nana bei den Schultern und gab ihr einen leichten Kuss. »Ich tue das jedenfalls.«

»So ist es recht«, sagte Nana. »Ich hoffe doch, dass deine Stiefkinder den gleichen gesunden Verstand haben. Und jetzt, bitte schön, wer meine Schürze auf den Boden fallen gelassen hat, der hebe sie auch wieder auf.«

Alle lachten … wenigstens ein bisschen.

»Dann lassen wir uns nun ein echtes Feiertagsfrühstück schmecken«, fuhr sie fort. »Und anschließend gehen wir gemeinsam ins Wohnzimmer und machen unsere Geschenke auf. Und danach …«

»Und danach?«, fragte Ava.

»Danach geht Damon nach draußen und schaufelt die Auffahrt zum Haus frei. Damit wir alle in die Kirche gehen können, sobald euer Vater zurück ist.«

32

»Sie gehen da nicht wieder rein«, sagte Lieutenant Nu. »Ich könnte Ihrer Frau nie mehr in die Augen sehen.«

»Ich auch nicht«, erwiderte ich und sprang auf. »Ich muss aber unbedingt noch mal zurück, sonst stirbt dieser Arzt – und die anderen sterben vielleicht auch. Außerdem habe ich einen Plan.«

»Was für einen Plan?«, wollte McGoey wissen.

Ich sagte den beiden, dass mir im Schlaf halb unterbewusst der wahre Grund für Fowlers rasanten Abstieg in den Sinn gekommen sei – und für diese Wahnsinnstat seit gestern. »Das können wir zu unserem Vorteil nutzen«, sagte ich und berichtete ihnen, was mir dazu eingefallen war.

»Schöner Mist«, murmelte Nu. »Dann bleibt nichts anderes übrig; Sie müssen noch mal da rein.«

Er half mir noch, eine Schutzweste seines SWAT-Teams anzulegen, und dann marschierte ich wieder einmal hinaus in den Schneesturm.

An einem fahlen Wintermorgen um sechs Uhr dreißig überquerte ich erneut die Straße zum Haus der Nicholsons. Die Reporter und Zuschauer waren inzwischen weiter zurückgedrängt worden. Nur die Polizisten mit ihren Einsatzwagen, Sanitäter und das Spezialeinsatzkommando durften sich noch in der unmittelbaren Umgebung aufhalten.

Ich nahm die Schneeschaufel zur Hand, welche die Frau des Kongressabgeordneten mitgebracht hatte, und räumte den Zugang frei. Der Schnee lag über dreißig Zentimeter hoch. Von der O-Street her erklangen Kirchenglocken, vermutlich von der Christ Church. Dann kamen weitere Glocken aus einer anderen Richtung hinzu, möglicherweise die Zionskirche.

Das Gefühl, an solch einem Feiertag eine derartige Operation durchführen zu müssen, habe etwas Blasphemisches, war so deutlich wie nie zuvor. Als ich an die Haustür klopfte, stand mir der Sinn danach, hier gründlich aufzuräumen. Aber lag ich mit meinen Vermutungen wirklich richtig? Würde mein Plan aufgehen?

Ich hörte das Knacken der Dielen, und meine Entschlossenheit ließ bereits ein wenig nach.

Die Tür ging auf. Mit erhobenen Händen trat ich ins Haus.

Fowler versetzte der Tür einen Fußtritt, und sie knallte ins Schloss. Dann drückte er mich mit dem Gesicht gegen die Wand und filzte mich erneut. »Das war vielleicht nicht Ihre beste Idee, Cross«, sagte er, während er mich abtastete. »Noch einmal hierherzukommen.«

»Und wieso nicht?«

»Weil ich Sie jetzt nicht noch einmal gehen lassen kann.«

33

Da es ein Feiertag war, erklärte sich Nana bereit, ihre Spezialität zuzubereiten: Sweet Bacon. Dafür wurde ein dickes Stück Schinken in einer Gusseisenpfanne vorgebraten, anschließend mit braunem Zucker bestreut und im Ofen fertig gebraten.

»Ich mache Sweet Bacon nur an Feiertagen und an Geburtstagen«, pflegte Nana zu sagen. Das war früher eine eiserne Regel im Hause Cross; Nana sprach im Übrigen auch immer von »ihrem« Haus, obwohl Alex es gekauft und von seinem Geld bezahlt hatte. Doch einmal hatte Damon darauf bestanden, dass der Tag des Baums auch ein Feiertag sei, und Nana hatte ihm recht gegeben. Später hatte sie die Regel verändert. Nun sagte sie immer: »Ich mache Sweet Bacon nur an großen Feiertagen und an Geburtstagen.«

Waffeln. Pfannkuchen. Und Sweet Bacon.

»Ich glaube, wir brauchen später keinen Truthahn zu braten«, meinte Bree. »So ein üppiges Frühstück reicht für den ganzen Tag, eigentlich sogar für den Rest der Woche.«

»Das ist deine Meinung«, entgegnete Damon. »Ich hätte gegen Truthahn mit Kartoffelbrei nichts einzuwenden. Und Süßkartoffeln mag ich am liebsten mit Minimarshmallows.«

Die Waffeln und die Pfannkuchen saugten den Ahornsirup auf. Die Sweet-Bacon-Streifen waren richtig knusprig. Allmählich besserte sich die Stimmung, und alle wurden fröhlicher.

Dann ergriff Jannie das Wort: »Wisst ihr was? Irgendwas fehlt doch am Frühstückstisch«, meinte sie.

Sofort dachten alle an Alex. Ernüchterung machte sich im

Raum breit. Es wurde ganz still. Nana presste die Lippen aufeinander, um nicht in Tränen auszubrechen. Bree sah gedankenverloren zum Küchenfenster hinaus.

Damon warf Jannie einen finsteren Blick zu, der eindeutig besagte: Wieso musst du jetzt wieder für schlechte Stimmung sorgen?

Jannie merkte, dass ihre harmlose Bemerkung falsch verstanden worden war und sich alle aufregten. »O nein, nicht doch. Ich meinte, was fehlt, sind doch bloß diese lächerlichen Rentiergeweihe und die blinkende rote Rentiernase, die Damon jedes Jahr an Weihnachten aufsetzt.«

»Ach ja, diesen dummen … diese tollen Geweihe habe ich ganz vergessen«, meinte Nana.

»Hört schon auf damit!«, erwiderte Damon. »Das werde ich nicht tun. Von mir aus kannst du das Geweih selbst aufsetzen. Oder Nana.«

»Niemandem steht das Horngeweih besser als dir«, sagte Jannie und kicherte.

»Au ja, zeigst du mir, wie sie bei dir aussehen? Bitte!«, bat Ava.

»Ich weiß noch nicht mal, wo ich die doofen Dinger hingeräumt habe«, sagte Damon.

»Zum Glück weiß ich, wo sie sind«, gab Jannie fröhlich zurück. »Ich habe sie nämlich gleich hier.« Und unter ihrem Stuhl zog sie einen Haarreif hervor, an dem ein Rentiergeweih befestigt war; zur Dekoration war auch noch ein kleiner Ilex-Zweig aus Plastik angebracht. Außerdem hing eine winzige rote Glühbirne an einem Gummiband, das sich Damon um den Kopf schlingen konnte.

Nana machte eine beschwichtigende Handbewegung. »Bevor sich Damon in ein Rentier verwandelt, wollen wir uns noch an den Händen fassen und ein Gebet sprechen.«

Alle streckten die Hände aus und beugten den Kopf.

»Herr unser Gott, der du an diesem gesegneten Weihnachtstag deinen Sohn in die Welt gesandt hast, wir bitten dich, schaue gnädig auf einen weiteren Sohn. Unseren Sohn Alex. Während er anderen hilft, bitten wir dich, hilf du ihm. Bewahre ihn vor Schaden, und schütze ihn vor dem Bösen. Dein Wille geschehe.«

Dann beendete die Familie Cross das Gebet mit einem gemeinsamen »Amen«.

34

Merkwürdigerweise waren sämtliche Geräusche verstummt, die ich von meinem ersten Aufenthalt im Haus der Nicholsons noch im Ohr hatte. Kein Weinen, keine Schreie, keine Kinderstimmen. Selbst der Verrückte, der hier das Sagen hatte, sprach keinen Ton, während er mich mit dem Lauf einer abgesägten Schrotflinte im Rücken vor sich her trieb.

Mit einem schnellen Blick erfasste ich im gedämpften Morgenlicht, das durch die geschlossenen Vorhänge sickerte, die völlige Unordnung in dem Raum. Die drei Kinder lagen immer noch auf dem Boden und schienen zu schlafen. Die Polsterung eines mit rotem Samt bezogenen Lehnsessels war aufgerissen. Die Trümmer eines Beistelltischs mit Mahagoni-Furnier lagen teilweise verbrannt im Kamin.

Diana Nicholson saß mit gekreuzten Beinen auf dem Boden und hielt den Kopf ihres Mannes im Schoß. Ihr Gesicht war fahl, und sie wirkte erschöpft. Um den Arzt war es erheblich schlimmer bestellt. Er lag mit geschlossenen Augen reglos da. Hier ging es um Leben oder Tod, und ich konnte mir gut vorstellen, welche Seite Nicholson angesichts seiner Schmerzen bevorzugen würde.

Ich beobachtete Fowler, der sich unruhig im Raum bewegte, dabei aber stets das Gewehr auf mich gerichtet hielt.

Er wirkte nicht ganz so durchgeknallt wie vier Stunden zuvor. Seine Augenlider waren ein wenig schlaff, als hätte er etwas genommen, um die Wirkung des Crystal Meth zu dämpfen. Das bedeutete, dass er angreifbar war – zweifellos ein Vorteil. Wenn er nahe daran war, ohnmächtig zu werden, hätte ich eine Chance, ihn zu überwältigen. Falls er sich hingegen erneut mit Crystal aufputschte, wäre er im Nu wieder unberechenbar.

»Warum tragen Sie eine Schutzweste?«, blaffte er mich an, und ich hatte den Eindruck, sein Atem roch nach Alkohol.

»Anordnung von oben«, antwortete ich und bewegte mich vorsichtig auf die Nicholsons zu. »Ohne die hätten sie mich nicht reingelassen.«

»Was nichts anderes heißt, als dass sie bald angreifen«, meinte Fowler.

»Das liegt ganz bei Ihnen, Fowler.« Ich kniete mich neben den schwerverwundeten Doktor auf den Boden und fühlte seinen Puls. Er war schwach und unregelmäßig, aber er war noch spürbar.

»Er stirbt«, flüsterte Diana. »Und ich kann nichts für ihn tun.«

»Dann soll es eben so sein«, sagte Fowler hinter mir. »Lass sie kommen.«

Ich vernahm ein metallisches Klopfen auf Glas, schaute über die Schulter und sah, was ich lieber nicht hätte sehen wollen. Fowler schüttete den Rest Crystal, den er noch hatte, aus dem Fläschchen auf den Couchtisch.

»Ist das wirklich nötig?«, fragte ich.

»Klar«, antwortete er mit einem grimmigen Grinsen, das seine verrotteten Zähne entblößte. »Wie soll ich sonst wach bleiben und zusehen, wie hier alles konsequent seinem Ende zugeht?« Er beugte sich vor, zog durch jedes Nasenloch eine *line* hoch. Dann richtete er sich auf und schüttelte den Kopf, als ob das Rauschgift dort ein Feuer entzündet hätte. »So ist es recht!«, sagte er. »So kommt man gut drauf.«

»Mr. Fowler, Barry braucht dringend Hilfe.«

»Sie sind auch nicht anders als die anderen hier, Cross.«

Er lief sogleich wieder rot an, während er sich erneut in einen seiner Wutausbrüche hineinsteigerte. »Es hört mir einfach keiner zu. Und falls doch jemand zufällig zuhört, versteht keiner, was ich sage. So war es bei Diana immer. Zum einen Ohr rein, zum anderen Ohr raus. Ich sage beispielsweise, der kleine Barry wird sowieso sterben. Wir alle werden sterben. Es wäre ein Leichtes, Barry noch eine Kugel zu verpassen, und damit wäre er erledigt. Aber ich möchte, dass Diana zusieht, wie ihm langsam der Saft ausgeht. Wie bei so einem Spielzeug. Ja, wie bei so einem albernen Spielzeug. Wie bei diesem dämlichen elektrischen Pudel von Chloe. Wuff-wuff-wuff. Noch zwei Wuff. Noch ein Wuff. Dann kein Wuff mehr.«

Angesichts derart unverblümter Gehässigkeit konnte ich nur den Kopf schütteln. Diana Nicholson wirkte völlig überanstrengt und apathisch. Sie überhörte Fowlers Wutausbrüche einfach und streichelte zärtlich die bleiche Hand ihres Mannes.

»Mr. Fowler, ich bin noch einmal hierhergekommen, weil ich bezüglich der Geschichte, die Sie mir vor ein paar Stunden erzählt haben, noch ein paar Fragen habe.«

»Welche Geschichte?«, fragte er.

»Warum Sie hier sind.« Ich stand auf. »Was das hier alles soll.«

»Ich habe Ihnen doch schon alles gesagt, was Sie wissen müssen«, antwortete Fowler in spöttischem Ton. »Das war doch Zweck der Gerichtsverhandlung, der Sie als Geschworener beiwohnen durften.«

Ich sah mich um und überlegte, wie ich Barry Nicholson helfen konnte, ohne Fowler zu provozieren. Es war wie Navigieren in unbekannten Gewässern. Ich entdeckte eine intakte Flasche Wodka auf einem Regal gegenüber dem zerfetzten Weihnachtsbaum. Ich bewegte mich dorthin und sagte: »Aber Sie haben mir noch nicht alles erzählt, was es da zu berichten gibt, oder?«

»Sie haben alles gehört, was Sie wissen müssen«, erwiderte Fowler, als ich nach der Flasche griff. »Was haben Sie vor?«

»Ich möchte Mr. Nicholson helfen.«

Fowler entsicherte sein Gewehr. »Ich habe Ihnen bereits gesagt, dass ich das nicht zulasse.«

»Wenn das so ist, müssen Sie mich zuerst erschießen.« Während ich das sagte, entdeckte ich ein Frackhemd in einer Geschenkbox. Ich blickte hoch. Fowler zielte mit der Schrotflinte direkt auf mich. Irgendwie gelang es mir, ruhig zu bleiben. »Aber wenn Sie mich zusammen mit Ihrer ganzen Familie erschießen, dann wird niemand je erfahren, was Ihnen widerfahren ist, Fowler. Sie werden einfach als einer von diesen Wahnsinnstätern abgestempelt und nicht als ein Mann, der es nicht ertragen konnte, er selbst zu sein, und der im Grunde hochanständig war.«

35

Kleine Schweißperlen erschienen auf Fowlers Augenbrauen, wodurch er noch schmieriger wirkte. »Was soll das jetzt wieder bedeuten?«

Ich warf Diana das Hemd zu. »Entfernen Sie bitte die Klammern und Nadeln. Wir benutzen das Hemd als frischen Verband.«

»Was zum Teufel haben Sie vor, Cross?«, fragte Fowler sichtlich nervös.

Ich wandte mich ganz Fowler zu. »Wie immer das hier endet, für Sie wird es auf jeden Fall besser sein, wenn Sie nicht wegen Mord angeklagt werden. Ich möchte Dr. Nicholson helfen durchzukommen, dann springen für Sie sogar noch mildernde Umstände dabei raus.«

Fowler zog die Augenbrauen zusammen; die Augen waren dunkel und glänzend geworden. »Ich habe keine Ahnung, wovon Sie sprechen.«

»Es ist Ihre einzige Hoffnung, wie Sie Ihren Hals noch einigermaßen aus der Schlinge ziehen können.« Ich öffnete die Wodkaflasche. »Das Einzige, was Ihnen bleibt, um dem Ganzen eine Art Rechtfertigung zu verleihen, falls man von so was überhaupt sprechen kann.«

»Ich habe alle Nadeln aus dem Hemd entfernt, Mr. Cross«, sagte Diana. »Was kommt als Nächstes?«

Ich ignorierte Fowler und kniete mich neben ihren verletzten Mann. Ich schüttete einen kräftigen Schuss Wodka über und in die Eintrittswunde. Der Arzt reagierte auf das Brennen des Alkohols an der Wunde; stöhnend und ächzend kam er für ein paar Sekunden zu Bewusstsein.

Nicholson öffnete die Augen, konnte seinen Blick aber nicht fokussieren. Seine Frau beugte sich näher zu ihm und flüsterte: »Ich liebe dich, Barry.« Dann schloss er die Augen wieder.

Ihr Flüstern war nicht leise genug gewesen. Fowler hatte mitbekommen, was sie gesagt hatte, und das zerstörte jegliche Zweifel und jegliche Illusionen, die er in seinem verwirrten Geisteszustand noch gehegt haben mochte.

Fowler hob das Gewehr und drückte ab ... Die Schüsse gingen durch die Decke, direkt über ihm. Es war ein ohrenbetäubender Knall und hinterließ ein beträchtliches Loch.

»Lassen Sie ihn jetzt sofort in Ruhe, Cross, oder Sie haben gleich selbst so ein Loch im Körper.«

Das Telefon läutete. Ich griff nach dem Apparat und rief: »Niemand ist verletzt! Hier spricht Cross.«

Ich warf das Gerät wieder auf den Tisch und stellte mich erneut neben Nicholson. Dabei hörte ich an einem Klacken, wie Fowler das Gewehr nachlud.

»Wer hat Ihnen erlaubt, ans Telefon zu gehen?«

»Lassen Sie mir eine Minute Zeit für ihn, Fowler, dann haben Sie wieder meine volle Aufmerksamkeit. Darf ich, bitte?«

Ich weiß nicht, ob es das Wörtchen »bitte« war oder die Aussicht auf ungeteilte Aufmerksamkeit, von der Fowler sich umstimmen ließ, aber irgendwas brachte ihn wenigstens für ein paar Sekunden zur Vernunft.

»Machen Sie doch, was Sie wollen«, sagte er und wandte sich wieder dem Glas-Chrom-Tisch zu, auf dem noch *lines* mit Crystal lagen. »Von mir aus schneiden Sie die Kugel mit Steakmesser und Gabel aus ihm raus.«

Ich goss Wodka über meine Hände, nahm Diana das Hemd aus der Hand und zerriss es in zwei Teile. Dann öffnete ich den Gürtel, mit dem ich das Kissen an Nicholsons Rücken geschnallt hatte. Seine Frau und ich rollten ihn auf die Seite, damit ich auch etwas Wodka auf die Austrittswunde schütten konnte. Ich konnte nur hoffen, dass der Alkohol möglichst viele Bakterien unschädlich machte, die in den Unterbauch eingedrungen sein mussten. Das Kissen war blutdurchtränkt, außerdem sah ich eine gelbliche Flüssigkeit darauf, was nichts Gutes bedeuten konnte. Ich gab noch einmal einen Schuss Wodka dazu. Dann durchtränkte ich den einen Hemdfetzen, legte ihn zusammen und presste ihn auf die Wunde.

Währenddessen hörte ich, wie Fowler das letzte verbliebene Crystal schniefte. Das ist gut, dachte ich, je mehr er davon intus hat, desto leichter kann ich ihn wirklich aus dem Gleichgewicht bringen.

Wir legten Nicholson wieder ab und versorgten dann die andere Wunde mit dem anderen Teil des wodkagetränkten Hemds.

»Meinen Sie im Ernst, dass ihm Ihre Erste Hilfe nach Pfadfinderart etwas nützen wird?«, höhnte Fowler. »Da haben Sie bloß 'ne Menge guten Wodka vergeudet.«

Wahrscheinlich hatte er recht. Das war nichts anderes als eine Notfallmaßnahme wie auf einem Schlachtfeld des 19. Jahrhunderts.

»Na, wie gefällt euch das, ihr verdammte Brut?«, sagte Fowler auf einmal und fing an, ein Weihnachtslied zu singen.

Ich drehte mich um. Seine Kinder kauerten mit dem Rücken gegen den Kamin am Boden. Er stand nur ein, zwei Meter vor ihnen und hatte die Mündung zweier halb automatischer Waffen auf sie gerichtet.

»Keine Angst, ihr Knaben und Mädchen. Und jetzt muss jeder mit einstimmen und den Weihnachtstag begrüßen.«

»Mr. Fowler, bitte«, sagte ich.

Doch er ließ sich nicht beirren und schrie: »Steht gefälligst auf! Wir müssen was singen!«

Heulend standen die Zwillinge auf. Trey ebenfalls, und der Junge wurde aschfahl, als sein Vater eine Salve in die Vorhänge schoss und schrie: »Singt gefälligst!«

36

Erneut klingelte das Telefon.

Diesmal ging Fowler dran. »Alles in Ordnung hier!«, schrie er in den Apparat. Dann blickte er zu seinen Kindern hinüber, die aufgehört hatten zu singen.

»Noch mal von vorn!«, brüllte ihr Vater, »und diesmal besonders laut. Damit euch die ganze Nachbarschaft hören kann!«

Fowler steigerte sich jetzt richtiggehend hinein und stimmte voller Emphase die zweite Strophe an.

Da stand ich auf und rief: »Herr Anwalt!«

Der ehemalige Rechtsanwalt hielt inne und sah mich sprachlos an; der von Panik getriebene Singsang seiner Kinder klang unterdessen in immer leiser werdendem Schniefen aus.

»Was ist?«, fragte er. »Haben Sie was gegen Weihnachtslieder am Weihnachtsmorgen, Cross?«

»Ich mag Weihnachtslieder am Weihnachtsmorgen. Aber jetzt ist Zeit für ein kleines Kreuzverhör.«

Einen Moment lang wirkte Fowler unentschieden, dann lehnte er das Gewehr gegen die Kaminummantelung. »Tut mir leid, aber die Verhandlung ist geschlossen«, sagte er.

»Dann gehen wir eben in Berufung«, erwiderte ich.

»Es gibt keine Berufung!«, schrie er und langte in seine Tasche, aus der er etwas hervorzog, das er sich in den Mund steckte. »Von diesem Gericht wird keine Berufung zugelassen.«

»Aber Urteile können immer aufgehoben werden«, sagte ich und bewegte mich vorsichtig auf ihn zu.

»Es wird auch kein Vollstreckungsaufschub gewährt.«

Ich sah ihm in die Augen und sprach mit sanfter Stimme: »War es wegen des Schadensersatzprozesses um das Demenez-Mittel … oder wegen des Impfstoffs gegen Hepatitis A? Kommt das ungefähr hin, Fowler?«

37

»Haben Sie ihr nie davon erzählt?«, fragte ich Fowler. »Weiß Ihre frühere Frau gar nichts von den beiden Prozessen?«

Man sah ihm an, wie sein Zorn innerlich hochkochte und dass er gleich wieder zum Berserker würde. Er schnappte sich die Schrotflinte und hielt mir die Spitze des Gewehrlaufs direkt unters Kinn.

»Wovon soll ich nichts wissen, Henry?«, fragte Diana.

Fowler zuckte daraufhin zusammen, trat einen Schritt beiseite und richtete die Waffe auf seine Exfrau. »Halt die Klappe, Diana!«

»Nein«, erwiderte sie und zitterte in einer Mischung aus Angst und Zorn. »Ich lasse mir den Mund nicht verbieten. Wenn mein Mann hier im Sterben liegt und du auch meine Kinder töten willst, dann möchte ich wenigstens wissen, warum.«

»Es geht um die beiden Prozesse, nicht wahr?«, sagte ich zu Fowler.

Er antwortete nicht, sondern starrte seine Frau an, als blicke er in einen Abgrund, dessen Tiefe nicht zu erkennen war.

»Was ist damit, Henry?«, fragte Diana drängend. »Was war mit diesen Prozessen?«

Fowler stand einfach da, ein zutiefst verstörter Mensch, der mit einem Schicksal haderte, das gerade auf völlige Selbstzerstörung hinauslief, und der unfähig war, seiner Bitterkeit Ausdruck zu verleihen oder das auch gar nicht wollte.

»Bei einem oder vielleicht sogar bei beiden dieser Prozesse kam Ihr Mann nach meiner Vermutung in den Besitz von Beweismaterial, welches höchstwahrscheinlich zu einem anderen Urteilsspruch geführt hätte.«

»Was soll das heißen?« Diana Fowler Nicholson runzelte die Stirn und blickte ihren Exmann erwartungsvoll an. »Stimmt das? Um was für eine Art von Beweismaterial geht es da, Henry?«

Er konnte ihr nicht in die Augen sehen.

»Irgendwelche Statistiken, Krankenberichte, was weiß ich«, sagte ich. »Ihr Mann verfügte über Kenntnisse und Beweise, die er jedoch gegenüber den Prozessgegnern, die Schadensersatz von seinen Mandanten forderten, nie preisgab. Dadurch verstieß er sowohl gegen anwaltliche Standesregeln als auch gegen das Gesetz. Er zerstörte Menschenleben. Aber dank seiner Prozessführung und seiner Prozesserfolge wurde er ein ausgesprochen wohlhabender Mann. Und das war für ihn Grund genug, so zu handeln, wie er es getan hat. Anschließend versuchte er, das Ganze zu verdrängen, es hinter sich zu lassen. Doch das Problem ist, dass Ihr Exmann tief in seinem Innern ein anständiger Mensch ist, der ein waches Gewissen hat, und das begann, an ihm zu nagen. Er fing an, seine Schuldgefühle mit Alkohol und Drogen zu verdrängen, doch es wurde nur noch schlimmer, bis es in enormem Selbsthass endete. Stimmt es nicht, Mr. Fowler?«

38

Man konnte sehen, wie der Zorn in Fowler sogleich wieder aufflammte. Ein zwanghaftes Zucken durchlief in Stoßwellen seinen ganzen Körper.

»Sie liegen weit ab vom Kurs, Cross«, sagte er.

»Dann bringen Sie uns auf Kurs, Fowler.«

Er warf seiner Exfrau einen giftigen Blick zu. »Glaubst du nicht, dass du auch eine Verantwortung trägst? Glaubst du etwa, du müsstest keine Rechenschaft ablegen für das, was du getan hast?«

»Mr. Fowler«, sagte ich. »Sagen Sie, was in Wahrheit passiert ist.«

»Den ersten Prozess hatte ich klipp und klar gewonnen. Aber später … ungefähr ein Jahr, nachdem wir den Prozess gewonnen hatten, bei dem es um das Medikament gegen die Huntington-Demenz ging, bekam ich Unterlagen auf den Tisch, die ich nie zuvor gesehen hatte, sowie Krankenberichte, die nie Gegenstand des Verfahrens waren. Die Beweise, dass das Mittel die Sterblichkeit beschleunigt, waren mehr als ausreichend.«

»Aber davon haben Sie nie jemandem erzählt?«

»Hätte ich meine glänzende Reputation aufs Spiel setzen sollen?«, sagte er in bissigem Ton. »Und in der Folge mein Familienleben ruinieren? Hätte ich das Tempo drosseln sollen, mit dem diese Schlampe von einer Ehefrau das Vermögen unter die Leute brachte, das mir die Firmen bezahlten? Zwei Millionen waren es in jenem Jahr. Zwei Millionen!« Er sah Diana an, als ob er sie am liebsten erwürgen würde. »Jeden Tag, an dem ich von der Arbeit nach Hause kam, betete sie mir eine gigantische Liste von Kinkerlitzchen vor, die sie in diesem oder jenem Laden erstanden hatte. Oder was sie über Katalog bestellt hatte oder im Internet. Oder sie erzählte mir von den Schreinern, die sie bestellt hatte, oder von einem, der eine Arbeitsplatte aus Granit installiert hatte. Und so weiter und so fort.« Fowler funkelte mich böse an. »Ich saß in der Falle.«

»Und es wurde noch schlimmer, als Sie das Mandat für den Hersteller der Hepatitis-A-Vakzine übernahmen?«

Er reckte sein Kinn und fuhr fort: »Bei diesem Verfahren lief es fast so, wie Sie es beschrieben haben, Cross. Der Prozess war schon in vollem Gange, als ich einen Bericht von einem Privatdetektiv bekam, den ich angeheuert hatte, um Leute zu finden, welche den Hepatitis-A-Impfstoff eingenommen, sich aber nicht an der Sammelklage beteiligt hatten.«

»Und?«

»Bei Teenagern, die den Impfstoff bekommen hatten, war eine Anomalie festgestellt worden«, erklärte er. »Anscheinend litten sie unter einer leichten, aber dauerhaften Hirnschädigung.«

Diana sog scharf die Luft ein. »Und? Hast du jemandem was davon gesagt?«

»Um damit den Prozess zu verlieren?«, schrie er. »Ich durfte ihn nicht verlieren. Du hättest das nicht gewollt, die Kinder hätten es nicht gewollt, die Kanzlei hätte es nicht gewollt. Und dann fängst du auch noch eine Affäre mit Barry an, und das Ganze ging …«

Er entsicherte seine Waffe. »Sind Sie jetzt zufrieden, Cross? Okay, ich habe diesen Bericht geschreddert. Wollen Sie Zeuge werden, wohin es im Endergebnis führt, dass ich ihn geschreddert habe?«

39

»Was soll Ihnen das bringen, wenn Sie alle Menschen in diesem Zimmer töten, Mr. Fowler?«, fragte ich. Dabei linste ich nach der Uhr auf dem Kaminsims; es war Viertel nach sieben. »Wollen Sie Ihre Untaten gewissermaßen vergessen machen?«

»Unter anderem.«

Ich deutete auf das Telefon. »Sie haben alles mitgehört.«

Nun richtete er das Gewehr auf mich. »Ich kann Sie echt nicht ausstehen, Cross«, sagte er.

»Sie könnten es wiedergutmachen, Fowler«, meinte ich.

»Für das, was ich getan habe, werde ich in der Hölle büßen. Daran führt kein Weg vorbei.«

»Meine Großmutter, die schon über neunzig ist, erinnert an Weihnachten immer wieder daran, dass es eigentlich ein Wiederauferstehungsfest ist, eine Neugeburt. Ich kann Ihnen sagen, wie Sie daran teilhaben können, wenn Sie wollen.«

Sein irrlichternder Blick flackerte über mich hinweg. »Wollen Sie mir eine Art Zwölf-Stufen-Programm zu einem besseren Menschsein verkaufen?«

Ich blickte theatralisch erst zu Diana und Dr. Nicholson hinüber und dann auf die Kinder und sagte schließlich: »Das sollten wir besser unter vier Augen besprechen, Mr. Fowler. Später können Sie dann selbst entscheiden, was Sie Ihrer Familie davon weitergeben. Lassen Sie uns irgendwo hingehen, vielleicht in die Küche. Dort können wir auch eine Tasse Kaffee trinken. Und dann erzähle ich Ihnen, was ich meine.«

»Für wie dumm halten Sie mich?«, fragte Fowler. »Prima,

wir entfernen uns auf ein Schwätzchen, und diese Kretins machen sich in der Zwischenzeit aus dem Staub.«

»Spinnst du, Henry?«, meinte Diana. »Ich würde Barry nie hier zurücklassen.«

Ein trauriger Ausdruck von Verlassenheit huschte über Fowlers Gesicht. Dann sah er mich an, griff wieder in seine Tasche und warf sich etwas in den Mund.

»Na, unternehmen wir eine kleine Reise auf den Oxy-Kontinent?«, fragte ich.

»Und wenn es so wäre?«

»Unterhalten wir uns in Ruhe«, sagte ich und dachte mir, dass es gut war, dass er dieses Oxycontin nahm, ein starkes Schmerzmittel.

Fowler kniff die Augen zusammen, dann deutete er auf die zentral gelegene Eingangshalle. »Gehen wir in meine Höhle.«

Ich wollte aber nicht mit Fowler in seine Höhle sein früheres Arbeitszimmer, das auf der anderen Seite des Hauses lag, sondern ich wollte mit ihm in die Küche an der Rückseite des Hauses, die auf den von einer Mauer umgebenen Garten hinausging.

»Ich bräuchte jetzt wirklich einen Kaffee.«

Das Betäubungsmittel tat gerade rechtzeitig seine Wirkung, indem es Fowler von unmittelbaren Angstgefühlen befreite.

»Wie Sie wünschen. Wir bemühen uns gern«, erwiderte er. Dann brach er in Gelächter aus und stupste mich mit dem Gewehr voran.

Wir kamen bis zum Eingang des großen Wohnzimmers. Fowler blieb abrupt stehen und drehte sich auf dem Absatz um. Er stemmte das Gewehr in die Luft, und einen Moment lang dachte ich, er würde wieder in die Decke schießen. Doch er sprach lediglich in ruhigem Ton: »Ich schwöre euch, wenn sich auch nur einer muckst, dann färbe ich die Wände mit eurem Blut.«

40

»Wo geht's lang?«, fragte ich, obwohl ich aus den Grundrissen, die Nu mir unterbreitet hatte, genau wusste, wo sich die Küche befand. Doch ich wollte Fowler nicht zeigen, dass ich mich auskannte; indem ich mich ahnungslos gab, wollte ich ihm das Gefühl vermitteln, nach wie vor alles unter Kontrolle zu haben.

»Nach rechts«, sagte er.

Ich schwenkte in die angegebene Richtung, und wir gingen durch einen engen Flur, wo eine Unzahl von Familienfotos an der Wand hing. Mir schossen tausend Gedanken durch den Kopf, was jetzt noch schiefgehen könnte. Was, wenn Diana Nicholson ihr Versprechen brach und versuchte, mit den Kindern nach draußen zu gelangen? Wenn sie einen Fluchtversuch unternahm?

Wir kamen rechter Hand am Speisezimmer vorbei. Hier war die Tafel für das Weihnachtsessen bereits festlich eingedeckt. Der Aufwand, den Diana Nicholson trieb, war wirklich enorm. Sie war wohl bei Martha Stewart, der Geschmacks- und Etikette-Expertin Amerikas in die Schule gegangen. Ich konnte weiter vorn schon die Küche erkennen, ein sehr heller, luftiger Raum mit vielen Fenstern. Er ging auf einen rückwärtig gelegenen Garten mit alten Eichenbäumen, deren Äste jetzt kahl waren.

Ich machte ein paar schnelle Schritte in die Küche.

Doch Fowler blieb plötzlich im Flur stehen. »Dieses Foto habe ich gemacht. Ich habe es immer für die schönste Aufnahme von allen gehalten.«

Ich wollte Fowler unbedingt in die Küche lotsen, aber er

war in den Anblick des Bilds versunken. Ich musste zurück und es mir ansehen, damit ich den Grund dafür erkannte. Bei dessen Anblick wurde mir sofort klar, welche weitere Dimension Fowlers Wahnsinn hatte. Ein einziges Foto erklärte so viel wie unzählige seiner Tiraden.

Die Aufnahme zeigte die junge Familie Fowler. Es war auf der Veranda eines Sommerhauses irgendwo an einem Strand in Neuengland aufgenommen, vielleicht auch in New Jersey. Es mochte circa fünf Jahre her sein, denn Trey war noch ein Baby und saß auf Dianas Schoß.

Fowler sagte: »Schauen Sie sich nur an, wie toll sie alle aussehen, Cross, wie … wie … blond sie sind. Ist es nicht wie aus dem Bilderbuch, wie aus einem Katalog von Ralph Lauren? Wissen Sie, wo das ist? Das ist auf Martha's Vineyard in Oak Bluffs. Sehen Sie das Haus? Es hat mich sechzigtausend Dollar gekostet, dieses Haus für den August zu mieten. Manche Leute verdienen im ganzen Jahr keine sechzig Riesen. Aber ich habe das für ein dämliches Sommerhaus auf Martha's Vineyard ausgegeben. Das waren noch Zeiten, Mann. Die guten alten Zeiten, mein Freund.«

41

Ich konzentrierte mich auf das Foto, das Henry Fowler selbst aufgenommen hatte. Seine ganze Familie saß lächelnd vor einem großen Prachthaus mit seiner schönen Küstenpatina von Sonne, Regen und Wind. Alle drei Kinder hatten dunkelblaue Pullover an. Und alle sahen hübsch aus. Sommerlich gebräunt. Diana trug die Haare damals kürzer. Umgeben von ihren Kindern und in dem Licht sah sie wirklich wunderschön aus. Und alle wirkten glücklich dem Mann zugewandt, für den sie in die Kamera schauten. Henry Fowler. Mit einem Seitwärtsblick erkannte ich, dass das Schmerzmittel seine betäubende Wirkung tat und er in eine andere Zeit und an einen anderen Ort versetzt zu sein schien. Ich überlegte, ob ich versuchen sollte, ihm die Waffe aus den Händen zu schlagen, doch er hielt sie außerhalb meiner Reichweite. Ich hatte ihn provoziert und aufgeputscht, hatte ihn dazu gebracht, sich zu seinen Dämonen zu bekennen, aber ich war mir noch nicht sicher, ob ich ihn wirklich zum Aufgeben bewegen konnte. Ich schaute zu der Uhr über dem Herd. Sieben Uhr fünfundzwanzig. Dr. Nicholson war schon vor mehreren Stunden angeschossen worden. Er brauchte dringend ärztliche Hilfe. Was nichts anderes bedeutete, als dass ich Fowler in die Küche locken musste. Und zwar jetzt.

»Meine Güte, was war das für ein schöner Sommer«, flüsterte Fowler vor sich hin und starrte immer noch auf das Foto. »Wir alle fanden es wunderbar dort. Das Haus hatte Meeresblick, und wir verfügten über ein Segelboot. Zwei College-Jungs segelten uns hinaus. Jeden Tag gab es Hummer und Pommes frites, Muscheln und Heidelbeerkuchen zu essen. Ich habe das Geld mit vollen Händen ausgeben. Wirklich mit vollen Händen. Ich dachte, das hört nie auf.«

Tränen liefen ihm über die Wangen. »Ich war der glücklichste Mann der Welt mit der besten Familie, mit einer perfekten Familie.« Zum Schluss klang seine Stimme wieder verbittert, und er griff nach dem Gewehr, als wollte er damit jemanden erschlagen.

Ich machte wieder einen Schritt in Richtung Küche in der Hoffnung, dass er mir folgte. Aber Fowler blieb einfach vor dem Bild stehen. »Und dann habe ich alles aufs Spiel gesetzt, Cross. Dieses ganze wunderschöne, durchgestylte Leben.«

Ein kleiner roter Fleck leuchtete plötzlich auf seiner Hüfte, wackelte ein wenig und schwenkte dann nach oben Richtung Brust. Der Scharfschütze, den Nu und ich auf den Eichenästen im Garten platziert hatten, hatte sein Ziel durch das Fenster hindurch endlich im Visier.

42

Bevor ich in das Haus zurückgegangen war, hatten wir vereinbart, dass es nicht vertretbar war, Dr. Nicholson in seinem Zustand sehr viel länger als bis halb acht dort zu belassen. Jedenfalls dann nicht, wenn er noch eine reelle Überlebenschance haben sollte. Falls ich Fowler nicht im Gespräch dazu bringen konnte aufzugeben, sollte ich ihn in die Küche mit ihren großen Fenstern locken.

Als ich den roten Lichtstrahl auf seinem Körper auf und ab tanzen sah, wusste ich, dass er ein toter Mann war und dass seine Exfrau, seine Kinder und Dr. Nicholson überleben würden.

Fowler entdeckte den roten Punkt auf seiner Brust und wusste es ebenfalls.

Ich weiß nicht warum, ich handelte instinktiv. Aber ich konnte nicht zusehen, wie dieser Mann am Weihnachtsmorgen einfach erschossen wird. Ich warf mich auf ihn, umfasste ihn samt seiner Waffe und riss ihn heftig zu Boden.

Ein Gewehrschuss. Eines der Küchenfenster barst, und Glassplitter regneten herab. Fowlers Lieblingsfoto von seiner Familie zerriss, als die Kugel hindurchging und in die Wand eindrang.

Ich traktierte mit meinem Vorderarm Fowlers Hinterkopf, drückte sein Gesicht auf den Holzfußboden, entwand ihm die Waffe und nahm sie an mich. Dann sprang ich auf, stellte meinen Stiefel in seinen Nacken und richtete die Mündung des Gewehrs auf ihn. »Henry Fowler, Sie sind verhaftet«, sagte ich.

Während ich ihm seine Rechte vorlas, wurde die Haustür

aufgesprengt, und Nus Männer brachen außerdem durch die Tür zwischen Küche und Veranda. Sie rannten auf uns zu und legten Fowler Hand- und Fußfesseln an.

Sanitäter stürmten ins Haus. Die beiden Männer des SWAT-Teams, die Fowler gefesselt hatten, stellten ihn auf die Beine. Von seinem Sturz auf den Boden würde er ein böses blaues Auge davontragen.

Er stierte mich an. »Warum haben Sie verhindert, dass ich erschossen werde?«

»Wie ich bereits sagte, glaube ich an die erneuernde und erlösende Kraft von Weihnachten.«

»Für mich wird es das nicht mehr geben.« Fowler schüttelte den Kopf. »Ich komme in eine Gefängniszelle und werde dort den Rest meines Lebens verbringen. Was ich getan habe, wird mich immer verfolgen.«

»Es sei denn, Sie treten als Kronzeuge auf«, sagte ich.

»Was meinen Sie damit?«

»Rücken Sie mit allem raus, was Sie wissen. Erzählen Sie die Wahrheit über das Antidemenz-Medikament und über den Hepatitis-Impfstoff. Dadurch könnten Sie immer noch Menschenleben retten und Gehirnschädigungen verhindern.« Fowler starrte mich an, als käme ich von einem anderen Stern. »Frohe Weihnachten, Mr. Fowler«, sagte ich. Dann wurde er von SWAT-Leuten abgeführt.

Ich bekam wässrige Augen und wischte sie mit dem Ärmel trocken. Vielleicht stimmte es ja, was meine Großmutter immer über Weihnachten gesagt hatte.

»Alles okay, Alex?« Nu war durch die aufgebrochene Hintertür ins Haus gekommen.

»Ja, doch«, antwortete ich und blickte Fowler hinterher. »Mir geht's ganz ausgezeichnet.«

Wir gingen hinüber in den Wohnraum, wo McGoey alles

im Griff hatte. Die Fotografen von der Spurensicherung waren bereits dabei, Aufnahmen von den zerbrochenen Lampen, den zerschossenen Geschenken und dem zerrupften Weihnachtsbaum zu machen. Betreuerinnen sprachen beruhigend auf die Kinder ein, wischten ihnen die Gesichter ab, gaben ihnen etwas zu essen und brachten sie ins Badezimmer. Rettungssanitäter kümmerten sich um Dr. Nicholson.

Eine Transportliege wurde durch die Haustür hereingeschoben, und zwei Rettungssanitäter bugsierten eine flache Trage behutsam unter den Schwerverletzten. Vorsichtig wurde er auf die Rolltrage gehoben und nach draußen gebracht.

Diana Nicholson folgte ihnen. Als sie an mir vorbeikamen, blieb sie kurz stehen und sagte: »Der Herr möge Sie segnen, Detective.«

»Er segne Sie ebenfalls. Sie müssen sich jetzt um Ihren Mann kümmern und um die Kinder«, erwiderte ich.

»Kann jemand mal diese verdammte Tür zumachen?«, rief Nu. »Hier zieht's kalt rein.«

McGoey lächelte. »Ihr Plan hat gut funktioniert. Das haben Sie schlau eingefädelt.«

»Aber was wäre gewesen, wenn es nicht geklappt hätte?«, fragte ich ihn. »Was hätten Sie dann gesagt?«

»Dann hätte ich gesagt: ›Sie waren ein Vollidiot, der sich auf ein zu hohes Risiko einließ und deswegen am Weihnachtstag erschossen wurde.‹«

Wir drei warfen einen letzten Blick in das geräumige Wohnzimmer, das wie ein Schlachtfeld aussah.

»Meine Güte«, meinte McGoey, »sieht so aus, als hätte hier jemand eine wilde Party gefeiert.«

»So kann man es auch beschreiben«, sagte ich, »eine ganz wilde Party.« Ich schüttelte den Kopf. Ich hatte zwar das

Gefühl, ich sollte über diese Bemerkung lachen, doch ich konnte es nicht. Mir war einfach nicht nach Lachen zumute.

Ich schaute auf die Uhr. Mittlerweile war es halb neun. Ich nahm mein Mobiltelefon aus der Tasche und tippte auf Brees Namen im Verzeichnis.

»Hallo«, sagte ich. »Hebt mir noch ein bisschen Sweet Bacon auf. Ich komme jetzt heim.«

43

Wenn in Washington mal Schnee fällt, ist das Chaos immer vorprogrammiert. Zehn Zentimeter Schnee führen zu endlosen Staus innerhalb des Autobahnrings. Bei zwanzig Zentimetern kommt es so gut wie sicher zu dramatischen Unfällen und teilweisem Stillstand. Praktisch vollkommener Stillstand wird bei einer Schneehöhe ab dreißig Zentimeter erreicht, was aber selten vorkommt.

Zwischen zehn Uhr am Heiligabend und zehn Uhr am Abend dieses Weihnachtstags versank die gesamte Stadt unter einer fast fünfzig Zentimeter hohen Schneedecke. Der Flughafen musste geschlossen werden, auch die Metro und die Busse stellten den Betrieb ein. An diesem Weihnachtstag fuhren nur ganz wenige Autos durch die Stadt.

Gegen neun Uhr morgens lagen zwar erst knapp zwanzig Zentimeter Schnee, aber das allein reichte wohl schon aus, damit mein Wagen nicht ansprang. Daher ließ ich mich von Kollegen im Streifenwagen nach Hause bringen. Der Fahrer und ich mussten zweimal aussteigen, um das Polizeiauto aus einer Schneewehe auf der Constitution Avenue zu befreien.

Ich hatte Nu die ausgeliehenen Snowboots zurückgegeben, und bis wir mein Haus erreichten, waren meine Lederschuhe ganz nass, und ich spürte kaum noch die Zehen.

Fast überflüssig zu erwähnen, dass die gesamte Familie zur Haustür stürzte, als ich hereinkam. Alle wollten mich umarmen und mir schöne Weihnachten wünschen.

Ich schloss Bree in die Arme und sagte: »Das ist mein schönstes Weihnachtsgeschenk.«

Nur Nana blieb in ihrem Lehnstuhl wie auf einem kleinen Thron sitzen. »Na so was«, sagte sie schließlich. »Ist das etwa meine Enkelsohn dort drüben? Das scheint ja ein ganz besonderer Anlass zu sein, dass er auch einmal zu Besuch kommt. Könnte es sein, das heute Weihnachten ist?«

Ich ging zu ihr und zog sie hoch. Wir umarmten uns eine ganze Weile, und ich war bass erstaunt, dass eine Frau von ihrer Größe so viel Kraft hatte. Sie drückte mir fast die Luft ab.

»Ich habe soeben frischen Sweet Bacon für dich gebraten«, sagte sie.

»Sweet Bacon und anschließend ein kleines Nickerchen – das ist jetzt genau das Richtige für mich.«

44

Selbst Nana Mama erkannte den Umstand, dass ich in der Weihnachtsnacht einen Verrückten davon abhalten musste, seine Familie zu erschießen, als ausreichende Entschuldigung dafür an, dass ich nicht mit den anderen in die Elf-Uhr-Messe ging. Bree brachte mich zu Bett, und ich schlief vier Stunden lang wie ein Toter. Dann hörte ich, wie Damon unten vor Begeisterung laut aufschrie. Seit er die Prep School besuchte, war er ein großer Eishockey-Fan, und er schaute sich im Fernsehen die Übertragung eines Spiels an, das auf einer extra präparierten Eisfläche im Fenway-Park-Stadion in Boston ausgetragen wurde. Ich taumelte schläfrig nach unten; man roch schon den Truthahn im Backofen. Ich warf einen Blick auf den Fernseher. »In Boston schneit es also auch.«

»Es schneit überall«, sagte Jannie. »Laut Wetterbericht hört es bei uns erst heute Nacht damit auf. Wenn du mich fragst, ist das eine große Verschwendung.«

»Was meinst du damit?«

»Wenn dieser Schneesturm erst in zwei Wochen gekommen wäre, hätten wir bestimmt schulfrei.«

»Im Fernsehen haben sie gesagt, du hättest einem Mann das Leben gerettet«, meldete sich Damon.

»Vielleicht sogar zwei Menschenleben«, antwortete ich.

»Ist ja echt cool.«

»Eine Art Weihnachtsgeschenk, wenn man es recht überlegt.«

Ich verbrachte den Rest des Nachmittags damit, zu viele Plätzchen zu essen, das Spiel ein wenig zu verfolgen, so oft wie möglich eng umschlungen mit Bree auf dem Sofa zu sitzen und den Erzählungen meiner Großmutter über die Weihnachtsfeste in meiner Kindheit zu lauschen, während sie die Süßkartoffeln mit Minimarshmallows zubereitete sowie Rosenkohl mit den Resten von Sweet Bacon und einen Pecan Pie; jedes Mal, wenn ich davon naschen wollte, riskierte ich Schläge.

»Finger weg!«, rief Nana bei jeder verbotenen Annäherung und schlug nach meiner Hand.

Ich weihte Damon in die Anfangsgründe des Truthahn-Tranchierens ein, als der Vogel gegen fünf Uhr nachmittags aus dem Ofen kam. Dann trug ich die Servierplatte ins Esszimmer. Wir bildeten eine Art Prozession. Jeder nahm sich seine Lieblingsbeilage. Damon trug die Marshmallows, Bree den Kartoffelbrei, Ava brachte die Cranberry-Soße an den Tisch und Jannie die Füllung aus dem Truthahn.

Und wie jedes Jahr musste noch einmal jemand losgeschickt werden, der den Rosenkohl holte. Meistens war ich das.

Zu Weihnachten kamen immer Leinenservietten, das gute Geschirr und die Weinkaraffe auf den Tisch.

»Alex…«, sagte Nana nun.

Das war für mich das Signal, das Dankgebet zu sprechen. Wir hielten uns alle an den Händen. Bree drückte meine Hand so fest, dass ich dachte, sie würde nie mehr loslassen. Dann fing ich an: »Lasst uns dem Herrn danken für dieses Mahl. Und dafür, dass er uns von Krankheit verschont und uns Glück und Freude schenkt. Und dafür, dass unsere ganze Familie am Weihnachtstag vereint ist.« Ich machte eine Pause und sagte dann noch: »Jetzt möge jeder im Stillen seinen persönlichen Dank sagen.«

»Ich bin froh, dass mein Dad zu Hause ist!«, rief Damon spontan, und alle mussten lächeln.

»Ich auch«, bekräftigte ich.

Dann wurde es vollkommen still. Mehrere Sekunden verstrichen so. Es gab eine Menge, wofür ich dankbar sein konnte: Meine Familie lebte in Sicherheit, ich hatte diesen Einsatz überstanden, die Freude an …

Ava war es, welche die besinnliche Stille unterbrach: »Ich habe Hunger. Weiß der liebe Gott denn nicht, dass Weihnachten ist?«

Wir mussten alle lachen. Nun wurden die Schüsseln und die Platten herumgereicht. Gerade wollte ich anfangen, es mir richtig schmecken zu lassen, als mein Mobiltelefon läutete.

45

Bis zu dem Moment, wo dieses Signal ertönte, waren alle vollkommen glücklich und zufrieden und froh, dass ich wohlbehalten zurückgekehrt war. Augenblicklich machten sie lange Gesichter.

Nana drohte mit dem Buttermesser in meine Richtung. »Wag es ja nicht, da dranzugehen, Alex. Wag es ja nicht!«

Obwohl alles wieder im Lot zu sein schien, seit ich zu Hause angekommen war, wusste ich gleichwohl, dass diese Geiselnahme auch meiner Familie einen gewissen Tribut abverlangt hatte. Nicht nur weil ich in Gefahr schwebte, sondern weil viele unserer Weihnachtsrituale ohne mich stattfinden mussten. Ich war nicht dabei, als an Heiligabend die Weihnachtslieder gesungen und die Kinder zu Bett gebracht wurden. Ich war nicht dabei, als Nana Mama im Morgengrauen die Weihnachtsstrümpfe mit kleinen Geschenken vollstopfte. Ich war nach dem Aufwachen nicht dabei, um meinen Kindern zuzusehen, wie sie die Geschenke aufmachten, und ich konnte nicht wie sonst bei der Zubereitung von Sweet Bacon helfen.

Ich warf einen Blick auf das Display mit der Anruferkennung, lächelte und sagte: »Es ist Ali.«

Mein sechsjähriger Sohn verbrachte die Feiertage bei seiner Mutter Christine. Alle ließen entspannt die Schultern sinken.

Bree grinste, stand auf und sagte: »Ich stelle den Kuchen zum Warmhalten mal wieder in den Ofen.«

»Fröhliche Weihnachten«, sagte ich, nachdem ich die Taste gedrückt hatte.

»Gott segne uns, uns alle!«, schrie Ali.

»Hast du *Scrooge* angeschaut?«, fragte ich ihn.

»Gestern Abend«, antwortete Ali. »Und vielen Dank für die Boxhandschuhe.«

»Gern geschehen.«

»Mommy mag sie nicht.«

»Du bringst sie dann einfach nach Hause zurück.«

»Ich habe eine Xbox vom Weihnachtsmann bekommen. Und du?«

»Dreißig Zentimeter Schnee und den besten kleinen Jungen der Welt.«

Er lachte und prustete los: »Ich bin zum Schlittenfahren im Park gewesen.«

»Und? Hat's Spaß gemacht?«

»Wir haben eine Schanze gebaut.«

»Dann muss es Spaß gemacht haben. Möchtest du noch schnell Nana und allen anderen Hallo sagen?«

Natürlich sagte er Ja, und ich reichte den Apparat an meine Großmutter weiter und sah mit Freude, wie sie anfing zu strahlen, als sie mit ihm sprach. »Ja, Gott segne uns, uns alle, dich auch, kleiner Mann«, sagte sie.

Ich spürte eine Hand auf meiner Schulter, und als ich aufblickte, erkannte ich die Umrisse von Bree gegen das schwächer werdende Tageslicht. Sie war aus der Küche zurück, lächelte mich an und gab mir einen Kuss auf die Wange. Eine wundervoller Duft ging von ihr aus, und als sie sich herunterbeugte, flüsterte sie auch noch: »Du bekommst später noch ein kleines Extrageschenk.«

Ich erwiderte ihr Lächeln und drückte ihre Hand. Nun hatte ich das sichere Gefühl, dass in der nächsten Zeit unsere wohlverdiente Weihnachtsfeier nicht mehr unterbrochen würde.

46

Um 17.19 Uhr bedachte eine Frau, deren Name in ihrem amerikanischen Pass Julia Azizz, geboren in Philadelphia, lautete, einen Taxifahrer mit einem üppigen Trinkgeld. Er hatte sie bei diesem scheußlichen Wetter vom Vorort Arlington auf der anderen Seite des Potomac sicher ins Zentrum von Washington gebracht. Sie stieg an dem zur Massachusetts Avenue gelegenen Eingang zum Bahnhof Union Station nördlich des Kapitols aus.

Julia Azizz schauderte vor Kälte in dem eisigen Wind. Sie watete durch den tiefen Schnee, der vom Räumdienst erst teilweise beseitigt war. Es dämmerte bereits, aber vorläufig setzte sie ihre Sonnenbrille noch nicht ab, während sie eine große, schwere Einkaufstüte vom Kaufhaus Macy's zum Bahnhofseingang schleppte.

Die kleine, schlanke Person mit ihrem kupferfarbenen Teint wirkte wie eine südländische Schönheit. Sie trug einen dunklen Wollmantel und dazu einen grauen Kaschmirschal, darunter eine dunkle Wollhose und einen Rollkragenpulli. Schwarze halbhohe Lederstiefel rundeten das Bild ab; so stellte man sich eher eine ehrgeizige junge Assistentin am Kongress vor und nicht ein fanatisches weibliches Mitglied von Al Ayla, der Familie.

Azziz' wirklicher Vorname lautete Hala.

Eine Plage soll über sie kommen, dachte sie, als sie durch eine Drehtür ins Innere der mit hohen kassettierten Gewölben und mit Marmorfußboden prächtig ausgestatteten Bahnhofshalle gelangte. Hala freute sich, als sich bestätigte, was sie zuvor schon im Taxi im Radio gehört hatte: Obwohl der gesamte übrige Verkehr praktisch zum Stillstand gekommen war, fuhren die Amtrak-Züge nach wie vor. Allerdings gab es wegen des Schneesturms massive Verspätungen, und dementsprechend überfüllt war die Bahnhofshalle.

Das war einfach perfekt. Sogar noch besser als erwartet.

Das, was hier noch stattfinden sollte, war eigentlich viel früher am Tag geplant gewesen, so gegen elf Uhr. Aber wegen des Sturms war der Zeitplan durcheinandergeraten, alles hatte sich um mindestens fünf Stunden verzögert, wenigstens seit ihrem letzten Zeitvergleich.

Nachdem sie den Schnee von ihren Stiefeln geschüttelt hatte, schaute sie sich in der Bahnhofshalle um. Für die samtige Weihnachtsliederstimme von Nat King Cole, die aus den Lautsprechern drang, hatte sie keinen Sinn, genauso wenig für die Weihnachtsbäume mit ihren Lichtergirlanden oder die als Alibi aufgestellten siebenarmigen Leuchter oder die wegen Weihnachten geschlossenen, dunklen Läden an der Seite der Halle. Sie hatte nur Augen für die langen Warteschlangen vor den Fahrkartenschaltern und für die Horden von Leuten, die sich mit ungewissen Aussichten über ihre Weiterfahrt auf den Sitzbänken und auf dem Fußboden zusammendrängten. Einige waren übersättigt und übermüdet vom üppigen Weihnachtsessen und wollten so schnell wie möglich wieder nach Hause; andere waren im Gegenteil schlecht gelaunt und hungrig, weil sie noch gar kein Weihnachtsessen bekommen hatten, da sie wegen des Monstersturms bisher noch nicht zu ihren Familien gelangen konnten.

Hala verspürte für keinen von ihnen Mitleid. In ihren Augen waren sie alle Schweine, welche die Lehren ihres eigenen Propheten Isa ignorierten, Schweine, die nur an das glaubten, was sie kaufen, trinken oder sich in ihren großen Rachen stopfen konnten.

Amerikaner sind Schwächlinge, dachte sie. Sie kennen nicht den Wert des Opfers, sie wissen nichts von Gott. Sie zog ein Handy mit Prepaidkarte hervor und drückte auf Wahlwiederholung.

»Ja?«, vernahm sie eine männliche Stimme auf Arabisch.

»Warum?«, fragte Hala.

»Eins, vier und null«, kam als Antwort.

Sie sah hinüber zu der großen Uhr in der Halle. Es war jetzt 17.25 Uhr. Sie rechnete schnell und sagte dann: »Sieben und fünf.«

»Inschallah«, erwiderte der Mann und legte auf.

Hala steckte das Gerät wieder ein: Nun kann es endlich losgehen.

Bei dem Gedanken daran musste sie beinahe lächeln. Dann nahm sie die Sonnenbrille und ihr Kopftuch ab. Sie hatte ihr Haare zuletzt wachsen lassen und färbte es auch nicht mehr goldbraun. Ihr ausgesprochen kräftiges Haar war nun lang und pechschwarz, und sie trug es in einem festen Knoten zurückgebunden. Das hob ihr Gesicht mit seinen markanten Knochen besonders hervor; alle Gläubigen oder Ungläubigen konnten es sehen.

Und genauso wollte es Hala. Sie beobachtete eine junge Familie, die sich gerade in eine Warteschlange einreihte.

Dabei dachte sie kurz an ihre eigenen Kinder, Fahd und Aamina, die sie in Saudi-Arabien in der Obhut ihrer Mutter gelassen hatte, während sie sich in ihrem Kampf für Gott opferte. Als sie ihren kleinen Sohn und ihre Tochter in der Erinnerung wieder vor sich sah, als ihr das Bild, wie ihr Vater die beiden zum letzten Mal in den Armen hielt, wieder vor Augen trat, wurde sie von dem Gefühl einer tiefen, geradezu verzweifelten Trauer überschwemmt, aber sie verdrängte diese Anwandlung schnell wieder. Der Gedanke an den Tod ihres Mannes und den baldigen ewigen Abschied von den Kindern befeuerte ihren Zorn und ihre Entschlossenheit nur noch.

Sie war in gehobener Stimmung, sogar ein wenig ungeduldig. Nachdem sie den Schal und die Sonnenbrille in der Macy's-Tüte verstaut hatte, verstand sie nun, wie es sich anfühlte, eine Märtyrerin zu sein und seine Seele dem Ewigen anheimzugeben.

Sie war mit sich im Reinen, ganz der Sache ergeben.

Hala sah sich um und entdeckte die Überwachungskameras, die auf verschiedene Bereiche der Halle gerichtet waren. Bevor sie sich etwas zu essen holte, ging sie extra von einer zur anderen, blickte direkt in die Kameralinsen und bedachte das Überwachungspersonal mit einem eisigen Lächeln.

47

Nachdem der köstliche Pecan Pie samt Vanilleeis bis zum letzten Krümel verzehrt und der Esstisch abgeräumt war, las Mama Nana die Weihnachtsgeschichte aus dem Lukasevangelium vor: »Es begab sich aber zu der Zeit, dass ein Gebot von dem Kaiser Augustus ausging, dass alle Welt geschätzt würde. Und diese Schätzung war die allererste und geschah zu der Zeit, da Quirinius Landpfleger in Syrien war. Und jedermann ging, dass er sich schätzen ließe, ein jeglicher in seine Stadt. Da machte sich auch auf Josef aus Galiläa, aus der Stadt Nazareth, in das jüdische Land zur Stadt Davids, die da heißt Bethlehem, darum, dass er von dem Hause und dem Geschlechte Davids war, auf dass er sich schätzen ließe mit Maria, seinem vertrauten Weibe, die war schwanger.«

Bei uns war es unumstößliche Tradition, dass meine Großmutter Lukas' Bericht von der Geburt Jesu nach dem Weihnachtsessen vorlas. Ich kannte es nicht anders, seit ich mit zehn Jahren in ihre Obhut gekommen war. So erschöpft ich heute Abend auch war, als ich die bekannten Worte aus der Bibel in Nana Mamas feierlichem Ton hörte, fühlte ich mich innerlich gestärkt. Bree saß auf meinem Schoß, ich hielt sie umarmt und lehnte meinen Kopf an ihren Rücken; so konnte ich sogar ihren Herzschlag hören und hatte das Gefühl, ich könnte beseligt wegschlummern.

Doch dann klingelte mein Mobiltelefon.

Nana Mama unterbrach die Lesung und warf mir einen vernichtenden Blick zu. Ich schaute auf das Display. Es erschien kein Name, aber die Nummer, jedenfalls die ersten Zahlen, kamen mir bekannt vor. Der Anruf kam von einem der zahllosen Anschlüsse des FBI, wo ich früher als Profiler gearbeitet hatte.

Ich konnte die verbitterte Reaktion schon absehen, doch ich flüsterte: »Ich muss da kurz drangehen. Macht bitte weiter.«

Mit versteinerter Miene erhob sich Bree, damit ich aufstehen konnte. Mit versteinerter Miene las Nana Mama weiter und wurde immer lauter, während ich mich rasch in die Küche begab. Ihre Stimme hallte hinter mir her: »›Und sie gebar ihren ersten Sohn und wickelte ihn in Windeln und legte ihn in eine Krippe; denn sie hatten sonst keinen Raum in der Herberge.‹«

»Alex Cross hier«, sagte ich und massierte mir die Stirn zwischen den Augen, wo sich ein Kopfschmerz anbahnte.

»Wie schnell kannst du zur Kreuzung Louisiana Avenue mit der D-Street kommen?«, fragte Ned Mahoney, ein alter Kumpel und Special Agent beim FBI, mit dem ich dort etliche Fälle gemeinsam bearbeitet habe.

»Vielleicht morgen«, antwortete ich und unterdrückte ein Gähnen, »oder lieber erst übermorgen.«

»Ich schicke dir einen Wagen.«

»Es ist Weihnachten.«

»Das ist mir nicht entgangen«, gab er schnippisch zurück, »aber das ist auch genau der Grund, warum ich gerade dich brauche.«

»Ned, wir sind hier gerade um meine sehr resolute über neunzig Jahre alte Großmutter versammelt, die schon wegen des Handyklingelns das Lukasevangelium nur noch schreit, und …«

»Wir glauben, dass es sich um Hala Al Dossari handelt, Alex«, sagte Mahoney.

Mir lief ein kalter Schauder über den Rücken, und ich

wurde schlagartig hellwach. »Willst du damit sagen, dass sich Dr. Al Dossari an der Kreuzung Louisiana und D aufhält?«

»Noch viel schlimmer«, erklärte Mahoney. »Sie befindet sich in der Union Station. Und sie hat eine riesige Einkaufstasche von Macy's bei sich.«

»Ach du Scheiße.«

»Genau«, fuhr Mahoney fort. »Ich lasse dich jetzt mit einem Wagen mit Allradantrieb abholen. Ich erwarte wirklich von dir, dass du einsteigst.«

Er legte einfach auf, als ob es keinerlei Einwände gäbe.

Drüben im Esszimmer las meine Großmutter immer weiter, sogar noch lauter: »Und der Engel sprach zu ihnen: Fürchtet euch nicht.«

Als ich wieder ins Esszimmer trat, hielt Nana Mama inne. Sie musterte mich in aller Ruhe und erkannte an meiner Körpersprache, was los war. »Wirst du wieder mal gebraucht, Alex?«

Ich sah, wie sich die Mienen verdüsterten, auch die meiner Frau.

»Es gehört nun mal zu den Schattenseiten des Daseins, dass nicht alle Menschen in Frieden auf Erden leben wollen«, erklärte ich. »Es ist schon ein Wagen vom FBI unterwegs, der mich abholt.«

48

Wegen Weihnachten waren nun, da die Dunkelheit hereinbrach, lediglich fünf Restaurants im Bahnhof Union Station geöffnet: Pizzeria Uno im Zwischengeschoss, McDonald's und Sbarro in der Nordost- beziehungsweise Südostecke der Schalterhalle sowie Great Wraps und Nothing But Donuts im Untergeschoss im Nordwestflügel.

Hala kaufte sich ein Gyros im Fladenbrot bei Great Wrap und verschlang es gierig und mit dem Gedanken, dass dies ihre letzte Mahlzeit sein würde. Das war für sie kein Problem. Obwohl das Sandwich wahrlich keine Delikatesse darstellte, erinnerte sie das würzige Fleisch an ihre Heimat und besonders daran, wie Tariq aus Anlass des ersten Geburtstags seiner Tochter hinter dem Haus ein ganzes Lamm gebraten hatte. Das war einer der schönsten Tage ihres Lebens gewesen, und sie hielt diese Erinnerung im Gedächtnis fest, während sie abwartete, bis eine Gruppe japanischer Touristen einen Tisch freimachte und mit der Rolltreppe wieder nach oben fuhr. Hala mischte sich mitten unter die Japaner und hielt ihre Macy's-Tasche so nahe am Boden, dass sie durch die Überwachungskameras möglichst nicht zu sehen war.

Im ebenerdigen Hauptgeschoss suchte sie sich nun mit Bedacht ihren Weg so, dass sie von den Kameras kaum erfasst werden konnte.

Mittlerweile war es 17.47 Uhr, und es war zweiundzwanzig Minuten her, seit sie ihr Gesicht absichtlich in die Kameras gehalten hatte. Sie nahm an, dass das Risiko, jetzt schon von der Polizei entdeckt worden zu sein, gegen null tendierte. Also verblieben ihr noch mindestens fünfundzwanzig Minuten, bevor es zu irgendeiner direkten Reaktion kommen konnte. Wegen des starken Schneefalls rechnete sie zehn bis fünfzehn Minuten hinzu, was bedeutete, dass die ersten Sicherheitskräfte frühestens gegen 18.25 Uhr auftauchen würden.

Hala durchquerte den Bahnhof in östlicher Richtung, vorbei an dem an diesem Tag geschlossenen, dunklen Eingang zu den MARC-Regionalbahnen zur Linken und zu der Treppe, die zu den Amtrak-Bahnsteigen A bis L führte; die letzten Fahrkartenschalter befanden sich rechts von ihr. Von hier aus blickte sie nach oben auf die Anzeigentafel, auf der die ungefähren Ankunfts- und Abfahrtszeiten der Züge bekanntgegeben wurden.

Der Acela-Express 2166 nach New York und Boston sollte in einer Viertelstunde abfahren; er hatte bereits circa vier Stunden Verspätung. Der nächste Acela-Hochgeschwindigkeitszug sollte um 18.50 Uhr abfahren, ebenfalls mit stundenlanger Verspätung. Aber ein Zug Richtung Süden auf der Crescent-Linie, die New York mit New Orleans verbindet, hatte nur eine halbe Stunde Verspätung. Abfahrtszeit war 19.30 Uhr.

Perfekt.

Hala drückte sich weiter in der Halle herum und tauchte nach Möglichkeit innerhalb größerer Gruppen unter. So gelangte sie zu McDonald's, wo fast alle Plätze besetzt waren. Sie schlüpfte hinein, umging die Warteschlangen vor der Theke und griff sich einen kleinen Becher Limonade, den jemand auf einem leeren Tisch hatte stehen lassen.

Sie nahm den Becher in die linke Hand, wartete einen Moment, dann hob sie den rechten Zeigefinger an die Lippen, leckte ihn kurz mit der Zunge an und fuhr damit in ihre

Manteltasche. Der Finger berührte eine glatte Medikamentenkapsel, die an dem Speichel festklebte. Sie wartete ab, bis der Getränkespender frei wurde, und ging dann schnell hin.

Hala nahm den Limonadenbecher wieder in die rechte Hand, wo noch die Kapsel am Finger klebte. Den Becher presste sie gegen den Cola-Hahn, bis er halb voll war. Es kam ihr gerade recht, dass niemand hinter ihr stand und drängelte. Sie tat so, als wollte sie abwarten, bis das Sprudeln nachließ, dann bewegte sie den Becher leicht nach links. Dadurch gelangte ihr rechter Finger direkt unter den Hahn.

Hala stopfte die Kapsel nun rasch in den tropfenden Hahn. Als sie spürte, wie er sich festhakte, nahm sie rasch die Hand weg. Dann drückte sie den Hebel am Mineralwasserspender und spülte kurz die Finger ab, für den Fall, dass die Kapsel durch den Speichel etwas aufgeweicht war, und stellte sich dann unauffällig und ohne sich noch einmal umzusehen in eine der Warteschlangen vor den Tresen.

Sie stand am Ende der Reihe, die dem Ausgang in die Bahnhofshalle am nächsten lag, und stellte sich vor, wie das Gift durch den Hahn in die Zuleitung sickerte. Dann malte sie sich aus, wie lange es dauern würde, bis einige Leute sich in Sterbekrämpfen wanden und andere losschrien, nachdem sie sich eine Cola geholt hatten.

49

Hala Al Dossari ist also wieder in Washington, dachte ich. Ich hatte auf dem Beifahrersitz eines blauen Jeep Grand Cherokee Platz genommen. Die promovierte Ärztin war eine leidenschaftliche Dschihadistin und Mitglied von Al Ayla – »Die Familie« –, einer Terrororganisation, deren Wurzeln in Saudi-Arabien lagen. Dort hatte Al Ayla neue Mitglieder gewonnen und einen Ableger in den Vereinigten Staaten gebildet. Aktuell stand Hala Al Dossari auf Platz sechs der FBI-Liste der meistgesuchten Personen. Sie stand hauptsächlich im Zusammenhang mit der Trinkwasservergiftung im Raum Washington im vergangenen Sommer unter Verdacht und wegen der Ermordung von mindestens sechs in den USA lebenden Saudis, darunter ihr damaliger Ehemann Tariq.

Ich konnte mir schon denken, warum Mahoney ausgerechnet mich dabeihaben wollte. Nach dem Anschlag auf die Washingtoner Wasserversorgung hatten wir bei der Suche nach Al Dossari eng zusammengearbeitet, und ich hatte ein ausführliches Profil von ihr erstellt.

Doch im Augenblick erinnerte ich mich nicht an Details. Bei der Fahrt durch die Stadt konnte ich es kaum fassen, was für riesige Mengen Schnee gefallen waren. Man hatte den Eindruck, als wäre Washington von einer Lawine verschüttet. An den meisten Haustüren hingen die üblichen Weihnachtskränze, und oft sah man in den Häusern die erleuchteten Weihnachtsbäume. Es wirkte so, als hätten alle Menschen in der Stadt an diesem Abend beschlossen, es sich zu Hause gemütlich zu machen. Alle außer mir natürlich.

Wann werde ich endlich anfangen, einen Auftrag auch

mal abzulehnen, überlegte ich, statt immer nur auf unvorhersehbare Krisenanrufe zu reagieren? Wann werde ich anfangen, mein eigenes Leben zu leben? Und damit meine ich, wirklich zu leben! Schließlich konnte ich froh und stolz sein auf meine wohlgeratenen Kinder und eine Großmutter, die nicht das kleinste Zipperlein plagte und die geistig hellwach war. Und dann gab es noch das Wunder Bree. Zu einem Zeitpunkt, an dem ich geglaubt hätte, dass es keine romantischen Beziehungen mehr für mich geben könnte, hatte ich diese wunderbare Frau gefunden, die mich liebte.

Wann sollte ich die Möglichkeit haben, mein Leben zu genießen?

Ich rief zu Hause an, weil ich wenigstens Bree wissen lassen wollte, welche Gefühle mich im Moment bewegten.

Ich ließ es ein paarmal klingeln. Und noch ein paarmal. Das verdammte Ding läutete, und keiner ging ran. Ich konnte mir die Szenerie zu Hause lebhaft vorstellen: Höchstwahrscheinlich sagte Nana Mama etwas in der Art: »Wenn du vermeiden willst, dass ich dir auf die Finger haue, dann gehst du jetzt lieber nicht ans Telefon. Schau gar nicht erst drauf!«

»Aber Nana«, widersprach möglicherweise Damon, »was ist, wenn nicht Dad anruft, sondern sonst jemand?«

»Wer immer das sein könnte, er oder sie hätte gefälligst früher anrufen sollen«, würde sie erwidern.

»Und wenn es sich um einen Notfall handelt?«

»Dann sollen sie den Notfalldienst anrufen.«

Ich legte kurz auf und drückte auf Wahlwiederholung. Der Rufton wurde erneut schier endlos wiederholt, und ich konnte mir vorstellen, wie Nana ganz gelassen sagte: »Also, wer das schon wieder sein könnte?«

Ich schaltete das Gerät ab und blickte etwas genervt zum Wagenfenster hinaus. Alle in der Familie wussten, was ein

Beruf wie meiner, im Umfeld der Ermittlungsbehörden, mit sich brachte. Schurken, Gauner und natürlich Terroristen treiben nicht nur an Werktagen ihr Unwesen. Man muss jederzeit und überall mit ihnen rechnen. Nicht nur an einem schönen Sonntagnachmittag, wenn man gerade dabei ist, den Gartenzaun zu streichen, sondern leider auch an Weihnachten mitten während des Familienessens.

Alle in meiner Familie wussten, dass zu meinem Job Notfalleinsätze geradezu zwingend dazugehörten wie bei einem Arzt oder einem Feuerwehrmann. Außerdem wussten sie, was für ein schwieriger und bisweilen gefährlicher Job das war. Und außerdem … und außerdem … hätte ich mir jetzt gewünscht, dass jemand ans Telefon ging. Weil es eben meine Familie ist und ich zu ihnen gehöre.

Ich spürte dieses starke Verlangen auch noch, als wir durch die Polizeiabsperrungen fuhren. Die Louisiana Avenue war in dem Abschnitt zwischen C-Street und Massachusetts Avenue blockiert, also über zwei Kreuzungen hinweg. Die Fahrbahnen in beiden Richtungen der breiten Straße waren bereits gründlich geräumt. Doch die einzigen Fahrzeuge weit und breit in diesem Abschnitt der Avenue waren zwei schwarze Wohnwagen nahe an der D-Street, deren Räder völlig mit Schnee bedeckt waren.

50

Ich erkannte auf Anhieb, um was für Fahrzeuge es sich handelte. Es waren mobile Einsatzzentralen des FBI, die vermutlich aus den gar nicht so weit entfernten Tiefgaragen der FBI-Zentrale im Hoover-Building in der Pennsylvania Avenue hierhergebracht worden waren. Der Jeep blieb daneben stehen, und ich stieg aus.

Der Wind frischte auf, und ich spürte die Kälte selbst unter dem blauen Polizeiparka und der Wollmütze, die ich trug. Ich brauchte nur wenige Schritte bis zur Tür des Fahrzeugs. Im Vorübergehen bemerkte ich, dass unter dem Wagen so gut wie kein Schnee lag. Als sich die Seitentür wie von selbst öffnete, blickte ich verblüfft auf. Kaum war ich eingestiegen, entdeckte ich Ned Mahoney, der schon auf mich wartete.

Mahoney, ein schlanker, immer besonders ernsthaft wirkender Mann mit graublauen Augen, hatte früher die Geiselrettungsgruppe des FBI geleitet, die innerhalb des FBI auch für Terrorabwehr zuständig ist. Bis vor Kurzem war er für die Spezialausbildung der Männer an verschiedenen Stationierungsorten an der gesamten Ostküste zuständig. Nun leitete er eine neu formierte schnelle Eingreiftruppe, welche das FBI für Fälle wie diesen aufgestellt hat. Hinter ihm stand Bobby Sparks; der Anfangsdreißiger war größer als Mahoney und gegenwärtig dessen Nachfolger als Leiter der Geiselrettungsgruppe an der Ostküste. Beide waren ziemlich salopp gekleidet.

Wir begrüßten uns, und ich fragte: »Ihr seid euch wirklich sicher, dass sie es ist?«

»Falls nicht, dann ist es ihre identische Zwillingsschwester. Sie marschierte durch die gesamte Bahnhofshalle und nahm die Kameraparade ab. Aber danach ist sie äußerst geschickt mit der ganzen Überwachung umgegangen und hat die Positionen und Reichweiten der Kameras nach Möglichkeit umgangen. Im Augenblick hält sie sich im Restaurantbereich im Untergeschoss auf«, sagte Mahoney. Er deutete über seine Schulter auf drei FBI-Beamte, die vor einer Batterie von Monitoren saßen. »Wir sind hier mit jeder einzelnen Kamera im Bahnhof und mit unseren Datenarchiven verbunden.«

Ich trat zusammen mit Sparks hinter die FBI-Leute. Auf den Bildschirmen waren alle möglichen Ausschnitte aus der Bahnhofshalle zu sehen, auch die genannte Restaurantzone. »Wo steckt sie?«

Eine Beamtin mit kurz geschnittenem rotem Haar tippte mit dem Finger auf die Restaurantzone. »Dort ist sie hingegangen, nach rechts, wo sich Aufzüge befinden, aber haarscharf außerhalb der Kamerareichweite. Dort kommt man aber nicht weiter, und man wird von allen Seiten gesehen.«

»Wie lange war sie in diesem Bereich?«

»Höchstens fünf Minuten«, erklärte Bobby Sparks. »Insgesamt dreiundzwanzig Minuten im gesamten Bahnhof.«

»Und ihr Jungs seid alle schon hier?«, fragte ich.

Mahoney antwortete zunächst nicht. Nur Sparks sagte: »Wir sind halt 'ne schnelle Truppe.«

Ich warf ihnen einen schrägen Blick zu und konnte mir erst jetzt einen Reim darauf machen, was ich kurz vor dem Einstieg bemerkt hatte. »Nee, seid ihr nicht. Unter diesem Wagen liegt überhaupt kein Schnee, also stand er schon hier, bevor der Schneesturm losging.«

Sparks sah mich etwas betreten an. »Ihnen entgeht auch nichts, was?«

»Ist auch besser so«, erwiderte ich. »Meine Herren, ich bitte um rückhaltlose Aufklärung.«

Sparks schien sich zu winden, aber Mahoney wies einen seiner Leute vor den Monitoren an: »Rufen Sie das Mokiri-Verhör auf. Möglichst flott.«

51

Der FBI-Mann tippte einige Befehle ein, und kurz darauf flimmerten wackelige und grobkörnige Videoaufzeichnungen über den Bildschirm. Ein dunkelhäutiger Mann, der an einen Stuhl gefesselt war, funkelte einen Mann in einer Jeans trotzig an, der mit dem Rücken zur Kamera stand.

»Bei dem Typen auf dem Stuhl handelt es sich um Abdul Mokiri. Er ist Syrer. Hält sich mit einem Forschungsstipendium der Tulane-Universität in New Orleans in den USA auf. Er ist auch ein Mitglied von Al Ayla und war vor drei Jahren zusammen mit Hala Al Dossari und ihrem Mann in Saudi-Arabien zur Ausbildung.

»Wo ist sie hin? Was macht sie jetzt?«, wollte der Mann mit dem Rücken zur Kamera wissen. »Was ist mit Hala?«

»Das dürfen Sie nicht«, sagte Mokiri. »Ich bestehe auf meinen Rechten.«

»Bürgerrechte stehen Ihnen nur zu, wenn Sie in Amerika sind«, erwiderte der Mann, den wir nicht von vorn sehen konnten. »Und ich darf Ihnen versichern, Abdul – wir sind hier nicht in Amerika; deshalb gelten hier keine amerikanischen Regeln.«

Der Syrer spuckte den Vernehmungsführer an. Ein anderer Mann, der sehr groß sein musste und dessen Oberkörper und Gesicht am oberen Bildrand verschwammen, schob Mokiri auf seinem Stuhl vor sich her bis zu einem kleinen Tisch, der bis dahin von dem Vernehmenden verdeckt war. Der große Mann griff nach der Hand des syrischen Terroristen, streckte sie aus und hielt sie über dem Tisch über irgendetwas, das ich zunächst nicht erkennen konnte. Mokiri wand sich heftig und schrie: »Das könnt ihr nicht machen!«

Die Herdplatte glühte jetzt leuchtend rot. Mokiris Hand wurde nach unten gedrückt.

»Schalten Sie's aus«, sagte ich.

Der FBI-Mann gehorchte. Ich funkelte Mahoney und Sparks genauso wütend an wie soeben in dem Video der Syrer seinen Inquisitor. »Wusste ich noch gar nicht, dass das FBI neuerdings Folter anwendet, Ned.«

»Tut es auch nicht.« Mahoney schrie beinahe. »Ich habe keine Ahnung, wo das Video herkam, Alex. Ich will es auch gar nicht wissen. Aber ich bin froh über das, was Mokiri preisgegeben hat.«

»Durch Folter erzwungene Aussagen sind nicht viel wert«, erklärte ich. »Meistens handelt es sich um eine Mischung aus Halbwahrheiten und dem, wovon das Folteropfer glaubt, was die Vernehmer hören wollen.«

»Kann sein«, sagte Bobby Sparks in eisigem Ton, »aber wir konnten uns nicht den Luxus erlauben, darüber nachzudenken, als Mokiri unter anderem ausplauderte, dass Hala Al Dossari am Weihnachtsmorgen einen Bombenanschlag auf die Union Station plant.«

»Soso. Ist sie damit inzwischen nicht ein bisschen spät dran?«, bemerkte ich.

»Der Schneesturm«, entgegnete Mahoney.

Ich schloss die Augen. »Aber sie ist jetzt dort? Kein Zweifel?«

»Zeigen Sie ihm die Aufzeichnungen, wie sie in den Bahnhof gekommen ist«, wies Mahoney einen anderen seiner Leute vor den Bildschirmen an.

Sekunden später zeigten einige Monitore in der unteren Reihe, wie sich Hala Al Dossari am südlichen Rand der

Halle entlangbewegte und bei jeder Kamera, an der sie vorbeikam, direkt in die Linse starrte.

»Sie wusste wohl, dass wir jeden, der den Bahnhof betritt, mit einer Gesichtserkennungssoftware abgleichen«, sagte ich.

»Darüber stand was in den Zeitungen«, bestätigte Mahoney. »Und sie wollte absichtlich, dass wir sie erkennen.«

»Stimmt. Aber warum?«

»Wir hatten gehofft, dass du uns das erklären kannst.«

Ich zuckte mit den Schultern und versuchte, klare Gedanken zu fassen. »Könnte sein, dass sie euch in die Bahnhofshalle locken will, wo sie dann eine Bombe hochgehen lässt, um ein paar FBI-Leute zu töten.«

»Auf den Gedanken sind wir auch schon gekommen«, meinte Bobby Sparks.

»Okay. Gibt es sonst noch Informationen?«

Mahoney nickte. »Wir haben den Bahnhof seit gestern Nachmittag von der NSA überwachen lassen und alle Handygespräche kontrolliert. Nur eins davon scheint hier relevant zu sein.«

Die rothaarige FBI-Agentin tippte einen Computerbefehl ein. Im Innern unserer mobilen Kommandozentrale ertönte aus verborgenen Lautsprechern ein geflüstertes Gespräch auf Arabisch; eine Frau unterhielt sich mit einem Mann.

Bobby Sparks instruierte mich: »Das ist ihre Stimme. Vor fünfundzwanzig Minuten, kurz nachdem sie die Schalterhalle betreten hat. Sie sagt: ›Warum?‹ Daraufhin erwidert der bisher nicht identifizierte Gesprächspartner: ›Eins, vier und null.‹ Darauf sie: ›Sieben und fünf.‹ Darauf er: ›Inschallah.‹«

»Soll wohl ein Code sein«, bemerkte ich.

»Offensichtlich«, blaffte Mahoney ungehalten.

»Sei nicht so ungeduldig, Ned«, sagte ich. »Ich bin von der vergangenen Nacht noch ziemlich ausgepowert. Konntet ihr lokalisieren, von wo aus der Typ telefoniert hat?«

»Wir konnten den Sendemast identifizieren«, erklärte Mahoney. »Er hielt sich irgendwo in der Gegend von Suitland-Silver Hill auf, aber das Gespräch dauerte nicht lang genug, um ihn genauer einzukreisen.«

Bevor ich das verarbeiten konnte, tippte der dritte Mann vor den Monitoren, mit denen der Bahnhof überwacht wurde, an seine Kopfhörer und sagte: »Entschuldigung, dass ich unterbreche, aber es gibt einen Toten in dem McDonald's in der Nordostecke des Bahnhofs. Er befindet sich auf der Ebene der Schalterhalle.«

52

Als sechs Minuten zuvor einem halb erwachsenen, pickeligen Teenager in Hip-Hop-Outfit, der sich in Krämpfen wand, weißer Schaum vor den Mund trat, fingen die Menschen um ihn herum an zu schreien. Hala Al Dossari hatte sich mit vier großen Seitwärtsschritten und dem Rücken zur nächstgelegenen Überwachungskamera aus dem McDonald's verdrückt und war innerhalb von sechs Sekunden in einer Damentoilette verschwunden.

Sie ging die ganze Kabinenreihe entlang, bis sie eine Kabine mit einem Metallgitter an der Rückwand fand. Zum Glück war hier gerade frei. Von draußen waren immer noch Schreien und Tumult zu hören. Sie trat in die Kabine, sperrte ab und machte alles bereit. Sie war sich völlig im Klaren darüber, dass nach diesem Giftanschlag die Polizei rasch auf der Bildfläche erscheinen würde. Sie würden nicht lange brauchen, bis sie herausgefunden hatten, dass eine verdächtige Person, deren Beschreibung zu ihr passte, sich an den Getränkespendern zu schaffen gemacht hatte, nur wenige Minuten, bevor der Hip-Hopper seine Cola holte. Die anderen, höchstwahrscheinlich das FBI, waren längst vor Ort, und dann würden sie mit vereinten Kräften alles durchkämmen.

Sechs Minuten. Viel mehr Zeit würde ihr nicht bleiben.

Hala öffnete die Macy's-Tüte und zog einen blauen Arbeitsoverall hervor, auf dem ein Stoffschild mit der Bezeichnung Amtrak aufgenäht war und seitlich das Namensschild: Sean. Rasch streifte sie Wolljacke und Stiefel ab und schlüpfte in den Overall. Um den Hals hängte sie sich eine bemerkenswert gut gefälschte Amtrak-Identitätskarte, die sie als Sean Belmont vom Reparaturdienst auswies.

Noch vier Minuten. Sie wischte sich gründlich das Gesicht ab und entfernte auch von den Wimpern und aus den Augenbrauen das gesamte Make-up. Dann zog sie Arbeitsstiefel an und versteckte ihre Haare unter einer blonden Perücke mit männlich-kurzem Haarschnitt. Sie setzte Kontaktlinsen mit blauen Pupillen ein und strich sich weißes Make-up auf Gesicht und Hände.

Noch neunzig Sekunden. Hala Al Dossari stellte sich auf die Toilettenschüssel, das Metallgitter in der Wand befand sich nun auf Schulterhöhe. So konnte sie in einen Abluftschacht von fast einem halben Meter Durchmesser hinter dem Gitter schauen. Sie warf einen kurzen Blick in die benachbarten Kabinen, die zum Glück nicht besetzt waren. In Windeseile tastete sie nach den Schrauben, mit denen das Gitter befestigt war. Alle waren locker. Sie brauchte weniger als eine halbe Minute, bis sie es von der Wand genommen hatte.

Hala Al Dossari tastete in der Abluftröhre herum, bis sie die mit Schallschutzdämpfer versehene Pistole fand, die dort festgeklebt war. Sie riss sie ab, stieg von dem Toilettensitz herunter und ließ die Waffe in die zerschlissene Werkzeugtasche gleiten, die sich noch in der Macy's-Tüte befand. Dann nahm sie die Werkzeugtasche heraus und legte sie auf den Boden. Vom Boden der Macy's-Tasche holte sie noch acht in Weihnachtspapier eingeschlagene Schachteln; jede war etwa so groß wie ein Kaffeebecher. Die legte sie auf die Werkzeugtasche. Ihre Wolljacke und die Stiefel mit den hohen Absätzen stopfte sie nun in die Macy's-Tasche.

Noch vierzig Sekunden.

Mit der Macy's-Tasche in der Hand stieg sie erneut auf

den Toilettensitz. Sie schob die Tüte mit Schwung tief in den Schacht und schraubte dann wieder das Gitter davor.

Noch zehn Sekunden. Die Tür zum Toilettenraum ging auf, und ein Mädchen rief kreischend: »Igitt! Hast du das Zeug vor seinem Mund gesehen?«

»Hör auf, davon zu sprechen, sonst wird mir noch ganz schlecht«, erwiderte eine andere junge Frau.

Hala Al Dossari griff nach der Werkzeugtasche, öffnete die Kabine und ging direkt auf die beiden zu. »Tut mir leid, junge Damen«, sagte sie mit möglichst tiefer Stimme, »da hinten war eine Leitung undicht. Aber jetzt ist wieder alles in Ordnung.«

»He, aber Sie hätten ja wenigstens mal ein Schild aufstellen können oder so was«, maulte noch eines der Mädchen empört.

»Zu viel Schnee«, entgegnete Hala, als ob das eine mit dem anderen etwas zu tun hätte, und verließ die Damentoilette. Sie wandte sich scharf nach rechts und ignorierte den Tumult, der links von ihr vor dem McDonald's immer mehr zunahm. Mit entschlossenem Schritt strebte sie in westlicher Richtung, wo die Amtrak-Bahnsteige lagen. Zwar vermied sie es, den Kopf nach links zu wenden, aber einmal sah sie aus den Augenwinkeln einen auffallend großen Mann, der einen blauen Parka von der Washingtoner Polizei trug, und neben ihm zwei kleinere, die Schutzwesten mit der Aufschrift FBI anhatten. Ein dicklicher, schwitzender Mann in der Uniform der Amtrak-Bahnpolizei folgte den dreien in das Schnellrestaurant.

Die Araberin konnte sich ein kleines Grinsen nicht verkneifen. Das hatte sie aufgescheucht, nicht wahr?

Sie kannte natürlich keinen der FBI-Agenten und nahm an, dass der Bahnpolizist von Amtrak der Dienststellenleiter an diesem Abend war. Aber Alex Cross hatte sie auf Anhieb erkannt. Das war derjenige, der die entführten Kinder des Präsidenten gefunden hatte. Er war seinerzeit in allen Zeitungen.

In gewisser Weise fühlte sich Hala Al Dossari geehrt.

53

Ich kniete mich neben den Leichnam von Phillip Lamonte, der zwar wie ein Hip-Hopper angezogen war, aber den Ausweispapieren, die er bei sich trug, konnten wir entnehmen, dass er im ersten Semester an der Catholic University studierte. Seine Heimatadresse ließ auf eine gute Gegend an der Upper East Side in Manhattan schließen, und er besaß eine Fahrkarte nach New York. Der junge Mann war für die Fahrt mit dem Acela-Express bis zur Pennsylvania Station in Manhattan gebucht, der gerade in den Bahnhof einlief. Der XXL-Becher, aus dem er getrunken hatte, lag neben ihm auf dem Boden; die Eiswürfel waren noch nicht ganz geschmolzen.

Ich beugte mich tief hinunter, um an dem Schaum um seinen Mund zu schnuppern. Ich roch einen scharfen Bittergeruch, den ich kannte.

»Blausäurevergiftung«, sagte ich.

»Hala Al Dossari?«, bemerkte Mahoney nur.

»Naheliegend«, bestätigte ich. »Damit hat sie doch auch ihren Mann umgebracht.«

»Daran ist er gestorben«, korrigierte Bobby Sparks feinsinnig.

Ich fragte die nächststehende Bahnhofspolizistin: »Wissen Sie schon, ob der Tote in Begleitung war?«

Sie deutete auf einen ziemlich mageren weißen Jungen im gleichen Alter wie Lamonte, der auch so aussah, als wollte er zu einem Rap-Konzert gehen. »Er heißt Allen Kent.«

Ich zeigte auf den XXL-Becher auf dem Boden. »Hat Phillip daraus getrunken, bevor er starb?«, fragte ich.

Allen Kent nickte, doch er stand offensichtlich unter Schock.

»Hat sonst noch jemand aus dem Becher getrunken, mein Junge?«

Kent schüttelte den Kopf. »Phil hat ihn sich selbst dort geholt.«

Ich wusste noch nicht, wie sie es gemacht hatte, aber ich war mir sicher, dass Hala Al Dossari diesen Collegestudenten umgebracht hatte. Aber das Wie war im Moment bei Weitem nicht so wichtig wie das Warum.

Ich sah Mahoney und Sparks an und sagte: »Der ganze Bahnhof sollte abgeriegelt werden.«

Captain Seymour Johnson, der Dienststellenleiter der Amtrak-Bahnpolizei, ein dicklicher, stark schwitzender Mann, wurde ganz blass. »Sind Sie noch bei Sinnen? Die Züge sind momentan das einzige noch funktionierende Transportmittel, um in Washington rein oder raus zu kommen, und alle müssen hier durch. Sie wissen doch gar nicht, ob diese Frau noch hier ist.«

»Vielleicht ist sie es nicht mehr«, erwiderte ich. »Aber wenn ich euch einen Rat geben darf, würde ich sofort an jedem Eingang einen meiner Leute mit einem Foto von ihr postieren. Damit keiner die Union Station verlässt, der sich nicht ausreichend identifizieren kann. Das gilt auch für die Passagiere, die jetzt in die Züge steigen. Und fordern Sie die Washingtoner Mordkommission und möglichst viele Streifenwagen an. Draußen ist alles tief verschneit. Falls sie bereits nach draußen gelangt ist und nicht über einen Wagen verfügt, dann kann sie sich nur zu Fuß bewegen und müsste leicht zu entdecken sein.«

Mahoney war auch dieser Meinung und machte einen Anruf nach dem anderen. Desgleichen Bobby Sparks und selbst

Captain Johnson. Ich schaute mittlerweile in die Runde der Leute am Rande. Dabei entdeckte ich unter den Zuschauern einen Mann Anfang dreißig in einem eleganten Mantel, der ein iPad in der Hand hielt.

Ich trat auf ihn zu. »Haben Sie mitbekommen, was passiert ist, Mr. …?«

»Goldberg. Jared Goldberg. Äh, nein. Ich habe den Vorfall nicht beobachtet. Ich kam erst hierher, als ich das Geschrei gehört habe.«

»Sind Sie ein Patriot, Mr. Goldberg?«, fragte ich.

Er zog die Augenbrauen zusammen. »Denke schon.«

Ich überreichte ihm meine Visitenkarte. »Mein Name ist Alex Cross. Ich arbeite für die Washingtoner Polizei und als Berater für das FBI. Ich möchte Sie um Ihre Hilfe bitten.«

Goldberg runzelte die Stirn. »Ich arbeite als wissenschaftlicher Mitarbeiter am Finanzgericht. Wie kann ich …?«

»Es geht um Ihr iPad«, erklärte ich. »Läuft das mit einem dieser 4G-Netze?«

Er nickte.

»Und mit einem Backup in der iCloud – oder wie das immer genannt wird?«

Der Steuerfachmann runzelte wieder die Stirn, nickte aber.

»Sehr gut. Würden Sie mir erlauben, es zu benutzen?«, bat ich. »Ich verspreche Ihnen, dass ich es Ihnen zurückgeben werde. Und falls ich es kaputt mache, bekommen Sie ein besseres.«

Goldberg wirkte alles andere als erfreut, aber er händigte mir sein iPad aus.

»Was haben Sie denn vor, Cross?«, fragte mich Bobby Sparks, als ich mit dem iPad in der Hand zu der Gruppe zurückkehrte.

»Können eure Kollegen draußen in der mobilen Einsatzzentrale das Videomaterial von den Überwachungskameras hierher übertragen?«

Mahoney überlegte kurz. »Sie müssten es durch eine unserer Sicherheitswebseiten schleusen. Aber ich denke, dass sie es hinbekommen müssten.«

54

Am anderen Ende des Bahnhofs, aber nun in einer Herrentoilette, hatte sich Hala Al Dossari eine Kabine ausgesucht, von der ebenfalls solch ein vergitterter Luftschacht abging. Sie wartete ab, bis die benachbarten Kabinen nicht mehr besetzt waren, und löste dann zum zweiten Mal innerhalb weniger Minuten bereits gelockerte Schrauben an solch einem Gitter. Dann schob sie das Gitter seitwärts tief in den Schacht hinein.

Da ein alter Mann hereingekommen war, um die Toilette zu benutzen, musste sie eine Weile warten, bis er wieder gegangen war. Dann war es endlich still.

In ihrer Schulzeit war Hala Al Dossari sehr sportlich gewesen und hatte jahrelang an Wettkämpfen in Sportgymnastik teilgenommen. Sie hatte immer noch ihre schlanke Figur und verfügte fast über die gleiche Kraft und Gelenkigkeit. Nachdem sie die Werkzeugtasche dem Gitter hinterhergeschoben hatte, stützte sie sich mit den Händen auf die Kabinenwände, spannte den Bauch an, schwang die Beine nach oben und brachte sie bis zu den Knien in den Luftschacht. Dann schob sie den Körper bis zum Becken nach und wand sich so lange hin und her, bis sie innerhalb von zehn Sekunden vollständig darin verschwunden war. Dann arbeitete sie sich auf diese Weise weiter durch den schmalen Schacht und stieß dabei die Werkzeugtasche und das Gitter immer weiter voran.

Nach gut einem Meter gelangte sie an eine Stelle, wo vier dieser Schächte zusammentrafen. Hier konnte sie die Beine in die nach rechts abzweigende Röhre stecken und sich dann vorwärts in die Röhre drehen, aus der sie gerade gekommen war. Sie musste ihren Arm weit strecken, aber sie bekam das Gitter wieder zu fassen und schob es vor sich her.

Die Araberin robbte nun in umgekehrter Richtung zurück auf die erleuchtete Wandöffnung zu. Vom Rand aus linste sie in die Herrentoilette hinab. Da stand nur ein junger Vater mit seinem kleinen Jungen, der pinkeln musste. Hala Al Dossari fragte sich in ihrem dunklen Versteck, ob Tariq das je mit Fahd gemeinsam gemacht hatte.

Nachdem sie gegangen waren, schob Hala Al Dossari alle Gefühle des Bedauerns beiseite und befestigte das Gitter mit Bilderdraht, den sie dafür eingesteckt hatte, wieder vor der Öffnung. Zwei Minuten später hatte sie sich wieder umgedreht und wand sich weiter durch den Hauptschacht. Von der linken Seite her zog der Pizzageruch vom Sbarro-Schnellrestaurant in das Abluftsystem hinein.

Sie spürte, wie ihr Magen rumpelte, doch sie schob sich unverdrossen voran. Erst nach mehreren hundert Metern erreichte sie wieder eine Kreuzung mehrerer Röhren des Abluftsystems. Sie bog ihren Körper nach rechts und kroch nun weiter Richtung Norden. Sobald sie ganz in diesem neuen Schacht verschwunden war, hielt sie heftig atmend inne, zog ihr Handy aus der Tasche und drückte auf Wahlwiederholung.

»Warum?«, flüsterte sie.

»Vier und null«, sagte ihr Gegenüber.

Ihre Komplizen waren nun ebenfalls nahe am Ziel. An einem normalen Tag hätten sie nicht länger als zwölf Minuten gebraucht, um dorthin zu gelangen, aber wegen des Schnees hatte sich alles geändert. Dennoch verließ sie sich voll und ganz auf ihn.

»Gott steh dir bei«, sagte sie und legte auf.

Nachdem sie das Telefon wieder verstaut hatte, kroch sie noch einmal rund dreihundert Meter weiter bis zu einer Stelle, wo der Schacht im Neunzig-Grad-Winkel nach links abknickte. Hier endete der Schacht an der Nordwand vor einem Gitter. Von dort strömte kalte Luft herein. Die Araberin schauderte und warf nur einen kurzen Blick durch das Gitter. Die Stelle befand sich ziemlich hoch über einer Laderampe, und in der Nähe standen zwei unbeleuchtete Vorortzüge auf dem Abstellgleis. Hala Al Dossari kroch weiter bis zu einem dritten Schacht. Sie schlängelte sich behutsam vorwärts, als wollte sie sich in eine gut getarnte Position für einen gezielten Schuss bringen – und genau das war es, was sie vorhatte. Für diese letzten dreihundert Meter brauchte sie zehn Minuten. Damit blieben noch achtundzwanzig Minuten bis zum entscheidenden Zeitpunkt.

Plärrende Weihnachtsmusik aus einem Fernseher kam von irgendwo herübergeweht. Sie konnte nun durch das neue Gitter sehen. Hala Al Dossari befand sich an der Ostwand des Bahnhofsgebäudes knapp fünf Meter über einer Laderampe, die ausschließlich vom United States Postal Service genutzt wurde. Direkt unter ihr waren große Stoffsäcke voller Briefe und Postsachen aufgereiht. Eine Rumpfmannschaft von drei Leuten war damit beschäftigt, die Postsäcke im Innern eines Eisenbahnwaggons zu verstauen.

Schlagartig sah sie es wieder vor sich, wie sie als ganz junge Frau, noch bevor die Kinder kamen, mit Tariq in die Wüste gefahren war. Er wollte ihr das Schießen mit einer Pistole beibringen. War es nicht sehr eigenartig, wie leicht ihr der Umgang mit der Waffe fiel? Beinahe mühelos und natürlich. Und gleichzeitig war das Schießen eine höchst präzise Angelegenheit, so ähnlich wie bei einer Operation im Krankenhaus, wo man dank technischer Hilfsmittel und bei voller Konzentration auf die Arbeit kleine Wunder vollbringen konnte. Und war ein perfekt gezielter Schuss nicht auch so etwas? Ein kleines Wunder? Ein Gottesgeschenk?

Davon war Hala Al Dossari überzeugt. Sie zog die mit einem Schalldämpfer versehene Glock aus der Werkzeugtasche und zielte probehalber durch die Lamellen des Gitters auf einen dicklichen Latino mit Koteletten. Er befand sich am weitesten von ihr entfernt und stand am nächsten an den Gleisen. Unter den Umständen hatte er die größten Chancen zu entkommen.

55

Bobby Sparks und Mahoney beschlagnahmten innerhalb weniger Minuten weitere iPads, als sie mitbekamen, was ich vorhatte. Dank der Tablets konnten wir an zwei, drei oder vier Stellen gleichzeitig sein. Der Bahnhof selbst wurde unser bewegliches Lagezentrum. Wir konnten uns sogar in der Zeit hin- und herbewegen – jedenfalls rückwärts.

Ich ließ die Aufzeichnungen der drei Kameras in der Nordostecke der Halle rund um den McDonald's rückwärts laufen bis zu dem Zeitpunkt, als Phillip Lamonte vermutlich zusammenbrach. Da kamen die ersten Schreie, und ich sah auf der Videoeinspielung auf dem Tablet, wie Hala Al Dossari in dem allgemeinen Durcheinander in Richtung der links neben dem Restaurant gelegenen Damentoilette entschlüpfte. Deren Eingang lag außerhalb der Reichweite sämtlicher Überwachungskameras, aber es war völlig klar, dass sie dorthin verschwunden war.

»Alles absperren«, bellte Bobby Sparks den Leiter der Bahnhofspolizei an. Dann übernahm Sparks die Führung, mit gezückter Pistole und gezückter FBI-Plakette. Mahoney und ich folgten ihm.

Drinnen befanden sich drei Frauen. Eine von ihnen war in den Achtzigern und erinnerte mich lebhaft an Nana, die zweite war eine jüngere, durchaus gut aussehende Frau, die aber dem Vergleich mit Bree nicht standhielt. Die dritte war ein Teenager, aber ein eher dickliches Mädchen, wohingegen wir wussten, dass Hala Al Dossari sehr schlank war.

Nachdem die drei den Raum rasch verlassen hatten, suchten wir eilig alles von oben bis unten ab. Die Kabinen waren nicht mehr gereinigt worden, seit der Sturm eingesetzt hatte. Mit Gummihandschuhen an den Händen ließ ich mich auf alle viere nieder und schaute in jede hinein. Auf dem Boden der dritten entdeckte ich einen weißlichen Fleck auf dem Boden.

Ich zog einen Bleistift aus der Tasche, stupste mit dem oberen Ende mit dem Radiergummi hinein und erkannte, dass es sehr fettig war.

»Was hast du da, Alex?«, wollte Mahoney wissen.

»Könnte Make-up sein«, antwortete ich.

»Auf einer Damentoilette«, bemerkte Sparks. »Sehr überraschend, was?«

Ich stand wieder auf und bemerkte das Gitter über der Kabine. Ich konnte mir zwar nicht vorstellen, dass ein Mensch in eine so enge Röhre passt, aber ich bin auch fast zwei Meter groß und wiege über neunzig Kilo. Ich berührte mit der Fingerspitze eine der Schrauben, die überraschenderweise völlig locker saß. »Hat jemand 'ne Taschenlampe?«, fragte ich.

Mahoney reichte mir eine Mini-Maglite. Ich schaltete sie ein, leuchtete zwischen den Metallschlitzen hindurch und entdeckte in circa zwei Meter Entfernung die zerknüllte Macy's-Tüte, mit der Hala Al Dossari umhergeschlendert war.

56

Mithilfe eines Besenstiels, den Mahoney in einer Ecke gefunden hatte, gelang es mir, die Tüte hervorzuziehen.

»Hier sind ihre Stiefel und ihre Jacke«, sagte ich. »In den Taschen befindet sich sonst nichts.«

»Ich nehm das an mich«, erklärte Mahoney. »Das lasse ich in erster Linie auf Spuren von Sprengstoff untersuchen.«

»Wir brauchen die Aufzeichnungen aller Überwachungskameras im Bahnhof ungefähr von den letzten zehn Minuten, bevor Lamonte starb«, sagte ich und verließ den Raum.

Zwei Minuten später begann ein FBI-Forensiker mit einem ersten Abstrich aus dem Inneren der Macy's-Tüte, und ich suchte in dem Datenmaterial nach einer Weitwinkelansicht von dem gesamten Nordostbereich der Union Station, eine Aufzeichnung von einer Kamera, die uns ausreichend guten Überblick über den ganzen Bereich rund um die Toiletten gab. Ich spulte hin und her und sah mir jede einzelne Person an, die sich westlich vom McDonald's bewegte.

»Das sind wir«, sagte Mahoney, als in der Aufzeichnung vier Männer sichtbar wurden, die auf das Schnellrestaurant zutrabten.

Ich schaute in diesem Abschnitt der Aufzeichnung gebannt auf den Mann, der uns kurz einen Blick zuwarf, als wir vorübereilten. Eine schlanke Gestalt mit hellen Haaren in einem Arbeitsoverall mit Amtrak-Aufdruck und mit einer Werkzeugtasche in der Hand.

»Die nimmt man doch gar nicht mehr«, sagte ich.

»Was?«, fragte Mahoney.

»Die Werkzeugtasche da«, erklärte ich. »So was haben Installateure früher mal benutzt, soweit ich weiß auch Steinmetze. Aber heutzutage sehe ich keinen Handwerker mehr damit herumlaufen.«

Die Gestalt verschwand von der Bildfläche.

»Wo geht er hin?«, fragte Mahoney.

Als wir darüber sprachen, standen wir in der Haupthalle. Ich blickte um mich, um dem Blickwinkel der Kamera zu folgen, und zeichnete im Geiste den Weg nach den der Handwerker genommen hatte. Dabei fiel mir das Ende einer Warteschlange ins Auge: Passagiere, die an den Sicherheitsleuten vorbei die Treppe zum Amtrak-Terminal mit den Bahnsteigen A bis L hinunterstiegen.

»Demnächst fährt ein Acela-Express ab«, rief ich und rannte in Richtung der Warteschlange. Gleichzeitig rief Mahoney unsere Kommandozentrale draußen auf der Louisiana Avenue an und verlangte das Videomaterial von dieser Sicherheitsschleuse, seit sie für das Boarding geöffnet war.

Es wurde uns innerhalb von dreißig Sekunden überspielt. Ich ließ es viermal mit normaler Geschwindigkeit vorbeilaufen und entdeckte schnell den Handwerker mit der Werkzeugtasche. Aber er gehörte nicht zu den Leuten in der Warteschlange für den Expresszug. Er ging um die Schleuse herum und weiter bis zum anderen Ende des Bahnhofs, wo er eine Herrentoilette betrat.

Wir rannten los. In diesem Augenblick klingelte mein Telefon. Es war Bree.

»Alex?«

»Ich kann gerade nicht sprechen«, sagte ich. »Ich würde mich liebend gern mit dir unterhalten, mehr als du dir denken kannst, aber im Augenblick geht es nicht.«

»Was ist denn los?«

»Alles, was ich sagen kann, ist, dass wir eine sehr, sehr gefährliche Person in der Union Station verfolgen.«

»Mach mir doch ein wirklich großes Weihnachtsgeschenk: Halte dich von dem Typen fern.«

»Es handelt sich um eine Frau. Und ich verspreche dir, dass ich mein Möglichstes tun werde.«

57

Hala Al Dossari atmete langsam und tief durch, ließ bewusst die Schultern sinken, um die Spannung rauszunehmen. Sie konzentrierte sich auf das Zielbild über dem Lauf der Pistole. Der schwergewichtige hispanische Verladearbeiter mit den Koteletten kam aus dem offenen Waggon und machte zwei Schritte; dann drückte sie den Abzug.

Das Plopp von der mit Schalldämpfer versehenen Pistole kam ihr in dem Schacht, in dem sie steckte, laut vor, aber keiner von den beiden anderen Ladearbeitern reagierte in irgendeiner Weise, bis der Latino auf die Knie sackte; er presste seine Hände an den Hals, wo das Blut aus einer Wunde in der Luftröhre hervorspritzte.

Der zweite Verladearbeiter hatte eine Glatze. Seine helle Kopfhaut bildete ein leichtes Ziel; das Geschoss drang am Hinterkopf ein. Der dritte Arbeiter, ein schlanker Schwarzer, hatte verstanden, dass er als Nächster dran sein könnte, denn er rannte geduckt und im Zickzack über die Laderampe und schrie um Hilfe.

Doch vergeblich. Hala Al Dossaris dritter Schuss zerschmetterte sein Becken, als er die Treppe zum Bahnhofspostamt erklimmen wollte. Seine Beine knickten unter ihm weg, und er sackte schreiend am unteren Ende der Treppe zusammen. Ihr vierter Schuss traf ihn in der Brust, und er fiel vornüber.

Die Araberin steckte die Waffe zurück in die Werkzeugtasche und nahm einen Akkuschrauber mit einer Bohrvorrichtung zur Hand. Innerhalb von zwei Minuten hatte sie die Halterungen, an denen das Gitter verschraubt war, entfernt.

Das Gitter löste sich leicht von der Wand, und mit einer energischen Handbewegung schleuderte sie es nach rechts. Scheppernd landete es auf dem Boden. Sie griff sich die Werkzeugtasche, schob Arme und Schultern aus dem engen Schacht und spähte nach unten. Sie entschied, dass sie auf das Abseilen mit dem dünnen Seil, das sie dabeihatte, verzichten konnte.

Hala Al Dossari warf die Werkzeugtasche linker Hand nach unten, wo sie auf einem der Postsäcke landete. Sie konzentrierte sich auf die Postsäcke, die etwa vier bis fünf Meter unter ihr an der Mauer lehnten. Dann wand sie sich bis zu den Hüften aus der Röhre und drehte sich so, dass ihr Rücken zur Mauer zeigte. Sie ließ den Oberkörper nach unten baumeln und spürte, wie ihre Hüften und die Beine aus der Röhre glitten.

Als ihre Waden über die Kante glitten, bog sie den Oberkörper wieder nach oben, und mit einem Ruck kamen die Beine frei. Im Fallen drehte sie die Beine so, wie sie das vom Abgang vom Schwebebalken aus ihrer Jugend kannte. Mit einer hart nachfedernden Kniebeuge landete sie auf den Postsäcken, doch dabei fuhr ihr ein stechender Schmerz durch die linke Hüfte.

Mit einem ächzenden Brummen versuchte sie, den Schmerz zu unterdrücken, und kam mit einer Seitwärtsrolle zum Stehen. Sie schnappte sich ihre Werkzeugtasche, und als sie an den beiden erschossenen Ladearbeitern vorbeiging, musste sie wegen des Muskelfaserrisses die Zähne zusammenbeißen; entweder am Psoas oder am Iliacus, so wie es sich anfühlte.

So konnte es nicht weitergehen. Sie blieb stehen, setzte die Werkzeugtasche nahe bei dem Latino ab und zog aus einer der Taschen des Overalls ein Döschen mit Tabletten heraus, die sie dort verstaut hatte. Sie nahm eine Oxycontin und eine Ibuprofen. Eine gegen die Schmerzen, die andere gegen die Schwellung.

Das stechende Gefühl im ganzen Hüftbereich hatte noch keineswegs nachgelassen, als sie die Kante der Laderampe erreichte. Sie zuckte zusammen, als sie sich hinkauerte, um sich rückwärts von der Ladekante aufs Gleisbett herunterzulassen. Ein eisiger Windhauch strich ihr über die Wangen, und sie konnte sich bereits vorstellen, wie höllisch es wehtun würde, wenn sie nach einem Meter unten aufkam.

Die Schmerzen meines Körpers spielen keine Rolle, dachte sie und stieß sich ab.

Als sie neben dem Waggon landete, fuhr ihr der Schmerz dennoch wie ein Messer in den Leib. Die Araberin keuchte und geriet ins Stolpern; sie ließ die Werkzeugtasche fallen. Sie musste ihre Augen zukneifen und biss sich auf die Lippen, um das Schreien zu unterdrücken.

58

Wir rannten in die Herrentoilette. Ich war mir sicher, dass sich die Araberin dort versteckt hielt. Unterwegs hörte Mahoney etwas in seinem Kopfhörer. Er verlangsamte seinen Schritt und machte Bobby Sparks und mir ein Zeichen.

»Sie hat vor elf Minuten kurz telefoniert«, sagte er und schaute zu der großen Wanduhr in der Bahnhofshalle hinauf. Jetzt war es 18.36 Uhr, demnach hatte das Gespräch um 18.25 Uhr stattgefunden.

Bobby Sparks empörte sich: »Die brauchen ganze elf Minuten, um …«

»Ich hab doch keinen Einfluss auf die Arbeit der National Security Agency NSA, die die Telefonate abhört«, gab Mahoney etwas unwirsch zurück und beendete damit die Diskussion. »Bei dem Anruf sagte eine nicht identifizierte weibliche Stimme auf Arabisch ›Warum?‹, und ein nicht identifizierter Sprecher antwortete ebenfalls auf Arabisch ›Vier und null‹. Ende des Gesprächs. Es gibt auch einen Hinweis auf den Standort des Sprechers: Nicht weit von der Einmündung des Suitland Parkway in den Anacostia Freeway.«

»Könnte sein, dass er hierherkommt«, sagte ich mit einem Blick auf die Uhr.

»Schon möglich.« Mahoney setzte sich erneut in Bewegung.

»Vier und null«, wiederholte ich. »Was hat dieser Mann am Telefon beim letzten Mal gesagt?«

Bobby Sparks wusste es noch: »Eins, vier und null.«

»Und wann war das?«

»Kurz nachdem sie den Bahnhof betreten hat«, sagte Mahoney. »Um fünf vor halb sechs.«

»Also ist die Eins weggefallen, weil mittlerweile eine Stunde vergangen ist«, schlussfolgerte ich.

Die beiden FBI-Kollegen verlangsamten wieder ihren Schritt. »Bitte noch mal«, sagte Sparks.

»Bei einer Stunde und vierzig Minuten von siebzehn Uhr fünfundzwanzig an gerechnet kommt man auf neunzehn Uhr fünf«, erklärte ich. »Und vierzig Minuten von achtzehn Uhr fünfundzwanzig an gerechnet, kommt man ebenfalls auf neunzehn Uhr fünf. Ich glaube, damit haben wir ihren Zeitplan.«

Mahoney wurde ganz bleich. »Das bedeutet, dass uns nur noch neunundzwanzig Minuten bleiben, um sie zu finden.«

59

Hala Al Dossari brauchte gut zwanzig Sekunden, bis sie ihre Muskeln so weit entspannt hatte, dass sie die Augen wieder öffnen konnte. Angesichts der zehrenden Schmerzen in der Hüfte musste sie die Zähne fest zusammenbeißen; sie schaute sich um.

Links von ihr glimmten entlang der Gleise in Abständen reihenweise rote Signallampen. Am Ende der Halle führten die Gleise hinaus auf das schneebedeckte Gleisvorfeld. Etwa hundertfünfzig Meter weit entfernt konnte sie die dunklen Umrisse von MARC-Zügen auf dem Abstellgleis erkennen. Sie roch die Abgase von Dieselmotoren und hörte das Brummen der Motoren von Acela-Zügen; nebenbei konnte sie sogar die Unterhaltung der letzten Passagiere verstehen, die froh waren, den Zug nach New York erwischt zu haben.

Die Araberin zog ihr Handy aus der Tasche und schaute auf die Uhr: 18.47 Uhr. Ihr blieben noch achtzehn Minuten, um ans Ziel zu gelangen und sich bereit zu machen. Hinkend schleppte sie sich bis zum vorderen Ende des abgedunkelten Regionalzugs; gleichzeitig hörte sie, wie der Acela-Express Richtung New York anrollte.

Sie stand kaum sichtbar in dunklen Schatten und spürte, wie das Schmerzmittel allmählich anfing zu wirken. Sie riss die erste der Weihnachtsgeschenkverpackungen auf und beobachtete, wie der Zug den Bahnhof verließ. Einige Reisende ließen sich hinter den hell erleuchteten Fenstern gerade erschöpft auf einen Sessel sinken.

60

Als ich sah, dass das Gitter über einer der Kabinen in der Herrentoilette nicht von Schrauben an der Wand gehalten wurde, stieg ich auf den Toilettensitz und rüttelte daran. Es war genau 18.57 Uhr. So lange hatten wir gebraucht, um alle Leute aus dem gesamten Raum zu entfernen und ihn zu durchsuchen.

Das Gitter saß fest an der Wand. Ich benutzte wieder Mahoneys Taschenlampe und leuchtete zwischen den Lamellen hindurch. Dann wandte ich mich zu ihm, Bobby Sparks und Captain Johnson um. »Wissen Sie, wo diese Röhren hinführen?«, fragte ich Johnson.

Der Dienststellenleiter der Amtrak-Bahnpolizei blinzelte mich ungläubig an. »Glauben Sie im Ernst, dass sie da drin verschwunden ist?«

»Ich wüsste nicht, wie man sich sonst erklären sollte, dass das Gitter von innen mit Draht befestigt wurde. Also, wo führen die hin?«

Johnson wirkte ziemlich ratlos. »Das weiß ich doch nicht. Und ich kann mir vorstellen, dass nicht einmal die Leute vom Gebäudemanagement …«

»Moment mal. Wieso haben Sie von so was keine Ahnung?«, fragte Sparks ungläubig.

»Wir sind für die Sicherheitsschleusen, die Bahnsteige und Gleise zuständig, also für den Bereich, den Amtrak nutzt«, erwiderte der Bahnhofspolizist in aufgebrachtem Ton. »Für das Bahnhofsgebäude selbst und die Sicherheit in der großen Eingangshalle ist eine private Managementfirma mit Sitz im benachbarten Virginia verantwortlich. Aber die Leute, die sich mit so was wie dem Lüftungssystem auskennen, haben heute garantiert alle frei. Schließlich ist Weihnachten, verdammt noch mal.«

Ich deutete ungeduldig wieder auf den Luftschacht. »Wo könnte er Ihrer Meinung nach hinführen? Beziehungsweise was könnte dahinten noch an dieses Entlüftungssystem angeschlossen sein?«

Captain Johnson dachte einen Moment nach. »Mit Sicherheit die Sbarro-Pizzeria, die hier direkt um die Ecke liegt, und dann vermutlich auch die Verladestation vom Postal Service.«

»Ist das eine große Anlage?«, wollte Sparks wissen.

»Groß genug, um den gesamten Briefverkehr aus dem Kapitol zu bewältigen, also die gesamte Post des Abgeordnetenhauses und Senats sowie die etlicher Bundesbehörden hier in der Umgebung.«

»Ich kann mir nicht vorstellen, dass bei der Post auch nur ein Mensch an Weihnachten arbeitet«, meinte Mahoney.

»Stimmt nicht ganz«, sagte Johnson. »Ich weiß, dass dort im Moment eine kleine Rumpfmannschaft mit Verladearbeiten beschäftigt ist. Ich habe sie auf der Rampe gesehen. Ihre Schicht geht bis zehn.«

Ich dachte kurz nach, dann fragte ich: »Liegt die Laderampe Richtung First Street oder Richtung Bahnhofshalle?«

»Beides«, erwiderte der Amtrak-Polizist. »Es gibt ein Rolltor, das auf die Straße hinausführt, und ein Doppelrolltor zu den Gleisen hin.«

»Sie versucht entweder, über die Straße zu entkommen, oder sie will sich einen Zugang zu den Zügen verschaffen«, schlussfolgerte ich und bewegte mich zur Tür. »Schicken Sie ein paar Männer zum Westflügel des Bahnhofsgebäudes, und zwar draußen und drinnen. Sagen Sie ihnen, dass sie mit einem Arbeitsoverall als männlicher Amtrak-Handwerker getarnt ist. Außerdem ist sie bewaffnet, und die Leute sollen aufpassen: Sie ist gefährlich.«

Captain Johnson fing wieder an zu schwitzen und blaffte ein paar Befehle in sein Funkgerät. Desgleichen Mahoney und Sparks, während wir schon im Laufschritt zu dem Notausgang unterwegs waren, über den man zur Zugabfertigung, zu den Laderampen und den Gleisen gelangte.

61

Etwas mehr als fünf Kilometer weiter südlich, auf der anderen Seite des kleineren Washingtoner Flusses, des Anacostia, mühte sich ein weißer Kastenwagen mit der Aufschrift CSX TRANSIT SUPPORT, im gleichnamigen Stadtteil Anacostia durch den Schnee voranzukommen. Er fuhr auf die Brücke an der Eleventh Street zu, die in nördlicher Richtung direkt nach Washington hineinführt.

Der Fahrer trug Arbeitsstiefel, einen blauen Arbeitsoverall ähnlich wie Hala Al Dossari und einen dunkelblauen wattierten und imprägnierten Überzieher. Auf dem Überzieher prangte in Brusthöhe ein Schild mit der Aufschrift CSX REPARATURSERVICE. Darunter war der Name HERB eingewebt.

Sein richtiger Name lautete Omar Nazad, aber er hatte einen Führerschein und einen Angestelltenausweis auf den Namen Herbert Montenegro bei sich, wohnhaft in Falls Church, Virginia. Der gebürtige Tunesier wirkte vom Äußeren her weniger nordafrikanisch oder arabisch, sondern eher, als stamme er vom Balkan. Nazad war wegen eines Forschungsvorhabens für seine Doktorarbeit als Chemieingenieur an der renommierten Purdue-Universität in Indiana mit einem Studentenvisum in die Vereinigten Staaten eingereist. Aber von dort war er alsbald abgetaucht mit seiner neuen Identität, die er Al Ayla und Hala Al Dossari verdankte.

Sie hatten sich ein halbes Jahr zuvor bei einem Treffen bei einem Studenten an der Syracuse-Universität im Bundesstaat New York kennengelernt. Hala Al Dossari war zwar zehn Jahre älter als Nazad, doch sie hatte ihn dank ihrer

Schönheit und ihrer Hingabe für die Sache regelrecht überwältigt. Diesen Plan hatten sie während eines regnerischen Frühlings im Hinterland von New York gemeinsam entwickelt und im Sommer und Frühherbst weiter ausgefeilt. An diesem Abend würden sie und ihre Helfer die Sache durchziehen, ohne Rücksicht auf die Folgen.

»Bruder?« Die Stimme kam aus dem Inneren des Kastenwagens. Dort, hinter Nazad, war es dunkel, bis auf den Lichtschein eines Computermonitors.

»Ich höre dir zu, Bruder«, antwortete Nazad.

»Noch sechs Minuten«, sagte der Mann.

»Wir werden gleich …« Nazad bremste und fing an zu fluchen.

»Was ist los?«

»Weiter vorn steht eine Polizeipatrouille. Sie haben die linke Spur auf der Zufahrt zur Brücke gesperrt. Ruhe jetzt.«

Nazad zog die dunklen Vorhänge zu, die die Fahrerkabine vom Laderaum trennten. Er rollte langsam auf einen Polizisten zu, der mit einer Taschenlampe den Verkehr dirigierte.

»Wachtmeister«, rief er zum Fenster hinaus, »ist die Ausfahrt in die Twelfth Street schon vom Schnee geräumt? Ich soll den Zustand der Gleise am Tunneleingang kontrollieren.«

»Die Ausfahrt selbst ist geräumt, aber mehr nicht«, erwiderte der Polizist. »Ich hoffe, Sie haben Schneeketten dabei. Da drüben sieht's schlimm aus.«

»Ich muss es riskieren«, sagte Nazad und fuhr weiter.

62

Die Schmerzmittel taten endlich ihre Wirkung. Hala Al Dossari steckte eine Spule mit dünner, aber besonders reißfester Angelschnur in eine Tasche ihres Overalls, nahm die Werkzeugtasche wieder in die Hand und hinkte im Schutz der dunklen Schatten auf der anderen Seite des MARC-Vorortzugs auf zwei längere Amtrak-Züge zu, die praktisch unbeleuchtet inmitten des ausgedehnten Gleisvorfelds abgestellt waren.

Vom östlichen Ende des Bahnhofs drang ein metallisches Kreischen und Rumpeln herüber. Ein Güterzug verließ gerade den Union-Station-Tunnel an der First Street, der unter dem Kapitolshügel hindurchführte und den Anschluss an das Streckennetz der CSX-Eisenbahngesellschaft und zur Marinewerft bildete. Der Gedanke, dass bisher trotz des Schnees alles nach Plan verlief, versetzte sie in freudige Erregung.

Die Araberin hatte das vordere Ende des ersten der beiden abgestellten Amtrak-Züge erreicht und befand sich damit etwa hundertfünfzig Meter von der Laderampe vom Postal Service entfernt. Sie gönnte sich eine kurze Verschnaufpause, lehnte sich gegen die stromlinienförmige Spitze der gewaltigen Lokomotive und blickte den letzten Wagen des Güterzugs nach, die gerade im Tunnelmund verschwanden; er rumpelte Richtung Marinewerft, die irgendwo in dieser Richtung in Dunkelheit und Schneegestöber lag. Ein weiterer Zug näherte sich dem Bahnhof.

Das ist der Crescent nach Atlanta und weiter bis nach New Orleans, dachte Hala Al Dossari. Sie spürte gerade die leicht euphorisierende Wirkung der Medikamente und dachte einen Moment lang mit Bedauern daran, dass sie nie mehr Gelegenheit haben würde, die Geburtsstätte des Jazz kennenzulernen. Trotz der kleinen gedanklichen Ablenkung dachte sie daran, sich noch rechtzeitig an der Seite der Lokomotive wegzuducken, um nicht vom Scheinwerferlicht des gerade einfahrenden Crescent erfasst zu werden.

Die Araberin meinte, außer dem Getöse des einfahrenden Zuges noch ein Geräusch gehört zu haben. Ein Blick auf die Zeitangabe ihres Handys zeigte: 19:02:46. Sie kroch wieder so weit nach rechts, dass sie um die Schnauze der Lokomotive herum auf die Laderampe sehen konnte. Dort liefen ungefähr zehn Männer mit Pistolen in der Hand aufgeregt hin und her. War Cross auch dabei? Das konnte sie nicht mit Sicherheit erkennen. Waren sie ihr auf den Fersen? Bestimmt. Jetzt schwärmten einige in Richtung des MARC-Zuges, andere ins Innere der Postanlage aus.

Ihre Uhr zeigte jetzt 19:03:10.

Der in südlicher Richtung fahrende Cresent-Zug glitt mit kreischenden Bremsen an den Laderampen vorbei. Offenbar waren nur wenige Passgiere im Zug, jedenfalls in den hinteren Waggons. Da dies der Weihnachtsabend war, war das nicht weiter überraschend.

Hala Al Dossari kroch bis zu der Stelle, wo sie die Werkzeugtasche stehen gelassen hatte, und nahm zwei der verbliebenen sieben Handgranaten zur Hand, die wie Eier in einem Nest in dem zerrissenen Weihnachtspapier lagen. Mit den Granaten in der Hand schaute sie hinauf zu der gigantischen Dachträgerkonstruktion aus Stahl und hoffte inständig, dass die Ungläubigen nicht vor dem dafür geplanten Zeitpunkt eine von ihren Sprengfallen auslösten, die sie kurz zuvor mithilfe der Anglerschnur gelegt hatte.

63

Als wir auf die Laderampe des Postal Service hinausstürzten, blieb noch etwas mehr als eine Minute Zeit. Bobby Sparks warf nur einen kurzen Blick auf die drei Leichen und signalisierte seinen Männern dann, sofort wieder auszuschwärmen und die Jagd auf die Terroristin fortzusetzen.

Erschüttert vom Anblick der drei Leichen, wies Captain Johnson seine Leute über Funk an, den hinteren Bereich der Laderampe abzuriegeln, während sich ein Spurensicherungsteam des FBI an die Arbeit machte. Mahoney und ich kletterten auf die Laderampe. Ein kleines tragbares Fernsehgerät, das vermutlich einem der Ladearbeiter gehörte, stand auf einem umgedrehten Behälter. Gerade liefen die Lokalnachrichten. Die Sendung hatte wegen einer Sportübertragung leicht verspätet angefangen. Als Erstes wurde eine Zusammenfassung der Berichterstattung über die Geiselnahme in Georgetown gezeigt.

Ein Einspieler zeigte, wie Henry Fowler in Handschellen und mit Ketten an den Fußgelenken abgeführt wurde. Fowlers frühere Ehefrau stieg für die Fahrt ins Krankenhaus zu ihrem verletzten Mann hinten in den Krankenwagen ein. Ich wurde von irgendeiner Reporterin interviewt. Auf einer Bauchbinde am unteren Bildschirmrand stand zu lesen:

WASHINGTONER POLIZIST ALEX CROSS
HELD DER GEISELNAHME IN GEORGETOWN

Ich schaltete den Fernseher ab, und zufällig sah ich in einem Fenster mein Spiegelbild. Ich sah alles andere als heldenhaft aus: Meine Haare waren feucht, und im Gesicht hatte ich hässliche Bartstoppeln, weil ich keine Zeit gehabt hatte, mich zu rasieren. Die Kleidung war stellenweise schweißgetränkt, und meine Augen waren gerötet von der Müdigkeit.

Bei diesem Auftritt im Fernsehen hatte ich eben auch beobachtet, dass meine Hände ein wenig zitterten und dass ich beim Sprechen öfter schlucken musste, um ein Gähnen zu unterdrücken. Außerdem wirkte ich abgemagert, also keineswegs athletisch schlank wie ein gesunder Mensch, sondern ausgemergelt und hager, wie jemand, der ein sehr anstrengendes Leben führt.

Die Geiselnahme von Fowler hatten wir vor nicht einmal zwölf Stunden beenden können. Im Augenblick kam es mir so vor, als sei das Ganze schon dreißig Jahre her. Was sich soeben in dieser Nacht hier abspielte, drohte in einen bei Weitem schlimmeren Albtraum auszuarten. Das war so eindeutig wie die Tatsache, dass hier drei Leichen auf der Rampe lagen. Die Position der drei Leichen riss mich aus meinen Gedanken. Ich versuchte, einige ballistische Berechnungen anzustellen, und als ich die östlich gelegene Mauer hochschaute, sah ich das unverdeckte Loch in der Wand, das sicher zum Abluftsystem gehörte.

Wie zum Teufel hat sie es fertiggebracht …?

Mahoney deutete auf seine Uhr: 7:04:50. Er wollte sagen: »Wir …«

Rechts von mir und nicht weit entfernt von dem Waggon, den die Arbeiter auf der Rampe beladen hatten, zuckte ein greller Blitz auf, gefolgt von einer wuchtigen Detonation. Ich konnte die Erschütterung durch die Explosion deutlich spüren, Metalltrümmer zischten in Kopfhöhe an mir vorbei; ich warf mich auf den Boden.

64

Zehn Sekunden zu früh, aber das war nicht weiter tragisch, das änderte nichts am geplanten Ablauf, dachte Hala Al Dossari, als sie die Explosion der Granate hörte, die sie an der Vorderseite jenes Waggons an der Laderampe platziert hatte.

Sie hörte von dort gellende Schreie, als sie den Zünder der Handgranate scharf machte. So lange wie möglich wollte sie bei den Polizeileuten auf der Rampe den Eindruck aufrechterhalten, dass sie von der westlichen Seite des Bahnhofs angegriffen würden. Sie holte aus und schleuderte die Granate über den nächststehenden MARC-Zug. Sie hörte, wie sie aufschlug und ein ganzes Stück auf der Laderampe entlangklackerte.

Sie duckte sich hinter die Lokomotive, hielt sich die Ohren zu und kniff die Augen zusammen, um sich gegen die Explosion zu schützen, die den Bahnhof erschütterte. Dann zählte sie bis vier, um nicht von eventuell noch umherfliegenden Trümmern getroffen zu werden; erst dann warf sie eine zweite Granate in Richtung des Führerstands des abgestellten Vorortzugs. Sie landete dort auf dem Dach.

Und als diese Granate explodierte, rannte Hala Al Dossari bereits in östlicher Richtung auf den Crescent zu. In der einen Hand hielt sie die Pistole, in der anderen die Werkzeugtasche. In ihrem aufgepeitschten Zustand spürte sie den Muskelfaserriss in ihrer Hüfte kaum noch.

65

»Ein Angriff auf Union Terminal«, brüllte Captain Johnson unmittelbar nach der ersten Detonation in sein Funkgerät. »Sämtliche ankommenden Züge sofort anhalten! Ich wiederhole: Gesamten Zugverkehr in der Umgebung von …« Eine andere Stimme blaffte: »Mann am Boden!«

Ich rappelte mich wieder hoch. Bobby Sparks lag mit verdrehten Gliedern unbeweglich zwischen den Gleisen und blutete offenbar stark. Zwei von seinen Männern des Geiselrettungsteams kümmerten sich bereits um ihn.

»Verdammt, wo ist sie?«, zischte mir Mahoney zu, unmittelbar vor der zweiten Detonation rechts von uns, auf der von uns abgewandten Seite eines abgestellten Vorortzugs. Eine dritte Explosion krachte und blitzte auf dem Dach von dessen Lokomotive. Jenseits der Stelle, wo Bobby Sparks lag, kauerten zwei weitere Männer des Geiselrettungsteams. Mit ihren automatischen Waffen im Anschlag sprinteten sie Richtung Lok. Drei Bahnpolizisten von Amtrak rannten mit gezogenen Pistolen in die gleiche Richtung.

Ich schaute wieder hinüber zum offenbar schwerverletzten Leiter des Geiselrettungsteams und versuchte, mir vorzustellen, von wo aus Hala Al Dossari eine Handgranate geworfen haben könnte, als Mahoney eine ahnungsvolle Bemerkung machte: »'ne Falle.«

»Was?«

»Sprengfallen«, wiederholte er. »Sie hat …« Dann brüllte er in sein Funkgerät: »Geiselrettungsteam, auf keinen Fall …«

Derjenige der beiden Männer, der dem Vorortzug am

nächsten war, berührte eine kaum sichtbare Anglerschnur. Damit löste er die vierte Handgranate aus. Er war auf der Stelle tot; sein Partner wurde schwer verwundet. Bruchteile von Sekunden später explodierte die fünfte Granate zwischen den beiden MARC-Zügen, zwischen denen die Amtrak-Polizisten verschwunden waren.

66

Zwei Minuten bevor die erste Granate am Bahnhof Union Station hochging, schlingerte Omar Nazad mit seinem Kastenwagen durch eine geschlossene Schicht Nassschnee auf der Twelfth Street; die Fahrbahn senkte sich nach der Überquerung der Water Street gerade in die M Street.

Der Tunesier war die Strecke schon öfter gefahren; daher wusste er, dass dicht zu seiner Linken nun eine Baustelle unterhalb des Freeways folgte, dann kam ein Zweckgebäude, in dem Unterrichtsräume des Community College, einer Art Volkshochschule, untergebracht waren, und noch weiter vorn befand sich der Hauptsitz irgendeines Schiffsingenieursunternehmens, also ein weiteres Bürogebäude. Aber unter der dicken Schneedecke wirkte das jetzt alles ganz anders. Die Bürobauten lagen völlig dunkel und die ganze Gegend sehr verlassen da. Schneepflüge würden sicher erst ganz am Schluss in diese Ecke kommen.

Das war Segen und Fluch zugleich.

Am unteren Ende der Rampe hatte sich so viel Schnee angesammelt, dass der Wagen stecken blieb und seine Männer rausspringen mussten, um ihn anzuschieben.

»Eine Minute und fünfzig«, rief einer von hinten.

»Wenn es Gottes Wille ist, werden wir es schaffen, Bruder«, stieß Nazad aus, und er presste die Kiefer aufeinander, als die Reifen griffen und der Wagen wieder Fahrt aufnahm.

Auf Höhe der Ingenieursfirma wäre er beinahe wieder stecken geblieben, doch Nazad legte einen höheren Gang ein; so rollte der Wagen weiter und glitt seitlich in die Ausfahrt zur M-Street. Der Tunesier konnte auf der rechten Seite nichts erkennen, aber er wusste, dass sich irgendwo dort in der Dunkelheit eine noch nicht fertig gebaute, rampenartige Zufahrt befinden musste, die einmal die Brücke an der Eleventh Street mit dem Southeast Freeway verbinden sollte. Unter dieser halb fertigen Konstruktion waren alle möglichen Baustellenfahrzeuge untergebracht.

Dort musste Nazad hin. Diese Baustelle, die jetzt unter dreißig bis vierzig Zentimeter Schnee begraben war, war sein Ziel, und er sollte so weit wie möglich hineinfahren. Wenn er seinen Van auf der M-Street stehen ließ, konnten sie zu leicht entdeckt werden.

Und dann würden Fragen gestellt.

Und genau das konnten sie nicht brauchen.

»Einen Moment!«

Nazad schaute in den Rückspiegel, wo aber weit und breit keine anderen Wagen zu sehen waren, die folgten. Dann blickte er angestrengt durch die Windschutzscheibe, konnte aber außer dem Lichtschein der Straßenbeleuchtung, die vom rieselnden Schnee gedämpft wurde, auch nichts weiter erkennen. Ihm ging etwas durch den Sinn, was Hala einst gesagt hatte: »Wenn etwas aussichtslos erscheint, belohnt Allah die Mutigen.«

In diesem Augenblick erkannte er, wie er dorthin gelangen konnte, wo er hin sollte.

»Noch fünfzig Sekunden!«

Der Tunesier steuerte den Kastenwagen scharf nach links, fast bis auf den Mittelstreifen, der die verschiedenen Richtungsfahrbahnen der M-Street in diesem Teil der Stadt voneinander trennte. Dann legte er den Rückwärtsgang ein, zog den Vorhang zurück und rief den Männern zu, sie sollten die rückwärtige Tür aufmachen, damit er hinausschauen konnte. Sobald sich die Tür öffnete, trat er aufs Gaspedal, donnerte beinahe durch einen Ausschnitt in der Straßeneinfassung und schoss ein Stück die leicht ansteigende Schotterpiste entlang, die in die Baustelle hineinführte. Der Wind hatte hier ebenfalls viel Schnee hereingeblasen, der sich vor allem an den schweren Baumaschinen verfangen hatte: zwei Bagger, ein Kipplaster und eine Planierraupe. Aber auf der Schotterpiste lag er keine fünfzehn Zentimeter hoch.

Gepriesen sei Allah!, dachte der Tunesier, als sie immer weiter in die Baustelle hineinpreschten. Sie gelangten so weit, dass er sogar ein paar Scheinwerferlichter auf dem Southeast Freeway erkennen konnte und schließlich einen sehr starken Scheinwerfer, der sich näherte. Er brachte den Kastenwagen zum Stehen.

»Noch fünfundzwanzig Sekunden!«

Nazad schaltete die Scheinwerfer aus und blieb einen Moment lang mit dem Blick durch die geöffnete rückwärtige Ladetür sitzen. Sein Atem ging keuchend, Schweiß tropfte ihm von der Stirn, aber er grinste breit, als hätte er gerade im Lotto gewonnen. Der Tunesier hörte das Pfeifen einer Lokomotive und erkannte auf der anderen Seite eines Maschendrahtzauns und unterhalb einer steilen Böschung die große Stirnleuchte einer Lok, die eine schier endlos lange Reihe von Güterwaggons in Richtung eines Tunneleingangs zog, der sich in einer Rechtskurve auf die First Street zubog und dann unter dem Kapitolshügel hindurch auf die Union Station zulief, von wo aus sich alle Gleise in nördlicher Richtung verzweigten.

»Zählt sie durch!«, befahl er seinen Männern.

Er hörte, wie sie die Güterwagen im Vorbeifahren zählten. Dann kam der neunundzwanzigste Waggon in Sicht, ein grüner C.-Itoh-Schiffscontainer, und praktisch im gleichen Augenblick wurde die schneereiche Winternacht vom Kreischen der Stahlräder auf den Schienen zerrissen. Der ganze lange Zug kam schwerfällig zum Stehen.

Der Waggon mit dem grünen Container stand nicht einmal hundert Meter weit entfernt.

Nun strahlte der Tunesier über das ganze Gesicht und hieb vor Freude auf das Steuerrad. Sie hatte es geschafft! Diese verrückte Hala hatte es tatsächlich geschafft!

»Raus!«, rief er seinen Helfern im Laderaum zu. »Alles raus!«

67

»Wir brauchen mehrere Krankenwagen an der Bahnhofsladerampe vom Postal Service an der First Street!«, schrie Mahoney in sein Funkgerät. »Hier liegen sieben Tote und drei Verwundete. Die Verdächtige ist immer noch flüchtig. Befindet sich vermutlich auf dem Amtrak-Gelände. Es ist mit Sprengfallen vermint. Das ganze Gelände muss abgeriegelt werden, und ich brauche so viele Kampfmittelräumkommandos wie möglich. Vorläufig kommt hier niemand – ich wiederhole: niemand – rein oder raus ohne meine ausdrückliche Genehmigung.«

An diesem Abend war mein alter Freund und Kollege nicht zu beneiden. Mahoney hatte mit seinem Geiselrettungsteam schon zuvor mehr als vierundzwanzig Stunden vor der Union Station zugebracht. Er und Bobby Sparks hatten den Auftrag, Hala Al Dossari zu stoppen, bevor sie einen Anschlag auf den Bahnhof ausführen konnte, und nun war mit Bobby Sparks einer der hochkarätigsten FBI-Agenten tot. Dann erinnerte ich mich an das Dossier über Hala Al Dossari.

»Wir brauchen Hunde«, sagte ich zu Mahoney. »Ich hole die Hundestaffel her.«

Der FBI-Mann nickte. »Gute Idee. Wir haben ja ihre Jacke und ihre Stiefel. Das wird genügen, um sie auf die Spur zu setzen.«

»Ich möchte sie noch aus einem anderen Grund hierhaben. Al Dossari hat Angst vor ihnen. Sie hat wirklich panische Angst vor Hunden.«

Während die Polizei damit beschäftigt war, den Bereich

um das Massaker auf der Laderampe großräumig abzusperren, stellte ich mir die Frage, ob die Vergiftung eines Zufallsopfers, jenes ganz und gar unbeteiligten Jungen, die erschossenen Männer auf der Laderampe und die fünf Granaten nun das Ende oder erst der Anfang weiterer Attacken waren und was womöglich noch auf uns zukam? Mussten wir den Einsatz noch wesentlich stärkerer Waffen fürchten?

Bevor ich darüber ernsthaft nachdenken konnte, beobachtete ich, wie die verbliebenen Angehörigen der Geiselrettungseinheit des FBI mithilfe starker Scheinwerfer und Taschenlampen die unmittelbare Umgebung der Laderampe nach weiteren Sprengfallen absuchten.

Ich musste herzhaft gähnen und verspürte ein übermächtiges Verlangen nach Koffeinzufuhr. Während ich zuschaute, wie die Männer ihre Arbeit verrichteten, dachte ich: Ist es das, was Hala Al Dossari erreichen will? Dass ihre Jäger sich wie die Gejagten vorkommen müssen?

Ich kam zu dem Schluss, dass dies in der Tat ihr Plan war oder zumindest ein Teil ihrer Agenda. Doch ich wurde das Gefühl nicht los, dass hier noch nicht das letzte Wort gesprochen war – falls sie nicht auf einer reinen Selbstmordaktion unterwegs war. Mir schien noch etwas mehr dahinterzustecken als eine fanatische Frau mit Zugang zu Zyanid, Munition und Bomben.

68

Ich ging in die Bahnhofshalle zurück, wo eine geradezu panische Stimmung herrschte, auch wenn die Sicherheitsleute vor Ort sich alle Mühe gaben, die Menschen zu beruhigen. Man hatte mehrere Explosionen gehört. Fünf, um genau zu sein – und die meisten Menschen wollten nur noch raus. Ich konnte es ihnen nicht verdenken. Ich wäre jetzt ebenfalls am liebsten draußen gewesen und nach Möglichkeit sogar ziemlich weit weg.

Zwei bullige junge Typen Anfang zwanzig fingen eine Auseinandersetzung mit einem Bahnpolizisten an, der einen der Ausgänge zur First Street bewachte. Ein paar Sicherheitsleute traten hinzu, zogen die beiden jungen Männer an den Schultern zurück und sprachen in sanftem Ton auf sie ein, um sie zu beruhigen.

Ein Mann in mittlerem Alter, der einen sehr eleganten schwarzen Kaschmirmantel trug, sprach mich an: »Sie sind Detective Alex Cross, nicht wahr?« Er stellte die Frage in einem Tonfall, als stünde ich als Angeklagter vor Gericht.

»Stimmt, ich bin Alex Cross.«

»Haben Sie eine Ahnung, wer ich bin?«

»Jawohl, Sir. Sie sind der Kongressabgeordnete Richard Holt aus Delaware.«

»Vollkommen richtig«, erwiderte er. Und dann änderte sich seine Tonlage, und seine Stimme klang allzu verbindlich, wie die eines Politikers, der alsbald wiedergewählt werden will. »Für mich ist es absolut unerlässlich, dass ich den Bahnhof innerhalb der nächsten halben Stunde verlassen kann. Glauben Sie, Sie könnten das für mich arrangieren?«

»Herr Abgeordneter, wenn es in meiner Macht stünde, würde ich Sie und alle anderen liebend gern innerhalb der nächsten dreißig Sekunden hier rausbringen und mich selbst auf den Heimweg machen, denn meine Frau wartet schon sehnsüchtig auf mich.«

»Ausgezeichnet«, antwortete der Kongressabgeordnete. »Wie lange wird es also dauern?«

Typisch Politiker. Hören nur das, was sie selbst hören wollen.

»Mr. Holt«, sagte ich, »hören Sie mir einfach genau zu. Ich sagte soeben, ich *würde* Sie gerne rausbringen, aber es sieht nicht so aus, als ob das innerhalb der nächsten dreißig Minuten möglich sein wird.«

Holt setzte ein Standardgrinsen auf. »Wenn es überhaupt jemand schaffen kann, dann sind Sie es. Schließlich sind Sie Alex Cross.«

»Davon lassen sich leider gerade nicht allzu viele Leute beeindrucken«, entgegnete ich, während ich mich schon umdrehte, und ließ ihn stehen.

Na großartig, hier ist Alex Cross, ohne heiße Spur, ja sogar ohne den kleinsten Hinweis über den Verbleib von Hala Al Dossari. Und wo ich auch hinschaute in dieser großen Bahnhofshalle, auf Schritt und Tritt sah man verängstigte Menschen, die alle ihre kleinen Wünsche und Bedürfnisse hatten:

»Mein kleiner Sohn muss seine Medikamente einnehmen.«

»Ich habe keinen Empfang auf meinem Handy. Was ist das hier? Ein Konzentrationslager?«

»Von der Scheißpolizei hab ich im Grunde nichts anderes erwartet. Ihr Typen hasst alle Schwarzen. Ihr hasst uns.«

»Reg dich einfach nicht auf, mein Lieber. Wir können doch sowieso nichts ändern.«

»Du kommst immer mit dem Gleichen an, Barbara. Reg dich nicht auf. Bleib ruhig.«

Ich massierte meine Schläfen und suchte nach einem ruhigen Ort, nach einem Moment der Stille, weil ich gerne zu Hause anrufen wollte.

Nana nahm unmittelbar nach dem ersten Klingeln ab. »Kommst du nach Hause, Alex?«

»Sobald wie möglich.«

»Ist dir auch nichts passiert?«

»Nein, nichts. Ich wollte nur, dass ihr das alle wisst. Ist Bree da?«

»Sie ist mit Jannie wegen Eiern und Milch zum Eckladen gegangen.«

»Ich versuche, Sie auf ihrem Handy zu erreichen.«

»Pass gut auf dich auf«, sagte meine Großmutter. Sie schwieg einen Moment, dann fuhr sie in sehr besorgtem Ton fort: »Alex, ich habe gar kein gutes Gefühl bei dieser ganzen Angelegenheit.«

»Hattest du wieder eine von deinen Eingebungen?«

»Ich sage dir nur, was ich fühle«, erwiderte sie etwas beleidigt. »Was wir alle fühlen …«

Ich rief mich zur Ordnung, zwang mich dazu, mich nicht zu sehr von der Aufgabe ablenken zu lassen, die ich hier zu erfüllen hatte. Wenn jemand mit Granaten um sich wirft, dann muss man sich voll auf die Sache konzentrieren, auch wenn das für die eigenen Angehörigen schmerzvoll ist.

»Ich verspreche dir, dass ich auf mich aufpassen werde, Nana«, sagte ich schließlich. »Und ich rufe an, sobald wir hier fertig sind und ich nach Hause komme.«

»Ja, tu das bitte, Alex. Ich meine, komm zurück nach Hause.«

»Sowieso, immer«, sagte ich und legte auf.

69

Es hatte wieder zu schneien begonnen, als einer von Nazads Männern seinen Bolzenschneider absetzte, nachdem er ein Loch in den Zaun geschnitten hatte, der das Gleisgelände abschirmte. Er und die beiden anderen Mitglieder der »Familie« trugen alle die gleichen nachgemachten CSX-Arbeitsoveralls wie ihr Anführer.

»Holt die Ersatzfässer«, zischte Nazad zweien seiner Leute zu und wies den dritten an: »Bring die Flasche.«

Der Tunesier selbst sprang die steile Böschung hinab, so gut es in dem knietiefen Schnee ging. Die Flocken wurden immer dichter und fielen immer schneller, weshalb er sich so vorkam wie in einem jener Weihnachtsfilme, die die Ungläubigen so liebten und die ihm so zuwider waren. Kurz bevor er unten ankam, schaute er nach links an der langen Reihe der Güterwaggons entlang. Die beiden Lokomotiven an der Spitze des Güterzugs konnte er gar nicht mehr erkennen. Das war gut. Wenn sie tief im Tunnel steckten, war ihm das nur recht, denn dann konnte man von dort aus nicht sehen, was sich am neunundzwanzigsten Waggon tat.

Als Nazad den Waggon mit dem grünen C.-Itoh-Container erreicht hatte, ging er zu den Türen an der hinteren Stirnseite; sie waren verschlossen. Um die Unversehrtheit der Ladung zu garantieren, wird ein Container stets vom Versender verriegelt und versiegelt und der Verschluss mit einem dicken Stahlkabel gesichert, das durch eine gewellte Metallplakette geführt wird; auf dieser Plombe sind Datum und Uhrzeit verzeichnet, wann die Türen geschlossen wurden.

Einer von Nazads Leuten schleppte ein Gerät herbei, das

an eine Taucherflasche erinnerte. Nazad griff in die Innentasche seiner wattierten Jacke und zog einen Schneidbrenner hervor. Die Schläuche waren innerhalb weniger Sekunden angeschlossen. Nazad schaute über die Böschung zum Freeway hinauf. Es war nicht anzunehmen, dass irgendjemand mitbekam, was sie hier unten trieben. Erstens waren sie kaum zu sehen, und zweitens waren bei diesem verrückten Wetter alle viel zu sehr damit beschäftigt, die Fahrbahn im Auge zu behalten. Er zog ein Feuerzeug hervor, drehte das Gas auf und entzündete die Flamme mit einem Plopp. Es klang, als würde ein Korken aus einer Flasche gezogen. Mit dem Schneidbrenner durchtrennte Nazad an drei Stellen die Kabel, die mit der Plombe verbunden waren. Sie fielen mit einem Zischen zu seinen Füßen in den Schnee.

Nazad stellte die Flamme wieder ab und drückte das Gerät seinem Helfer in die Hand, der es seitlich im Schnee ablegte. Dann kletterte der Mann die dick mit Schnee bedeckte Böschung wieder hinauf zu ihrem Kastenwagen. Nazad nahm die Plombe ab und verstaute sie in seiner Jackentasche. Mittlerweile schneite es so stark, dass er wegen der lästigen Schneeflocken immer wieder die Augen zukneifen musste. Nun konnte er die Containertür öffnen.

»Bruder«, hörte er einen seiner Leute hinter sich, »das Ding ist zu schwer.«

Der Tunesier musste grinsen, als er um den einen Containertürflügel schaute und seine beiden anderen Helfer mit einem blauen Zweihundertliterfass, das halb im Schnee versunken war, am Fuß der Böschung stehen sah.

»Wir kriegen es nicht hoch«, sagte der andere. »Ohne den Schnee ginge es sicherlich, da könnten wir die Sackkarre benutzen, aber so ist es einfach zu schwer!«

Nazad rastete aus. Wütend rannte er über den Trampelpfad im Schnee, der sich mittlerweile gebildet hatte, auf die beiden Helfer zu und ohrfeigte erst den einen und dann den anderen. »Zu schwer? Was soll das heißen – zu schwer? Soll das heißen, für euch ist es zu schwer, ein paar Fässer dreißig Meter weiter zu transportieren, während es für Hala nicht zu schwer sein soll, ihr Leben aufs Spiel zu setzen, um diesen Zug für euch zum Halten zu bringen? Denkt gefälligst daran, wo sie jetzt ist, Brüder. Und denkt daran, was sie im Moment für euch und für Allah tut!«

70

Hala Al Dossari machte eine ausweichende Bewegung. Der stechende Schmerz in der Hüfte kehrte zurück, weswegen sie noch einmal eine Ibuprofen genommen hatte. Ausgerechnet jetzt musste sie auch in einer ausgesprochen unangenehmen Position auf dem Achsgehäuse des letzten Waggons des Crescent-Zugs ausharren. Rundherum tropfte es unablässig, auch weil der Nassschnee zu schmelzen anfing. Die Achse selbst war ölverschmiert und dementsprechend glatt und der Geruch nach Schmierstoffen sehr unangenehm. Doch das massive Metall war überraschenderweise angenehm warm. Immerhin konnte sie im Reitsitz auf der Achse sitzen; die Pistole und die Werkzeugtasche hatte sie auf einem Flansch abgelegt. Sie klammerte sich an etwas fest, das so aussah, als ob es zur Bremsvorrichtung gehörte.

Vielleicht werden sie unter jeden einzelnen Waggon leuchten, dachte sie. Aber das würde noch eine ganze Weile dauern, sicherlich lange genug, damit Nazad und seine Kameraden ihren Teil des Plans zu Ende bringen konnten. Sie konnte sich nur zu gut vorstellen, was in den Köpfen von Alex Cross und den FBI-Männern vorging: Sie hat das Areal mit Sprengfallen versehen. Kein Mensch wusste, wie viele.

Es blieb ihnen nichts anderes übrig, als langsam und systematisch vorzugehen. Hala Al Dossari schloss die Augen und betete darum, dass Nazad und seinen Männern genügend Zeit blieb.

71

Nazad und die drei anderen Männer spannten die beiden Nylongurte, die er um das zweite Fass gewunden hatte, aufs Äußerste an. Sie hätten es fast nicht geschafft, das Fass aus dem Van zu hieven und nach unten zu bringen. Nun zogen sie das schwere, sperrige Ungetüm über mittlerweile festgetrampelten Schnee, was die Arbeit erleichterte, obwohl es weiterhin heftig schneite.

Stöhnend stemmten sie es mit einer letzten Anstrengung in die Höhe und stellten es neben den Waggon mit dem grünen Container aufrecht hin. Es wog an die hundertfünfzig Kilo.

»Der dritte wird zuerst entladen«, sagte der Tunesier mit keuchendem Atem, als er auf die Waggonkupplung sprang und von dort auf die Ladefläche des Waggons. Er schaltete seine Stirnleuchte ein und sah drei blaue Fässer, die genauso aussahen wie diejenigen, die sie hergebracht hatten. Sie standen auf einer Palette.

An jedem dieser Fässer war seitlich ein Plastikumschlag mit den Frachtpapieren befestigt. Danach stammten sie vom Hersteller Pinkler Industries und enthielten Phosphorsäureester. Nazad löste die Umschlagmappe mit den Papieren von dem am weitesten rechts stehenden Fass vorsichtig ab und legte es beiseite. Dann bugsierten die Männer die Tonne mit vereinten Kräften zur Containertür. Sie schoben Transportgurte unter das Fass, hievten es aus dem Container und ließen es auf die Erde hinunter, wobei zwei Mann die schwere Tonne trugen und die beiden anderen sie dirigierten.

Als sie damit fertig waren, sagte Nazad: »Mehr Beeilung! Ausruhen können wir uns, wenn wir fertig sind.«

Sekunden später waren die Gurte unter das Ersatzfass aus ihrem Kastenwagen gelegt, und dann hievten sie es unter großer Anstrengung auf den Waggon und in den Container. Trotz der Kälte kam der Tunesier dermaßen ins Schwitzen, dass seine Kleider ganz feucht wurden. Gleichwohl machte er unermüdlich weiter und rückte das Ersatzfass neben die beiden anderen auf der Palette. Mit Klebstoff befestigte er den Plastikumschlag daran.

Nazad und seine Männer ersetzten auch die beiden anderen Phosphorsäureester-Fässer durch gleichartige Fässer, die mit Sand gefüllt waren. Da auch die Frachtdokumente wieder an den Tonnen klebten, würde man das Verschwinden des Phosphorsäureesters erst bemerken, wenn es längst zu spät war.

Nazad deutete mit dem Kinn auf einen Pappkarton, der auf der Palette stand. »Den könnt ihr auch mitnehmen. Dann schließen wir zu und hauen ab.«

Einer seiner Männer hob ihn ächzend hoch und schleppte ihn zur Tür.

Der Tunesier schaute auf die Uhr. Sie hatten jetzt anderthalb Stunden lang ununterbrochen geschuftet. Hala hat das Unmögliche möglich gemacht, dachte er. Hala hatte im Namen Gottes gehandelt, und der Allmächtige hatte sie für ihre Kühnheit belohnt; sie alle waren für ihre Kühnheit belohnt worden. Ihr Ziel war, daran bestand kein Zweifel, ein heiliger …

Der Lichtkegel blendete ihn völlig.

»Was in aller Welt habt ihr hier zu schaffen?«, wollte der Mann wissen. »Und wer zum Teufel seid ihr?«

72

»Kann er uns mit seinem Bellen etwas mitteilen, wenn wir da runtergehen?«, fragte ich Jennifer Carstensen, die Polizeibeamtin, die die Hundeführerin für Jasper war, einen großen Weißen Schäferhund. Jasper war einer der drei Spürhunde, die ich zusammentrommeln konnte, beziehungsweise hatten sich ihre jeweiligen Hundeführer auf meinen Anruf hin bereit erklärt, uns trotz des Weihnachtsfests an diesem Abend bei unserem Antiterroreinsatz zu helfen.

Wir standen auf der breiten Treppe, die hinunter zum Amtrak-Terminal führte. Oberhalb und hinter uns befanden sich Trauben von Menschen. All die Leute, die noch vor weniger als einer Stunde ungeduldig vor den Schaltern anstanden, um eine Fahrkarte zu ergattern, warteten nun genauso ungeduldig darauf, den Bahnhof verlassen zu können.

»Das ist überhaupt kein Problem«, erwiderte Jennifer Carstensen. »Er kennt den Unterschied zwischen einem Warnbellen, einem Angriffsbellen und einem Jaulen zum Sammeln. Wie möchten Sie es denn haben?«

Jasper hechelte vor Aufregung. Er spürte, dass gleich eine Jagd bevorstand. Bei jedem Atemzug kontrahierten die kräftigen Schulter- und Nackenmuskeln des Hundes. Beinahe hatte man Hemmungen, weil es unfair erschien, ein so gewaltiges Tier auf jemanden loszulassen, der eine Todesangst vor Hunden hat.

Aber Hala Al Dossari hatte bereits sieben Menschen auf dem Gewissen, darunter zwei hochkarätige Spezialisten vom FBI. »Unfair« war in diesem Zusammenhang jedoch kein angemessener Begriff, um die Maßnahmen zu charakterisieren, die wir ergriffen, um sie zu fassen und der Justiz zu überantworten. Wir hatten das Amtrak-Terminal ringsherum abgesperrt. Wir hatten auch den Tunnel, der zum Ivy City Yard führt, dem großen Wartungsgelände von Amtrak, sowie die bahnhofsseitige Einfahrt in den Union-Station-Tunnel dicht gemacht. Mittlerweile befanden sich zwei Kampfmittelräumkommandos im Einsatz, das eine kam von der Washingtoner Polizei, das andere vom FBI. Und nun hatten wir auch noch Verstärkung durch Jasper und zwei seiner vierbeinigen Kameraden.

»Ich möchte, dass sie jaulen«, sagte ich zu Jennifer Carstensen. »Mir wäre es am liebsten, wenn sie alle drei Aufheulen wie ein Rudel Wölfe, wenn es so weit ist.«

»Wir sind bereit, Alex«, erwiderte sie und fütterte Jasper einen kleinen Happen.

»Hat Al Dossari wirklich so viel Schiss vor Hunden?«, fragte Mahoney.

»Das will ich doch schwer hoffen«, antwortete ich.

Ein ironisches Grinsen machte sich auf seinem Gesicht breit. »Du bist dir ja darüber im Klaren, Alex – was du da vorhast, könnte von manchen als psychologischer Zwang ausgelegt werden.«

»Du meinst Folter?«, gab ich eher skeptisch zurück. »Nein, ich glaube, das kommt wirklich nicht infrage. Damit wollen wir sie wirklich nur aufstöbern, um weiteres Blutvergießen zu verhindern.«

»Ganz genau«, sagte Mahoney.

Ich war einfach zu müde, um diesen Punkt noch weiter ausführlich zu erörtern. »Sind wir so weit, Ned?«

»Noch fünf Minuten«, sagte Mahoney. »Die Räumkommandos sind mit ihrer Arbeit sowohl in Richtung Westen als auch in Richtung Osten gleich fertig.«

Ich schaute auf meine Armbanduhr. Halb acht. Wenn ich Glück hatte und alles glattging, konnte ich es noch so rechtzeitig nach Hause schaffen, dass ich meiner Frau einen Gutenachtkuss geben konnte.

73

Da ihn das unverhoffte grelle Licht blendete und die barsche Stimme eines Unbekannten, den er nicht erkennen konnte, in den Ohren klang, kam sich Omar Nazad einen Moment lang ertappt vor; so außer Fassung gebracht, hielt er sich schon für einen Märtyrer, der sich zum falschen Zeitpunkt opfern musste und daher sein Leben umsonst hingab.

Woher war dieser Mann plötzlich aufgetaucht? Um wen handelte es sich? War es ein Polizist?

Dann verhielt sich Nazad wieder so, wie sie es geprobt hatten. Er und Hala hatten jedes denkbare Szenario durchgespielt. Dazu gehörte auch, wie sie sich verhalten sollten, wenn sie am Güterzug beim Verladen überrascht wurden.

»Wir wurden von CSX in Nashville aufgefordert, diese Ladung zu überprüfen«, erklärte Nazad und hob die Hand vor die Augen, um das Licht etwas abzuschirmen. Dadurch konnte er nun die Silhouette eines stämmigen Mannes erkennen, der in der Containertür stand. »Könnten Sie die Lampe bitte runternehmen?«

Der Lichtstrahl wanderte Richtung Boden, und nun konnte der Tunesier einen bärtigen Mann Ende vierzig erkennen, der eine ganz ähnliche weiße CSX-Jacke trug wie er selbst, sowie eine verwaschene, ehemals rote Baseballkappe mit langem Schild. Der Eisenbahnangestellte hielt die Taschenlampe in der einen Hand und in der anderen ein Funkgerät.

»Wir ham keinen Anruf von wegen 'ner Frachtkontrolle gekriegt«, erwiderte der Mann mürrisch.

»Dieser verdammte Sturm«, sagte Nazad und schlenderte betont locker auf den Mann zu. »Das bringt jeden durcheinander. Alles. Man hält es nicht für möglich, dass sie uns wegen so was rausgejagt haben.«

Der Mann schien sich zu entspannen und fragte: »Wo kommt ihr eigentlich her?«

»Benning Yard«, antwortete Nazad; er meinte den großen Bahnwartungsbetrieb für Washington und Umgebung, welcher der Eisenbahngesellschaft CSX gehörte. Er betrachtete im Schnee die Fußspuren hinter dem Mann und erkannte, dass dieser vom Tunnel hergekommen sein musste.

Der echte CSX-Mann zog die Nase hoch. »Sie haben Wartungspersonal losgeschickt, um eine Fracht zu überprüfen?«

Der Tunesier lächelte ihn vertrauensselig an, als wären sie alte Kumpel. »Wenn mal Not am Mann ist – Sie wissen ja selbst, wie's manchmal zugeht. Dann muss halt jeder mal mit anpacken. Ist doch so, oder?«

Der CSX-Angestellte kratzte sich seinen Bart. »Wahrscheinlich ham Sie recht. Aber was zum Teufel steckt denn da drin, dass sie euch mitten in einem Schneesturm herschicken?«

»Irgend 'ne instabile Chemikalie oder so was«, erklärte Nazad. »Hab aber bereits alles überprüft. Nichts zu beanstanden. Scheint stabil zu sein.«

Der Blick des Mannes wanderte von dem Tunesier Richtung Boden und blieb an den durchschnittenen Plastikbändern hängen, mit denen die drei echten Fässer auf der Palette festgeschnallt waren, die aber jetzt nur so auf dem Boden lagen. Er sagte: »Na, dann ist ja gut. Ich will mich nur noch mal kurz rückversichern. Wie heißen Sie?«

»Herb«, antwortete Nazad. »Herb Montenegro.«

Der Mann nickte, hob sein Walkie-Talkie an den Kopf, drückte auf »Übertragen« und konnte noch sagen: »Tony, bist du auf Empfang?«, bevor Nazad ihm mit einem kräftigen Tritt die Luftröhre zerschmetterte.

Der Eisenbahner rang nach Luft. Seine Augen traten hervor, Funkgerät und Taschenlampe fielen ihm aus den Händen, dann sank er auf alle viere nieder und keuchte. Nazad sprang aus dem Container heraus direkt auf den Rücken des Mannes und presste ihn mit dem Gesicht Richtung Boden in den hohen Schnee. Er würde nie wieder auf Empfang gehen.

Irgendwo mitten im Schnee, nahe bei dem Mann, der gerade dabei war zu ersticken, hörte der Tunesier, wie eine Stimme mit Bostoner Akzent sagte: »Hier ist Tony. Wie sieht's drüben bei dir aus?«

74

Hala Al Dossari saß immer noch rittlings auf der Achse des Waggons. Das ständige Tröpfeln hatte zwar fast ganz aufgehört, aber sie zitterte vor Kälte in dem eisigen Luftzug, der aus dem Ivy-City-Yard-Tunnel herauswehte; und das fettige Metall unter ihr war mittlerweile auch ausgekühlt. Obwohl ihre Finger und die Zehen mittlerweile fast taub waren, konnte sie der Kälte immerhin etwas Gutes abgewinnen: Da sie auch ihr Becken durchdrang, betäubte sie den verletzten Muskel beinahe genauso gut wie die Schmerzmittel.

Aber würde sie in der Lage sein, schnell zu laufen, falls das nötig würde? Konnte sie sich notfalls wehren?

Trotz der Medikamente, die sie zur Schmerzbetäubung genommen hatte, fühlte sich die Araberin geistig hellwach; auch was ihre Reaktionsfähigkeit anbelangte, war sie kampfbereit. Sie verfügte noch über drei Handgranaten und fünfundzwanzig Magazine für die Pistole. Aber wäre sie wirklich in der Lage, sich erforderlichenfalls so zu bewegen wie…

Vom Bahnhof her ertönte Hundegeheul – irgendwo aus dem Bereich des Amtrak-Terminals, von dem die verschiedenen Gleise abgingen. Erst einer, dann zwei, schließlich drei Hunde: links, rechts und in der Mitte. Das Gebell fuhr ihr durch Mark und Bein; wie immer fühlte sie sich sofort in ihre Kindheit zurückversetzt.

Als sie vier Jahre alt war, hatte sie bei ihrem Großvater in der Wüste mit schierem Entsetzen ein Rudel Wildhunde dabei beobachtet, wie sie über eine junge Ziege herfielen, die sich außerhalb der Umzäunung gewagt hatte. Wütend und empört wollte die kleine Hala der Ziege helfen und wurde nun ihrerseits von den Hunden angegriffen, die nach ihren Beinen und Armen schnappten und versuchten, sie zu töten.

Neunundzwanzig Jahre später wurde die Araberin in ihrem Versteck unter dem Zug durch das Gebell der Suchhunde von dem gleichen Entsetzen gepackt, wie damals in Saudi-Arabien, als das Rudel sich in ihre Glieder verbeißen wollte. Ihr brach der Schweiß aus, und sie fing unwillkürlich an zu zittern; es bedurfte einer ungeheuren Willensanstrengung, jetzt aufrecht sitzen zu bleiben und sich nicht am Boden in Embryohaltung zusammenzurollen.

Eine innere Stimme befahl ihr, sich dem Kampf zu stellen; es war die Stimme ihres verstorbenen Mannes. Es wäre sicherlich kein Problem, den ersten Hund zu erschießen und vielleicht auch den Hundeführer. Aber es würden weitere Einsatzkräfte der Polizei folgen und sicherlich der zweite und der dritte Hund.

Obwohl ihr Tariqs eindringliche, ja gebieterische Stimme im Ohr klang, rasch einen Ausweg zu finden, sich vor den Hunden zu retten und sich möglichst rasch zu Nazad zu begeben, ging ihr die junge Ziege nicht aus dem Sinn, die so verzweifelt und jämmerlich blökte, als sie von dem Rudel eingekreist war und die Hunde nach ihren Beinen schnappten.

Die Araberin unterdrückte den aufkeimenden Brechreiz und atmete tief durch. Sie bot sämtliche Willenskraft auf, um diese archaischen und instinktiven Reflexe zu unterdrücken. Das Gebell endete abrupt. Sie atmete keuchend und fühlte sich wie innerlich verletzt; enttäuscht fragte sie sich auch, warum Allah ihr ausgerechnet solch ein Martyrium auferlegte.

Wird diese Todesangst das Opfer sein, das ich für meine Erlösung bringen muss?

»Hala Al Dossari!« Die Stimme, die über das ganze Gelände hallte, kam aus den Lautsprechern für die Zugansagen. »Hier spricht Alex Cross von der Washingtoner Polizei. Sie sind vollständig eingekreist. Sie können nicht entkommen. Wir haben Ihre Kleidung und Stiefel in einem Abluftschacht gefunden. Ich gebe Ihnen eine Minute Zeit, um Ihre Waffen niederzulegen und sich zu erkennen zu geben.« Dann folgte eine lange Pause. »Andernfalls lassen wir die Hunde los.«

Derart in die Enge getrieben, überlegte sie kurz, ob sie sich ergeben sollte, damit Nazad und seine Männer ihre Aufgabe vollenden und dadurch Al Ayla in die vorderste Reihe im Kampf gegen den großen Satan katapultieren konnten. Auch wenn sie dann an diesem gottgefälligen Werk selbst nicht mehr direkt teilhaben konnte, würde sie immerhin weiterleben, um dessen Vollendung zu feiern, den Vollzug von Gottes Willen auf Erden.

Oder musste sie jetzt noch mehr Zeit für Nazad herausschinden? Bis jetzt hatte er weder angerufen noch eine SMS geschickt, um mitzuteilen, dass der Austausch abgeschlossen war. Außerdem schneite es immer noch. Ihre Aufgabe, die Erfüllung ihrer heiligen Pflicht, hatte die oberste Priorität.

Hala Al Dossari glitt von ihrem Sitz herunter und zwang sich, wieder an den Tag zu denken, als sie vier Jahre alt war und die Hunde versuchten, sie zu töten. Wieder sah sie das kleine Mädchen vor sich, das mit ansehen musste, wie die junge Ziege getötet wurde. Ein überwältigender Hass angesichts dieser Willkür und ein überwältigender Zorn kochten in ihr hoch.

Wenn sie die Hunde loslassen, dachte sie, dann werden eben Hunde sterben.

75

»Robby? Bist du auf Empfang?«

Hektisch durchwühlte Nazad den Schnee rund um den Eisenbahnarbeiter.

»Robby?«

»Was ist, Bruder?«

Der Tunesier schaute über die Schulter hinter sich. Seine drei Helfer standen mit weit aufgerissenen Augen da. Sie hatten soeben den Leichnam entdeckt.

»Nicht jetzt!«, presste er leise hervor, damit es nicht per Funk übertragen wurde. Endlich konnte er etwas im Schnee erfühlen.

Die Antenne!

Der Tunesier richtete sich mit dem Gerät in der Hand blitzschnell auf, drückte auf »Übertragen«, hüstelte und sagte mit betont nasaler Stimme: »Hab das blöde Ding aus Versehen in den Schnee fallen lassen. Außerdem hab ich mir anscheinend 'ne Erkältung geholt. Bitte kommen.«

»Wir haben Hustenmittel und so Zeug hier im Führerstand in der Lokomotive. Kannst du eine Eisbildung auf den Schienen feststellen?«

»Soweit ich sehe, gibt's keine Probleme«, erwiderte Nazad.

»Dann mach dich mal lieber wieder auf den Weg hierher«, sagte Tony. »Aus dem Bahnhof kommt die Meldung, dass wir demnächst weiterfahren können.«

»Haben sie auch gesagt, was dort los ist?«

»Irgendeine Verrückte bringt den ganzen Bahnhof durcheinander. Weil sie nicht genau wissen, wo sie steckt, suchen sie sie jetzt mit Hunden.«

Mit Hunden? Nazad dachte kurz an Hala und bat Allah,

gnädig zu sein, dann antwortete er: »Bin so schnell wie möglich wieder bei euch.«

Der Tunesier steckte das Funkgerät in die Jackentasche und sah seine drei Männer an. Einer von ihnen sagte: »Inzwischen ist alles im Van verstaut, Bruder. Können wir jetzt losfahren?«

Nazad dachte darüber nach, schüttelte den Kopf, deutete mit dem Finger auf die beiden anderen und dann auf den Toten. »Verbuddelt den auf der anderen Seite der Gleise unter reichlich Schnee; wenn der Schnee irgendwann schmilzt, kann man ihn wenigstens vom Freeway aus nicht erkennen.«

Dann sah er wieder zu dem dritten Mann. »Du kommst mit mir, Aman.«

»Wo gehen wir hin?«, fragte dieser etwas irritiert.

»Wir schauen mal nach diesem Tony, der offenbar der Zugführer ist, bevor er auf den Gedanken kommt, nach seinem Freund Ausschau zu halten.«

76

Der Sekundenzeiger auf meiner Armbanduhr tickte über die Zwölf. Eine Minute war verstrichen.

»Jetzt ist sie dran«, sagte ich und nickte Mahoney zu, der über Funk dem Hundeführer am westlichen Ende die Anweisung gab, der Geruchsspur der Araberin zu folgen. Von meiner Position in der Mitte des Terminals aus, genau gegenüber dem Crescent-Zug, konnte ich erkennen, wie ein angeleinter schwarzer Rottweiler von der Post-Laderampe ins Gleisbett sprang. Sein Hundeführer ließ ihn an den Sachen von Hala Al Dossari schnuppern.

Der Hund und sein Führer wurden auf beiden Seiten von jeweils drei Männern des FBI-Geiselrettungsteams begleitet. Der Hund schlug einen bogenförmigen Weg in nordwestlicher Richtung ein, dann verschwanden alle schnell aus meinem Blickfeld. In meiner Nähe stand Jennifer Carstensen und streichelte Jaspers Kopf. »Wie erfahren wir, dass er die Fährte aufgenommen hat?«, fragte ich sie.

Noch bevor sie antworten konnte, klang ein aufgeregter Heulton herüber, gefolgt von heftigem Gebell.

»Dieser Pablo ist ein exzellenter Suchhund«, sagte die Hundeführerin.

Ich nahm wieder das Mikrofon der Bahnhofsdurchsagen zur Hand. »Können Sie mich hören, Hala Al Dossari? Sein Name ist Pablo. Er hat bereits Ihre Witterung aufgenommen. Sie können ihn noch nicht sehen, aber diesem Hund tropft schon der Speichel aus dem Maul; er ist ganz wild darauf, Sie zu fassen zu bekommen. Die anderen beiden Hunde ebenfalls. Neben mir steht ein wahrer Höllenhund namens

Jasper, der ebenfalls ganz versessen darauf ist, Sie kennenzulernen.«

Mahoney sah mich an und musste grinsen. »Das gefällt dir jetzt, Alex, stimmt's?«

Ich zuckte mit den Schultern. »Du bist doch derjenige, der immer sagt: Wenn du was machst, mach es richtig.«

»Und was jetzt?«, fragte Jennifer Carstensen.

»Sie sind die Führerin. Wir folgen Ihnen«, erwiderte ich.

Die Hundeführerin horchte auf das Bellen des Spürhunds draußen und gab Jasper einen Befehl, den ich nicht verstand. Aber der Hund offensichtlich schon. Man spürte und sah, wie überaus wachsam Jasper war, voller verhaltener Energie, jederzeit bereit, auf und davon zu stürmen. Seine Ohren standen steil aufgerichtet und drehten sich in verschiedene Richtungen wie Minisatellitenschüsseln. Er hob und senkte den Kopf, verhielt, zitterte und drängte bellend vorwärts, nur zurückgehalten von der Leine.

»Er hört irgendetwas«, erklärte Jennifer Carstensen.

»Lassen Sie ihn jetzt von der Leine?«

»Sagten Sie nicht was von Sprengfallen?«

Ich nickte.

»Dann behalte ich ihn so lange an der Leine, bis ich Sichtkontakt habe«, sagte sie und fasste Jaspers Leine mit beiden Händen. Es war offensichtlich, dass der Hund am liebsten losgerannt wäre. Man konnte sich denken, dass Jennifer Carstensen ihren Hund zu sehr liebte, um ihn einfach losstürmen zu lassen. Sie ging vor auf den Bahnsteig F, und wir folgten ihr. Der Crescent stand links von uns. Die Amtrak-Leute hatten alle Türen bei sämtlichen Zügen geöffnet, die im Terminal standen, damit die Hunde jeden Wagen abschnüffeln konnten.

Nach dem vierten oder fünften Waggon blieb Jasper stehen und lauschte wieder auf das Bellen der anderen beiden Hunde. Dann schnüffelte er längere Zeit am Ausgang des sechsten Waggons herum und verfiel anschließend in einen schnelleren Trab, als ob er sich nach einem eigenen, inneren Kompass bewegte.

Ich weiß nicht, ob das plausibel klingt, aber Jasper machte so einen selbstsicheren Eindruck, ich war mir schon so gut wie sicher, dass es nur noch eine Frage von Minuten sein konnte, bis wir Hala Al Dossari gestellt hatten und sie in Handschellen ins Bundesgefängnis nach Alexandria auf der anderen Seite des Potomac bringen würden.

Warum war ich nur so dumm?

77

Omar Nazad bewegte sich geradezu leichtfüßig in dem schmalen Bereich zwischen der Tunnelwand und den Güterwaggons auf dem knirschenden Schotter unter seinen Stiefeln. Welch eine Wohltat nach dem rutschigen Schnee. Etwas gedämpft klangen von der anderen Seite des Zugs die Schritte von Aman herüber. Aman trug eine Stirnlampe mit einem schwachen roten Licht, das gerade ausreichte, um den Boden vor ihm zu erkennen, aus der Entfernung aber keine Aufmerksamkeit auf sich zog.

Der Tunesier wiederum hatte Robbys Taschenlampe bei sich, außerdem hatte er die Jacke und die Baseballkappe des toten Eisenbahners angezogen. Er wollte in gewisser Weise auf sich aufmerksam machen. Er wollte, dass Tony, von dem er annahm, dass es sich um den Lokomotivführer handelte, ihn rechtzeitig wahrnahm und keinen Verdacht schöpfte. Es sollte so wirken, als sei Robby im Anmarsch.

Nazad blieb keine andere Wahl. Die ursprüngliche Absicht war, den Zug ansonsten völlig unbehelligt in nördliche Richtung weiterfahren zu lassen; die Lokführer sollten natürlich gar nichts davon mitbekommen, dass von der Fracht etwas gekapert und durch Attrappen ersetzt worden war. Aber wegen des toten Eisenbahners mussten sie nun improvisieren und sicherstellen, dass der Zug planmäßig Richtung New York fuhr.

Nazad und Aman bewegten sich mit annähernd gleicher Geschwindigkeit; beim Passieren zwischen Waggons stimmten sie sich aufeinander ab. Endlich konnte Nazad den Lichtschein aus dem Führerstand erkennen. Ohne zu zögern, ging er direkt auf die Eingangsleiter zu und kletterte sie absichtlich geräuschvoll empor, bis er auf der schmalen Plattform neben der Tür stand. Darüber und etwas links neben der Tür schimmerte eine schwache, von einem Metallschirm umgebene Lampe.

Der tote Eisenbahner hatte einen Türöffner in Form einer Plastikkarte bei sich; Nazad hatte ihn Aman gegeben. Er konnte nur beten, dass der Dummkopf auf seiner Seite die Leiter leise genug erklomm. Nazad duckte sich unter das Fenster der Tür und schob sich auf die linke Seite. Er streckte den Arm aus und schraubte an der Glühbirne, bis die Lampe erlosch. Dann klopfte er an die Tür.

»Du hast doch deine Zugangskarte, Robby«, ertönte eine Stimme von drinnen. »Ich mache uns hier gerade einen schönen Weihnachtsgrog.«

Der Tunesier fuhr mit den Knöcheln noch einmal über die Glasscheibe.

»Verdammt noch mal, Robby, eigentlich habe ich dich ja wirklich gern, aber manchmal kannst du ganz schön nerven.«

Nazad hörte ein knarzendes Geräusch und dachte, er sähe einen Schatten, bevor ein Mann in einem weißen T-Shirt mit einem Mondgesicht am Türfenster erschien. Über dem T-Shirt trug er grüne Hosenträger und auf dem Kopf eine rot-weiße Zipfelmütze. In der Hand hielt er eine Kaffeetasse und ein Fläschchen Johnnie Walker. Er sah etwas verwirrt drein, betätigte dann aber irgendeinen Hebel oder drückte auf einen Knopf.

Mit einem seufzenden Geräusch glitt die Tür zur Seite. Nazad schaltete die starke Maglite-Taschenlampe ein und hielt sie zusammen mit seiner Pistole mit ausgestreckten Armen in den Türrahmen. Er hatte geglaubt, auf diese Weise Tony den Lauf der Waffe direkt an den Kopf zu halten, doch der Lokführer war bereits vorher einen Schritt zurück und nach rechts getreten.

Der Tunesier sah jetzt außerdem, dass sich noch ein zweiter Mann im Führerstand befand. Er saß vor einer Instrumententafel, die an das Cockpit eines modernen Düsenflugzeugs erinnerte. Nazad agierte nur noch instinktiv. Er richtete die Pistole auf Tony und schrie: »Runter auf den ...«

Doch der Lokführer reagierte zu schnell für ihn. Lediglich mit einem kleinen Zucken seines Handgelenks schleuderte er Nazad seinen brühheißen Kaffee ins Gesicht.

Geblendet schrie der Tunesier auf und ließ seine Waffe fallen. Die Schmerzen in den Augen waren unerträglich, viel schlimmer als das in den Bauch gerammte Knie und der anschließende Hieb auf den Rücken, der ihn zu Boden brachte. Er hörte, wie Tony sagte: »Ruf gleich mal im Bahnhof an, Pete, und sag denen, dass wir hier auch einen Spinner rumlaufen haben. Und dass einer von unseren Leuten vermisst wird.« Tony hob Nazads Pistole vom Boden auf.

Dann vernahm Nazad ein Zischen, und Aman rief: »Pistole fallen lassen, oder ich schieß euch in die Birne!«

Nazad hörte, wie die Waffe über den Boden klackerte. Er hob den Kopf und sah sich mit brennenden Augen um, aber nur mit einem nahm er etwas wahr. Aman stand im Türrahmen, zitterte vom Scheitel bis zur Sohle, schwang seine Pistole von einem der beiden Eisenbahner zum anderen und schrie: »Und keiner ruft irgendwo an!«

78

Unter dem letzten Waggon des Crescent-Zugs lauschte Hala Al Dossari auf das Bellen der Hunde. Sie wunderte sich, wie schnell Cross ihre einzige Schwäche erkannt hatte, die er gnadenlos ausnutzte. Nun konnte sie die unterschiedlichen Hundestimmen bereits unterscheiden, und es kam ihr so vor, als näherten sie sich von allen Seiten. In ihrer Erinnerung wurden die Bilder aus ihrer Kindheit wieder vollkommen lebendig, wie sie von Hunden gebissen wurde; sie wurde völlig panisch und flehte zu Gott um Gnade und Erlösung, aber sie fand keine.

Die Kinder.

Sie hätte schwören können, Tariqs Stimme gehört zu haben: Du musst um ihretwillen kämpfen, Hala.

Es war Tariqs Stimme, zweifellos. Ihr toter Mann sprach aus dem Jenseits zu ihr. Du musst für unsere Kinder kämpfen, Hala.

Auch die Gesichter ihres Sohns und ihrer Tochter erschienen am Rande ihres von Schmerzbetäubungsmitteln und Panik getrübten Bewusstseins. Die Bilder überlagerten sich, und sie bildete sich ein, ihre Kinder würden von Hunden gejagt. In diesem Augenblick fielen sämtliche Furcht und jeglicher Schmerz von ihr ab. Ein Schauer durchfuhr sie, und sie schloss die Augen, als sie spürte, wie ihr Kampfgeist wieder in ihren Körper zurückkehrte.

Das Hundegebell näherte sich immer mehr. Ihr blieb nur noch der Fluchtweg in nördliche Richtung auf den Ivy City Yard zu. Aber dort gab es keine Deckung mehr; die Hunde würden hinter ihr herhetzen, und Polizeischützen hätten freie Schussbahn. Das käme einem Selbstmord gleich, einem einsamen Märtyrertod, der niemandem nützte.

Dieses Schicksal wollte sie auf jeden Fall vermeiden. Wenn sie schon sterben musste, dann sollten die Feinde Gottes mit ihr sterben. So gehörte es sich für den Tod eines heiligen Kriegers. Das war das Ende, das sie sich wünschte.

Trotz der Nähe der Hunde kroch die Araberin unter dem Waggon hervor, lehnte sich mit dem Rücken dagegen, steckte eine der verbliebenen Handgranaten in das Oberteil des dunkelblauen Overalls und löste die Sicherungen von den beiden anderen. Die Verfolger waren ihr dicht auf den Fersen. Ein bellender Hund rechts hinter ihr konnte nicht mehr als fünfzig oder sechzig Meter entfernt sein.

Hala Al Dossari schleuderte die beiden Handgranaten in einem Neunzig-Grad-Winkel jeweils nach rechts und nach links, die eine dorthin, wo sie den Rottweiler vermutete, die andere in Richtung der Post-Laderampe. Mit dem Gesicht zum Waggon nahm sie ihre Pistole und die letzte verbliebene Granate zur Hand. Sie war bereits im Wortsinne außer sich, ihr Geist war nicht mehr an die sterbliche Hülle ihres Körpers gebunden, sie war nur noch ein Racheinstrument des Himmels.

Die beiden Handgranaten detonierten in Sekundenabstand und wirbelten jede Menge Staub und Schutt auf. Augenblicklich lag ein beißender Geruch in der Luft, und der Knall war so ohrenbetäubend, dass in ihrem Kopf einige Sekunden lang nur das Bellen eines der Hunde in der Sekunde unmittelbar vor der Explosion widerhallte.

Dieser Hund befand sich links von ihr. Bereits näher als sie erwartet hatte. Beinahe zum Greifen nahe.

Kämpf um dein Leben, Hala!

Sie sah sich wieder als das kleine Mädchen, das sich mit

einem Stock gegen die Hunde wehrte, sie sah die ganze Szene von damals vor sich, als liefe alles auf Filmleinwänden um sie herum ab.

Hala Al Dossari sprang plötzlich nach links, in Richtung der Laderampe. Sie landete auf den Knien und hielt ihre Pistole in der linken, die Granate in der rechten Hand.

Eine über und über mit Staub bedeckte Polizistin kniete neben einem vor Schmerz jaulenden weißen Schäferhund, an dessen Hals sich ein roter Fleck ausbreitete. Im ersten Augenblick wollte die Araberin die Polizistin und den Hund erschießen und sich die Handgranate aufsparen, um damit so viele andere Feinde wie möglich in den Tod zu reißen. Doch dann entdeckte sie eine große Gestalt in der Staubwolke hinter der Polizistin mit dem Hund.

Alex Cross zielte mit seiner Pistole auf sie.

»Alles fallen lassen, Hala!«, brüllte er.

»Fang doch, Cross!«, rief Hala Al Dossari ihm entgegen und warf ihm die Handgranate wie einen Ball zu.

79

Ich sah genau, wie die Granate die Hand von Hala Al Dossari verließ und mit einer kontinuierlichen Rotation über die Längsachse auf mich zuflog. Nun schien alles vorüber zu sein.

Mein Leben zog nicht wie ein Film im Schnelldurchlauf an mir vorüber. Ich sah weder Bree noch die Kinder noch meine Freunde oder das Angesicht Gottes des Erlösers. Da kamen nur die Granate und damit das unausweichliche Ende von allem auf mich zu.

Es ist nicht nachvollziehbar, warum mein Körper dann so reagierte, wie er reagierte. Es gab keinen bewussten Gedanken dabei, keine innere Stimme, die mich anschrie, etwas zu tun. Meine einzige Erklärung geht dahin, dass meine Sinne in dieser Situation übermäßig geschärft waren, dass ich die gesamte Umgebung unbewusst mit einer Deutlichkeit wahrnahm, die bewusstes Denken nie erreicht. Meine Handlungen waren rein instinktgesteuert.

Mir kam es vor, als geschehe alles in Zeitlupe: wie ich die Granate mit der rechten Hand auffing, als handele es sich um ein rohes Ei, wie ich mich auf dem Absatz scharf nach links drehte, wie mich meine Beine hochkatapultierten, weg von Hala Al Dossari, Jennifer Carstensen und dem verwundeten Hund. Mein rechter Arm peitschte in die Höhe, meine Finger öffneten sich. Die Granate flog ungefähr fünf Meter weit in die geöffnete Tür eines der Waggons. Dann ließ ich mich auf den Betonboden des Bahnsteigs fallen und legte die Hände schützend über den Kopf.

Noch vor der Explosion hörte ich einen Schuss. Durch

die Detonation der Granate barsten die Fenster auf beiden Seiten des Waggons, der Knall zerriss einem beinahe das Trommelfell. Ich spürte, wie sich kleine Glassplitter in meine Kopfhaut und meine Hände gruben, doch ich wusste, dass ich von der vollen Wucht der Detonation verschont geblieben war. So lag ich aber nur für die Dauer eines Herzschlags, bevor mich ein neuer Adrenalinstoß hochriss. Mit der Dienstpistole in der ausgestreckten Hand setzte ich mich auf und zielte geradeaus, ungeachtet der kleinen Rinnsale von Blut, die mir über Gesicht und Hände liefen.

Aber Hala Al Dossari war verschwunden.

Jennifer Carstensen lag mit einer Schusswunde in der rechten Schulter blutend auf dem Boden. Sie sah mich etwas benommen an, lockerte ihren Griff an Jaspers Leine und machte eine schwache Geste mit der linken Hand, wobei sie auch etwas zu sagen versuchte. Ich konnte es nicht hören, doch ich verstand sie trotzdem. Hala Al Dossari hatte sich in der gleichen Weise von der Laderampe heruntergerollt, wie sie dort erschienen war.

Jasper schnupperte am Blut seiner Hundeführerin, stand mit gesträubten Nackenhaaren auf und entfernte sich von ihr. Mit zwei Sätzen sprang der verwundete Hund von der Rampe herunter.

Nun nahm ich auch wieder die Geräusche um mich herum wahr. Ein dumpfes Dröhnen, dann ein Klingeln und schließlich den dumpfen Aufprall eines Schusses, erschreckend nahe. Auf ein schmerzgepeinigtes Aufheulen von Jasper folgten unmittelbar darauf die schrillsten menschlichen Schreie, die ich je gehört habe.

Dadurch war ich im Nu wieder auf den Beinen. Ich sprang mit schussbereiter Pistole vom Rand der Laderampe, entdeckte den Hund, wie er einer Fährte folgte, und sah nun auch, wie etliche Männer des Geiselrettungsteams auf uns zukamen.

Ich ließ mich auf ein Knie nieder und richtete den Strahl der Maglite-Lampe unter die Waggons, woher nach meiner Wahrnehmung die Schreie kamen. Jasper war von einer weiteren Kugel getroffen worden, diesmal in den Hinterlauf. Ich konnte Knochensplitter und zerrissene Sehnen erkennen.

Aber er hielt Hala Al Dossari an der rechten Seite gefasst, und sie kreischte durchdringend auf Arabisch. Jasper hatte sich in ihren rechten Oberarm verbissen und schüttelte ihn so heftig, als wollte er ihn aus dem Gelenk reißen.

80

Omar Nazad hatte im Erste-Hilfe-Koffer im Führerstand des Güterzugs eine Wundsalbe und Verbandszeug gefunden. Außerdem hatte er ein paar von den Pillen geschluckt, die sie auf Halas Anweisung hin alle bei sich trugen. Damit ließen sich seine Schmerzen im Gesicht und an den Augen besser ertragen.

Mittlerweile schwelgte der Tunesier in dem Gefühl, wieder die Oberhand zu haben und Allahs Werk zu verrichten. Er setzte sich rittlings auf die Brust des Lokführers und nagelte ihn so mit Rücken und Schultern auf dem Boden fest. Aman kniete ebenfalls auf dem Boden; er hielt Tonys Kopf zwischen den Knien eingezwängt und drückte ihm die Pistole an die Schläfen.

Nun griff der Tunesier nach der neben ihm stehenden Tasse Kaffee. Sie war frisch aufgebrüht, er hatte sie soeben der Mikrowelle an der Rückwand des Führerstands entnommen. Er hielt sie in der rechten Hand, die linke streckte er nach dem entsetzten Gesicht des Zugingenieurs aus.

»Nein! Nicht! Was haben Sie vor?«

Nazad lächelte. »Wie heißt es in eurem Alten Testament so schön? Auge um Auge.«

»Nein! Bitte nicht!« Tony schrie aus Leibeskräften, als der Tunesier das rechte Augenlid festhielt.

»Entweder das oder du stirbst, du ungläubiger Hund«, sagte Nazad und begann, den kochend heißen Kaffee gezielt in das Auge des Zugingenieurs zu schütten. Er beobachtete, wie es zuerst grau, dann milchig-weiß wurde und Tony vor Schmerzen wie wahnsinnig schrie.

Nach diesem Racheakt war dem Tunesier etwas wohler, und er stand auf. Der Zugingenieur rollte sich auf den Bauch und hielt sich die Hände vor die Augen.

»Er muss ins Krankenhaus«, sagte Pete, der Lokführer, der alles schockiert mit ansehen musste. »Und Sie auch.«

»Das Einzige, was ich brauche, ist Gottes Segen«, fuhr Nazad den Mann an. »Du kannst ihn ins Krankenhaus bringen, wenn diese Fahrt beendet ist.«

»Was?«, sagte Pete.

»Wo solltet ihr hinfahren?«, wollte der Tunesier wissen.

»Nach New Jersey. Zum Güterbahnhof am Westufer des Hudson.«

»Wenn du dort angekommen bist, kannst du deinen Kollegen ins Krankenhaus bringen«, sagte Nazad und wandte sich an Aman. Auf Arabisch sagte er zu ihm: »Dies ist dein Los, Bruder. Du bleibst hier im Zug, bis er New Jersey erreicht hat, und dann verschwindest du. Du findest Zuflucht in unserem Haus Syracuse.«

Empört erwiderte Aman: »Aber das war nicht der Plan! Dann kann ich ja nicht dabei sein, um zu sehen, wie es zum entscheidenden Schlag kommt.«

»Ich musste sogar eins meiner beiden Augen opfern, damit es überhaupt noch zum entscheidenden Schlag kommt«, erwiderte Nazad. »Das liegt alles in den Händen Gottes, Bruder. Es ist sein Wille.«

Drittes Buch

Ende der Reise

81

Sowohl Jasper als auch seine Hundeführerin, Jennifer Carstensen, wurden in Windeseile in Krankenwagen verfrachtet. Hala Al Dossari wurde ebenfalls auf eine Krankentrage geschnallt. Ihre Handgelenke und Fußknöchel waren mit Plastikbindern gefesselt. Sie wurde mit Gurten arretiert und in das Büro von Captain Johnson, dem Chef der Bahnpolizei, gebracht. Dort sollte sie so lange festgehalten werden, bis die Straßen so weit geräumt waren, dass man sie sicher in ein Bundesgefängnis überführen konnte.

Während die Rettungssanitäter noch damit beschäftigt waren, meine Schnittwunden zu säubern und zu versorgen, rief ich zu Hause an. Bree ging an den Apparat.

»Hallo«, meldete ich mich. »Das Schlimmste ist vorbei. Mir geht's gut. Habe ein paar Kratzer abbekommen, aber ansonsten ist alles in Ordnung.«

Bree atmete erleichtert aus, das konnte ich sogar übers Telefon hören. »Das ist wirklich die beste Nachricht des Tages, Alex. Wann wirst du wieder zu Hause sein?«

»Bestimmt noch vor Mitternacht«, versprach ich »Da sind nur noch ein paar Kleinigkeiten, um die ich mich kümmern muss.«

»Und du wirst mir auch alles erzählen, was passiert ist?«

»Die ganze Geschichte«, antwortete ich. »Aber erst nachdem ich das vielversprechende Geschenk ausgepackt habe, das du mir heute beim Abendessen in Aussicht gestellt hast.«

»Oha«, sagte sie, und ihre Stimme klang ein wenig skeptisch. »Falls du dich nicht doch noch als Superman entpuppst, würde ich ja mal bezweifeln, ob du heute noch so ein Geschenk auspacken kannst.«

»Dann verschieben wir es eben auf morgen.«

»Du glaubst im Ernst, dass du den zweiten Weihnachtstag zur Abwechslung mal zu Hause verbringen wirst?«

»Gewiss. Und die gesamte restliche Weihnachtszeit, die, wie du weißt, zwölf Tage lang dauert.«

Sie lachte und sagte: »Ich liebe dich.«

»Ich liebe dich auch. Schneller als du denken kannst, werde ich neben dir im Bett liegen und schnarchen.«

»Bestens«, erwiderte sie und legte auf.

Unterdessen hatten die Sanitäter alle meine Wunden behandelt und verbunden. Sie meinten zwar, ich sollte noch in einem Krankenhaus vorbeischauen, damit sich zur Sicherheit ein Arzt meine Verletzungen ansehen könnte, doch zunächst machte ich mich auf den Weg zu Johnsons Büro. Vielleicht befand sich Hala Al Dossari noch dort, denn es konnte nicht mehr lange dauern, bis die Straßen wieder befahrbar waren, um sie ins nahe gelegene Alexandria ins Untersuchungsgefängnis zu bringen. Dort würde sie bis zur Vorführung vor einen Bundesrichter festgehalten.

Johnsons Bürotür öffnete sich, noch bevor ich bei dem FBI-Beamten, der die Tür bewachte, angekommen war. Mahoney kam mit hochrotem Kopf heraus. »Sie weigert sich einfach strikt, Englisch mit uns zu sprechen, Alex. Außerdem vermittelt sie den Eindruck, als ob sie die ganze Situation eher zum Lachen findet. Da stimmt irgendwas nicht. Jemand wie sie ist einfach nicht ganz richtig im Kopf.«

»Daran besteht in der Tat kein Zweifel«, entgegnete ich.

»Aha?«, sagte Mahoney. »Na ja, vorhin ist mir eine Idee gekommen, wie wir ihr vielleicht beikommen können. Dafür muss ich jetzt mal ein paar wichtige Leute aufwecken.«

»Hast du was dagegen, wenn ich in der Zwischenzeit versuche, mich ein bisschen mit ihr zu unterhalten?«

»Sie holen sie mit dem Gefangenentransporter in fünf Minuten ab«, sagte Mahoney etwas geistesabwesend. »Aber warum nicht? Mach nur. Beiß dir die Zähne an ihr aus, Alex.«

82

»Hallo, CSX-Güterzug Richtung New York. Wir müssen jetzt diesen Tunnel freimachen, also seid ihr als Erste dran«, meldete sich der Fahrdienstleiter aus der Union Station über Funk. Seine Stimme kam aus dem Lautsprecher im Führerstand der Lokomotive. »In fünf Minuten ist es so weit.«

Aman hielt Pete, dem Lokomotivführer, die Mündung der Pistole an die Schläfe. Mit zitternden Händen drückte Pete auf die Sprechtaste des Mikrofons. »Danke, sehr zuvorkommend. Und wie sieht's bei euch aus? Habt ihr alles im Griff?«

»Sie haben ein paar Hunde auf sie losgelassen. Damit haben sie das Miststück gekriegt.«

»Gott sei Dank«, sagte Pete.

Omar Nazad hätte am liebsten auch noch in Petes Auge eine Tasse brühheißen Kaffee geschüttet, aber er hielt sich zurück. Er konnte für Hala jetzt nichts Besseres tun, als den Plan zu Ende zu führen und selbst für den großen Knall zu sorgen. »Dann gehe ich jetzt mal.« Er gab Aman einen aufmunternden Klaps auf die Schulter. »Gott sei mit dir, Bruder.«

»Und mit dir, Bruder«, erwiderte Aman.

Der Tunesier würdigte den Zugingenieur, der stöhnend vor Schmerzen in der Ecke lag, keines Blickes.

Der eiskalte Luftzug, der aus dem Tunnel herauswehte, brannte wie Feuer auf Nazads Wangen. Die Dieselmotoren, die gerade angelassen wurden, bliesen schwarzen Rauch aus den Auspuffrohren, als Nazad die Leiter zum Führerstand herabstieg. Die Lokomotive erwachte zum Leben.

Als Nazad auf dem Boden stand, schluckte er zuerst eine weitere Schmerztablette, dann knipste er die Taschenlampe an. Als sich der schwere Güterzug ächzend in Bewegung setzte, trabte Nazad in die entgegengesetzte Richtung auf das Tunnelportal zu. Dabei dachte er voll Vorfreude an das schöne Geschenk, das er und seine Männer allen Amerikanern im Namen Hala Al Dossaris bereiten würden.

83

Ich betrat Captain Johnsons Büro, wo zwei FBI-Männer, die ich nicht kannte, Dr. Al Dossari bewachten, die auf einer Trage festgeschnallt war. Die Trage befand sich neben einem Panoramafenster, das einen guten Überblick über das Amtrak-Terminal und die Gleise bot. Hala Al Dossari fixierte mich mit einem Blick, in dem eine Mischung aus Verachtung und Neugier lag. Etwa das Gleiche empfand ich gegenüber dieser Frau, die jenseits von Gesetz und Moral lebte und deren Motive und Taten ich nicht im Geringsten nachvollziehen konnte. Nun stand ich ihr direkt gegenüber.

»Cross, ich brauche dringend einen Arzt«, sagte sie.

»Sie sind doch selbst Medizinerin«, erwiderte ich.

»Haben Sie nicht verstanden? Man kann sich nicht selbst behandeln.«

»Das habe ich schon verstanden. Was ich nicht verstehe, wie man als Ärztin zur Terroristin werden kann.«

»Aber wenn ein Arzt ein Soldat wird, das verstehen Sie durchaus?«

Bevor mir darauf eine passende Antwort einfiel, drang der vertraute Rhythmus von Eisenbahnrädern, die über Gleise rollen, durch die Halle. Ich sah, wie ein Güterzug aus dem Tunnel am Ostende des Bahnhofs auftauchte und sich schlangengleich nach Norden in Richtung Ivy City Yard wand. Obwohl ich gerade ein Gespräch mit einer erbarmungslosen Terroristin begonnen hatte, fand ich es gleichwohl beruhigend, dass die Union Station bis zu einem gewissen Grad wieder zum Normalbetrieb zurückkehrte.

»Wozu sollte diese ganze Aktion eigentlich gut sein?«,

fragte ich und deutete mit einer umfassenden Armbewegung nach draußen in die Halle. »War das so eine Art spontaner Einfall oder Teil eines umfassenden Plans?«

Sie musterte mich, und ich konnte sehen, wie ihre Augen glasig wurden und ihre Pupillen sich verengten. »Eine ganz spontane Idee. Ich war zufällig gerade in der Gegend und habe mich an einem religiösen Feiertag, zu dem ich selbst keinen inneren Bezug habe, ein bisschen gelangweilt, deshalb dachte ich, ich tummle mich ein wenig im Schnee.«

Einer der beiden FBI-Männer presste mit dem Finger seinen Kopfhörer ans Ohr und sagte: »Lasst sie rein.«

Vier Marshals betraten das Büro. Rasch wurden die Formalitäten erledigt, und damit übernahmen sie Hala Al Dossari in Gewahrsam.

»Auf Wiedersehen, Cross«, sagte sie, als sie an mir vorbei nach draußen gerollt wurde. »Und ich hoffe wirklich, Sie mal wiederzusehen.«

»Früher oder später wird das sicherlich der Fall sein«, entgegnete ich und sah ihr hinterher.

Ich hörte, wie Dieselmotoren gestartet wurden, schaute nach draußen und sah, wie in dem Crescent-Zug die Beleuchtung anging.

»Alex Cross?«

Ich drehte mich zur Seite und sah Captain Johnson, der neben mich an das Panoramafenster trat.

»Ich wollte mich bei Ihnen bedanken. Ohne Ihren tapferen Einsatz …«

»Auch dank des tapferen Einsatzes einer Menge anderer, zu denen auch Sie gehören.«

»Na ja, möglicherweise schon«, sagte er, und seine Augen wurden feucht, als er auf die Züge in der Abfertigungshalle deutete. »Doch was wäre gewesen, wenn sie hier was wirklich Schlimmes angerichtet hätte?«

»Das ist reine Spekulation, Captain«, antwortete ich, als der letzte Wagen des Güterzugs dem Blickfeld entschwand. »Aber jetzt feiern wir erst mal weiter Weihnachten.«

84

Wenn ich mich mehr beeilt hätte und gleich im Kielwasser von Hala Al Dossari und ihrer Wachleute die Union Station verlassen und mich von einem Taxi oder einem Streifenwagen hätte heimfahren lassen, wäre ich sicher noch vor Mitternacht wieder bei meiner Familie gewesen.

Doch als ich nun erst durch die Bahnhofshalle ging, lief mir Mahoney über den Weg. »Ich brauch dich noch, Alex.«

»Nein«, antwortete ich. »Ich muss jetzt ins Bett, Ned. Ich bin nur noch ein Zombie, ein wandelnder Toter, der niemandem mehr helfen kann.«

»Ach was. Ich lass dir eine Vitamin-B12-Spritze verpassen«, erwiderte Mahoney. »Vielleicht noch mit einem Schuss reinem Koffein und E 211 drin.«

»Was bitte?«

»Hast du nie diese kleine Stärkung bekommen, als du noch beim FBI warst?«

»Nein, niemals.«

»Ich sage dir, das wirkt Wunder«, verkündete Mahoney in einem Ton, als hätte er gerade zehn Stunden Schlaf genossen. »Wir kümmern uns um dich. Wir fahren nämlich nach Alexandria. Unterhalten uns dort nett mit Hala Al Dossari.«

»Ich würde stark bezweifeln, dass sie jetzt irgendeine Aussage macht. Aber wenn sie erst mal eine Weile in der Zelle verbracht hat, dürfte sie sich bestimmt als gesprächiger erweisen. Inzwischen habe ich genügend Zeit, um mich auszuschlafen, und dann lasse ich mich gerne … sagen wir mal … morgen Nachmittag bei euch blicken.«

»Schmink's dir ab, Alex«, zeterte Mahoney. »Ich habe bereits etwas vorbereitet, eine kleine Show, die wir bei ihr abziehen werden. Und ich bin mir sicher, dass wir sie damit heute Nacht noch knacken.«

»Okay, dann zieh deine Show ab. Dafür brauchst du mich ja nicht.«

»O doch. Du musst uns nämlich warnen, bevor wir zu weit gehen.«

85

Nazad knipste die Taschenlampe aus. Als er aus dem Tunnel heraustrat, hatte der Schneesturm spürbar nachgelassen. Nun rieselten nur noch vereinzelte Flocken vom Himmel. Er watete durch den Schnee am Boden. Unter dem Verband tränte das schwerverletzte Auge, und die verbrühte Haut zuckte unwillkürlich bei der leisesten Berührung selbst von Schneeflocken.

Auf dem Freeway über ihm fuhren inzwischen wieder mehr Autos, was nichts anderes bedeutete, als dass mittlerweile einiges an Straßen und Fahrbahnen geräumt worden sein musste. Das war gut. Das war ein Segen. In dem zunehmenden Verkehr konnten sie viel leichter untertauchen. Seine verbliebenen beiden Männer, Saamad und Mustafa, stammten aus den kargen Gebirgsgegenden im südlichen Algerien; sie waren furchtlose Beduinen, wahre Gotteskrieger, die ihn unter keinen Umständen im Stich lassen würden.

Mit dem einen Auge konnte der Tunesier seine Waffenbrüder oben am Rand der Böschung erkennen. Er kletterte durch den Schnee zu ihnen hinauf.

»Was ist mir dir passiert, Bruder?«, wollte Saamad wissen. »Wo ist Aman? Und Hala?«

»Allah hat mir das Auge genommen«, erklärte Nazad, und er merkte selbst, dass er beim Sprechen etwas nuschelte. »Aber ich bin glücklich, dass ich es für unsere gerechte Sache opfern konnte. Hala ist in Gefangenschaft geraten, doch sie wird nichts von dem verraten, was in sechsundzwanzig Tagen geschehen soll. Und Aman befindet sich in dem Zug und wird dafür sorgen, dass er weit genug weg ist bevor er sich selbst aus dem Staub macht.«

»Allahu akbar«, sagte Mustafa.

»Gott ist groß«, bekräftigte Nazad. »Sehen wir zu, dass wir jetzt von hier wegkommen.«

86

Die Schneepflüge hatten während der wenigen vergangenen Stunden schon beachtliche Arbeit geleistet und auf vielen Hauptdurchgangsstraßen der amerikanischen Bundeshauptstadt wenigstens einige Fahrspuren freigeräumt. Aber gleichzeitig hatten sie an den Straßenrändern gewaltige Schneeberge aufgetürmt, wodurch Garageneinfahrten und kleine Straßeneinmündungen blockiert und parkende Wagen völlig zugedeckt wurden. Streckenweise wirkten einige Straßen so, als seien sie von etwas verformten Iglus gesäumt.

Meine rechte Pobacke schmerzte noch ein wenig von der Vitamin-B12-Spritze. Wie Mahoney versprochen hatte, war ich hellwach, trotz des wenigen Schlafs während der vergangenen vierzig Stunden. Mahoney saß am Steuer und zuckelte hinter einem Schneepflug her, der vom Southeast Freeway die Ausfahrt zur 295 nahm und dann die Brücke der Eleventh Street ins angrenzende Virginia überquerte. Natürlich ging alles ziemlich langsam, aber so hatten wir wenigstens den unter diesen Umständen besten Straßenzustand.

»Ich wüsste zu gern, warum sie ihn nicht noch einmal zu kontaktieren versucht hat«, sagte Mahoney.

»Wen?«

»Den Typ, mit dem sie telefoniert hat. Derjenige, der sich irgendwo hier auf der anderen Seite der Brücke aufgehalten hat.«

»Keine Ahnung. Aber in ein paar Minuten hast du ja die Möglichkeit, sie selbst zu fragen.«

Immer noch sozusagen im Schlepptau des Schneepfluges fuhren wir von der Brücke herunter und in südlicher Richtung auf dem Shepard Parkway nach Alexandria hinein. Im dortigen Untersuchungsgefängnis sollte Hala Al Dossari verhört und anschließend dem Haftrichter vorgeführt werden.

Ich warf einen Blick auf meine Armbanduhr. Kurz vor halb elf. Vergangene Nacht um diese Zeit befand ich mich vor einer Stadtresidenz in Georgetown, um mit einem Psychopathen am Telefon zu verhandeln. Jetzt war ich kurz davor, Mahoney dabei zuzusehen, wie er eine Soziopathin verhörte. Im Moment war ich von meinem Beruf ziemlich genervt und stellte mir vor, wie es wäre, etwas völlig anderes zu machen. Nie mehr Auge in Auge völlig gestörten Leuten gegenüberstehen zu müssen, sondern sich nur noch mit gutmütigen, normalen Menschen abzugeben.

»Muss das Ganze denn ausgerechnet jetzt stattfinden?«, fragte ich Mahoney.

Er nickte. Bis jetzt hatte er mir noch nicht verraten, was er mit Hala Al Dossari vorhatte, aber nun sagte er: »Sie ist jetzt sehr müde, verstört – und sie befindet sich in Haft; eine insgesamt ungewöhnliche Situation, und sie kann sich ausmalen, dass sie für den Rest ihres Lebens nicht mehr rauskommt. Außerdem lassen bald die Schmerzmittel nach, die sie offenbar genommen hat. Sieht nach Oxycontin aus, soweit man es den Blutproben schon entnehmen kann, die sie von ihr genommen haben.«

Ich musste blinzeln. »Willst du damit sagen, sie ist eine islamische Gotteskriegerin und gleichzeitig ein Junkie?«

»Darüber weiß ich nichts Genaues«, erwiderte Mahoney. »Aber sie hatte einen ganzen Haufen verschiedener Pillen bei sich, darunter Oxycontin, Antibiotika und Mittel zur Muskelentspannung.«

»Als ob sie damit gerechnet hätte, verletzt zu werden.«

»Oder sie ist nur eine Ärztin, die gut vorbereitet ist.«

87

Die Hinterreifen des Vans drehten im Schnee durch, der Untergrund wurde dadurch nur noch glatter.

Omar Nazad hieb in grenzenloser Wut auf das Lenkrad ein. Sein Zorn steigerte sich auch wegen der nun plötzlich einsetzenden Schmerzen rings um das blinde Auge ins Unermessliche. Seit einiger Zeit versuchten sie nun schon, den Kleintransporter freizubekommen, ohne Aufmerksamkeit zu erregen. Es waren nur achtzig, allenfalls neunzig Meter bis zur M-Street. Man konnte im Schnee noch die Spur erkennen, auf der sie in die Baustelle hineingefahren waren. Aber der Van hatte sich bestenfalls zwei Meter weit bewegt, seit sie von dem Tunnel zurück waren.

Saamad und Mustafa waren am Ende ihrer Kräfte. Nazad wies sie an, ein paar von den Pillen einzunehmen, die Hala ihnen gegeben hatte, und es erneut zu versuchen. Aber auch das half nichts. Es erschien völlig aussichtslos, als …

Nazad stellte den Motor ab, sprang aus dem Wagen, ging um ihn herum nach hinten und sagte: »Wir graben uns den Weg frei.«

»Womit?«, murmelte Mustafa. »Mit den Händen?«

»Das ist doch eine Baustelle«, rief Saamad. »Hier müsste es doch Schaufeln geben.«

»Schaufeln?«, höhnte Nazad. »Ich hatte eher an einen Bulldozer oder einen Bagger gedacht.«

Der Tunesier stapfte auf der Baustelle herum und stöberte in den Fahrerkabinen eines Baggerladers und einer Planierraupe herum, aber er fand keine Schlüssel. Doch als er von dem zweiten Baggerlader herunterkletterte, kamen die beiden Algerier mit Werkzeug an. Sie hatten einen Baustellenschuppen aufgebrochen und dabei Hacken und Schaufeln entdeckt. Kurz darauf begannen sie damit, sich die paar Dutzend Meter bis zur Fahrbahn freizuschaufeln.

88

Das Untersuchungsgefängnis von Alexandria ist eine für den Strafvollzug in Amerika in jeder Hinsicht vorbildliche Einrichtung. Es handelt sich um eine der saubersten und menschenwürdigsten Haftanstalten, die ich kenne. Hier sind auch immer wieder bekannte Terroristen inhaftiert, die auf ihre Vorführung vor den Haftrichter oder auf ihren Prozess warten.

Hala Al Dossari saß, mit Fußfesseln an einen Stuhl gekettet, in einem Verhörzimmer, wo der übliche kunststoffbeschichtete Tisch stand und das mit einem venezianischen Spiegel ausgestattet war. Dahinter befand sich eine Beobachtungskammer, in der ein Übersetzer saß, der alles simultan übersetzte, was Hala Al Dossari auf Arabisch äußerte. Das hörten wir dann über die Ohrhörer. Man hatte Al Dossari etwas gesäubert und ihre Verletzungen behandelt. Ihre gesamte Kleidung wurde im Labor untersucht. Sie steckte in einem orangefarbenen Gefängnisoverall. Den linken Arm trug sie in einer Schlinge.

Seit sie von den Marshals in Gewahrsam genommen war, hatte sich Hala Al Dossari ziemlich aggressiv verhalten. Trotz ihrer Verletzungen weigerte sie sich, mit Ärzten oder dem Gefängnispersonal zu kooperieren. Nach ihrer Einlieferung konnte die medizinische Untersuchung und Behandlung nur unter Zwang erfolgen, desgleichen die Leibesvisitation und die Untersuchung der Körperöffnungen. Sie verweigerte die Aufnahme von Wasser und Nahrung und musste von zwei großen, kräftigen Beamten in den Verhörraum getragen werden.

Sie ignorierte Mahoney einfach und konzentrierte sich ganz auf mich. Dabei verriet ihre Miene weder Überraschung noch Furcht.

»Schon sehen wir uns wieder, Cross«, sagte sie. »So bald nach der Festnahme wollen Sie mich bereits verhören? Ich denke nicht, dass es klug von mir wäre, mich darauf einzulassen. Ich möchte meinen Anwalt sprechen.«

»Ein Pflichtverteidiger ist bereits auf dem Weg hierher«, erklärte Mahoney freundlich. »Aber es könnte noch eine Weile dauern. Der Schneesturm – Sie wissen ja.«

»Ich werde sowieso nichts sagen. Also machen Sie ruhig weiter; von mir aus können wir die ganze Nacht hierbleiben.«

»Ist für mich auch kein Problem«, entgegnete Mahoney mit aufgesetztem Lächeln, woraufhin er den Raum verließ. Dass er das unter einem Vorwand tun würde, hatten wir vorher abgesprochen.

Ich sagte nichts, sondern setzte mich hin und beobachtete sie dabei, wie sie mich beobachtete. Ich konnte es immer noch kaum glauben, dass eine Frau, die so intelligent, gebildet und dazu von klassischer Schönheit war, ein derart skrupelloses und kaltblütiges Wesen sein konnte.

Wie ich es erwartet hatte, ging ihr das pralle Schweigen irgendwann auf die Nerven. »Spielen Sie hier den guten Bullen?«

»So sehe ich es durchaus, Dr. Al Dossari«, antwortete ich. »Zumindest übernehme ich den fairen Part.«

»Von wegen fair!« Sie spuckte mir das Wort förmlich entgegen. »Ihr habt Hunde auf mich gehetzt.«

Ich zuckte nur die Achseln. »Ich weiß, dass Sie eine Höllenangst vor Hunden haben. Das habe ich mir zunutze gemacht. Sie hätten genauso gehandelt.«

Sie funkelte mich böse an.

»Wieso haben Sie Ihren Mann umgebracht?«

»Ich habe ihn nicht umgebracht. Er hat sich auf Befehl eines Verrückten selbst getötet.«

»Den Sie dafür getötet haben.«

Hala Al Dossari entgegnete nichts.

»Das Dossier über Sie ist wirklich hochinteressant. Und die saudische Botschaft hat versichert, dass sie uns alles zur Verfügung stellt, was sonst noch über Sie verfügbar ist.«

»So so.«

»Dementsprechend zuversichtlich bin ich, dass ich darin jede Menge weiteres Material finde, Hinweise, mit deren Hilfe ich in Sie hineinsehen kann.«

Sie hob ihren Kopf ein wenig an und blickte an ihrer Nase entlang auf mich herunter, als sei sie eine Prinzessin und ich ein Sklave. »Sie können von mir aus den ganzen Rest Ihres Lebens damit verbringen, Dossiers über mich zu lesen oder zu verfassen, Cross, und dennoch werden Sie nie erfahren, wer ich wirklich bin.«

»Einige Menschen sind in der Tat schwer zu durchschauen«, gab ich zu, »doch Sie gehören nicht dazu, Frau Doktor. Über Sie kann man sich ganz leicht ein Bild machen. Auch ohne weitere Detailinformationen über Ihre beschissene Kindheit oder was immer Sie in die Arme der ›Familie‹ getrieben hat, weiß ich schon längst, dass Sie sich ganz durch Ihren Fanatismus definieren. So werden alle Menschen Sie sehen, und so wird man Sie beurteilen: als eine verrückt gewordene Ärztin, die zur Terroristin wurde und mit Gift und Granaten unschuldige Menschen für ihre hirnrissigen Ziele tötet.«

89

Bei dem Lächeln, mit dem mich Hala Al Dossari daraufhin bedachte, sträubten sich mir die Nackenhaare, und ein Schauer lief mir über den Rücken.

»Damit kann ich leben«, sagte sie, »denn ich weiß, es gibt bei jeder Medaille zwei Seiten. Eins kann ich Ihnen versprechen, Cross, für jeden Amerikaner, der an Ihre Version über den Hergang der Ereignisse glaubt, gibt es fünf Muslime, die meine Geschichte akzeptieren: dass ich mich aufgrund meines tiefen und unerschütterlichen Glaubens entschlossen habe, den Worten meines Propheten zu folgen und die Waffen gegen die Ungläubigen im Zentrum ihrer Macht zu erheben. Das können Sie als verrückt bezeichnen. Oder als brillant. Ehrlich gesagt, sind mir solche Interpretationen egal.«

Genau das stimmte nicht. Ich konnte in ihrem Gesichtsausdruck wie in einem Buch lesen, und ich erkannte es am Tonfall ihrer Stimme. Hala Al Dossari war eine der faszinierendsten Kriminellen, mit denen ich je zu tun hatte. Hochintelligent, aber kalt und instinktiv zubeißend wie eine Schlange, wenn es um Leben oder Tod ging. Sie hatte kein Problem damit, ein Menschenleben auszulöschen, wie man eine Kakerlake zertritt, wenn sie es im Namen Gottes tat.

»Wo waren Sie eigentlich in den vergangenen zehn Monaten?«, fragte ich.

»Zu Besuch bei alten Freunden. Und Sie?«

Ich ging nicht auf die freche Gegenfrage ein. »Ich könnte Ihnen helfen, sofern Sie das wollen.«

Die Araberin lachte höhnisch. »Was könnten Sie schon für mich tun, Cross?«

»Ich könnte Ihnen dabei helfen, vom Saulus zum Paulus zu werden«, erwiderte ich.

»Ich habe das Licht schon gesehen.«

»Deswegen wird es auch sehr, sehr bitter für Sie, wenn Sie die Sonne nie mehr sehen«, erklärte ich. »Sie sind an ein Leben in der prallen Sonne gewöhnt, Dr. Al Dossari. Doch wo Sie hingehen, da wird es kein Sonnenlicht mehr geben; das wird sich irgendwann auf Ihren Serotoninspiegel auswirken, und als Folge davon fallen Sie in lang anhaltende Depressionen; daran wird sich nie mehr etwas ändern.«

Als sie mich ansah, flatterten zwar ihre Augenlider, aber ihre Miene blieb ausdruckslos. »Und die Alternative?«

»Sie erzählen mir jetzt, was Sie in der Union Station wirklich vorhatten«, sagte ich. »Was der eigentliche Sinn und Zweck dieser Aktion war.«

Hala Al Dossari warf den Kopf in den Nacken. »Wie oft muss ich es noch wiederholen, Cross? Ich führe einen Kampf für Allah. So einfach ist das …«

Die Tür zum Verhörraum öffnete sich. Mahoney kehrte mit einem Laptop zurück und setzte sich neben mich. »Gibt es Fortschritte?«

»Wir versuchen gerade, ein bisschen gegenseitiges Verständnis aufzubauen«, sagte ich.

»Mit anderen Worten: keinerlei Fortschritt«, konstatierte Mahoney. »Tut mir leid, Alex, aber das Verhör muss jetzt ich übernehmen.«

»Ihre Zeugin, Euer Ehren«, erwiderte ich, erhob mich und tat so, als wollte ich gehen.

Mahoney drückte seine Hand auf meine Schulter, und ich nahm wieder Platz. Hala Al Dossari rutschte nervös auf ihrem Sitzplatz hin und her.

»Soweit ich weiß, haben Sie Schmerzen?«, fragte Mahoney.

Sie nickte. »Stimmt.«

Er langte in seine Jackettasche und fischte zwei kleine weiße Pillen heraus mit dem Aufdruck OC auf der einen und 10 auf der anderen Seite. Oxycontin. Er legte sie so vor sich auf den Tisch, dass sie sie sehen konnte, aber nicht in ihre Reichweite.

90

Hala Al Dossari starrte auf die beiden Tabletten, und ich konnte spüren, wie ihre Beine auf der anderen Seite unter der Tischplatte zitterten. »Was soll das bedeuten? Wollen Sie mir Medikamente vorenthalten, um mich damit zum Reden zu bringen? Ich könnte mir gut vorstellen, dass sich die Bürgerrechtsunion für derartige Verhörmethoden interessiert.«

Mahoney grinste. »Niemand hier hat die Absicht, Ihnen Medikamente vorzuenthalten.« Er gab den Pillen einen Schubs, und sie glitten über die Tischplatte auf sie zu. »Schließlich sind wir keine Stammesangehörigen, die erst vor einer Generation aus der Wüste aufgetaucht sind.«

Die Araberin warf ihm einen finsteren Blick zu, doch sie griff nach einer der Tabletten. Ich schob eine Plastikflasche mit Wasser zu ihr hin, und sie schluckte das Schmerzmittel. »Aber wenn Sie meinen, dass ich Ihnen aufgrund dessen irgendwas berichten könnte, dann kennen Sie mich schlecht.«

»Ach, na ja«, mit ausgebreiteten Armen mimte Mahoney den netten Onkel, »wir würden Sie nur gerne näher kennenlernen, Frau Doktor. Wir möchten wissen, was Sie zu Ihrer Verteidigung vorzubringen haben.«

»Ich habe gar nichts zu meiner Verteidigung vorzubringen. Ich warte auf den Anwalt.«

»Lassen Sie uns in der Zwischenzeit ein paar Punkte durchgehen, die ohnehin leicht überprüfbar sind«, sagte mein FBI-Partner, als wäre er ein Versicherungsvertreter, der einige Routinefragen stellt. »Wo haben Sie Ihren Wohnsitz in Saudi-Arabien?«

Hala Al Dossari gab darauf keine Antwort, ließ ihn aber nicht aus den Augen.

Mahoney tippte etwas ein, dann nahm er seine Unterlippe zwischen die Finger und fragte: »In Al Hariq vielleicht? Nein, dort wurden Sie geboren, direkt am Rande des Erg, des Dünenmeeres, stimmt's?« Er blickte zu ihr hinüber.

Sie sagte: »Ein Ort von schauerlicher Schönheit.«

Ich fragte sie: »Wurden Sie dort von Ihrer Angst vor den Hunden befallen?«

Sie bedachte mich mit einem säuerlichen Lächeln. »Ich kann mich nicht erinnern, woher die eigentlich stammt. Mir kommt es vor, als wäre es immer schon so gewesen.«

»Jedenfalls sind Sie sehr intelligent«, meinte Mahoney und schaute wieder auf den Bildschirm. »Ein Jahr an der König-Saud-Universität und dann vier Jahre an der Universität von Pennsylvania mit Unterstützung der Königsfamilie Saud. Alle Achtung. Medizinexamen in Dubai. Kinder. Karriere. Und dann mit einem Mal diese Radikalisierung. Aber so ist das nun mal, wenn Gott zu einem spricht, stimmt's?«

Sie erwiderte nichts, sondern verdrehte nur die Augen.

»Noch mal zurück zum Anfang«, fuhr Mahoney fort. »Wo wohnen Sie in Saudi-Arabien?«

»Ich lebe nicht in Saudi-Arabien.«

»Und werden voraussichtlich nie wieder dorthin kommen«, sagte der FBI-Mann mit strahlender Miene. Er blickte unverwandt auf den Bildschirm. »Was ich übrigens noch fragen wollte… oh, da hab ich's ja. Fahiq. Es liegt nur wenig außerhalb von Riad. An der Straße nach Mekka.«

Zum ersten Mal in diesem Verhör meinte ich, so etwas wie Furcht in Al Dossaris Gesicht zu erkennen. Es war nur ein Hauch; dann nahm ihre Miene wieder einen versteinerten Ausdruck an.

Ich schielte zur Seite auf Mahoney, der gerade so ausgesprochen zuversichtlich wirkte, dass ich mich fragte: Was weiß Ned über sie? Was hat es mit Fahiq auf sich, dass man sie damit knacken könnte?

91

»Wir leben schon seit Längerem nicht mehr in Fahiq«, sagte Hala Al Dossari. »Unser Haus dort haben wir bereits vor Jahren verkauft, lange bevor wir in dieses…«

»Es hat in der Tat einen Eigentümerwechsel gegeben«, bestätigte Mahoney. »Aber es war eine Schenkung, kein Verkauf; an einen gewissen Gabir Salmann. Das ist wohl Ihr Onkel? Ein Bruder Ihrer Mutter Shada.«

Unmerklich hatte sich in Hala Al Dossari etwas verändert. Die eiskalte Gelassenheit war von ihr abgeglitten. Sie fixierte den FBI-Mann wie ein Falke und antwortete nicht.

»Es steht alles hier in den Unterlagen, welche uns die saudi-arabsiche Botschaft freundlicherweise zur Verfügung gestellt hat«, sagte Mahoney. »Möchten Sie mal einen Blick darauf werfen?«

Keine Reaktion.

»Entgegen allem, was Sie vielleicht so hören, Frau Doktor, zählt die königliche Familie Saud im Großen und Ganzen zu den treuesten Verbündeten der Vereinigten Staaten«, fuhr Mahoney fort. »Aus welchem Grund wohl? Sie sitzen vielleicht auf jeder Menge Öl, aber wir haben die ganzen Waffen und sicher ein Vielfaches an Soldaten. Wie auch immer, in den maßgeblichen Kreisen der königlichen Familie Saud empfindet man es als höchst peinlich und unangenehm, wenn einige ihrer Untertanen außerhalb ihres Landes hingehen und damit anfangen, etliche der besten Kunden und Freunde des Landes umzubringen.« Er hielt inne, schaute zu mir herüber und sagte in beinahe fröhlichem Ton: »Sie sind doch ausgesprochen kooperativ, die Saudis.« Nachdem er seine Hand gehoben und wieder gesenkt hatte, richtete er seinen Blick wieder auf Hala Al Dossari. »Allerdings hält man in Ihrem Heimatland nicht viel von politischer Freiheit, oder?«

Sie sagte nichts dazu.

»Die Justiz in Saudi-Arabien lässt nicht viel Spielraum zu, stimmt's? Da haben wir die Scharia? Die Geheimpolizei?«

Mahoney lehnt sich vor und sprach deutlich lauter: »Es gibt keine von einer Verfassung garantierten Freiheits- und Bürgerrechte und keinen Anspruch auf ein faires Verfahren. Was die Familie Saud von ihrem Volk haben will, bekommt die Familie Saud. Habe ich recht, Dr. Al Dossari?«

»Na und?«, giftete sie. »Ich befinde mich nicht in meinem Heimatland, und ich nehme an, es besteht keinerlei Aussicht, dass Ihre Regierung mich dorthin ausliefert.«

»Ich stimme Ihnen darin zu, dass Sie sich nicht in Ihrem Heimatland befinden und dass es nicht sehr wahrscheinlich ist, dass Sie bald dorthin zurückkehren«, erwiderte Mahoney. Nach einem Seitenblick zu mir sagte er zu Al Dossari: »Aber Ihre Kinder sind dort.«

Ich bemerkte sofort, wie sich ihr Atemrhythmus änderte: Sie atmete flacher und schneller. Außerdem richtete sie sich auf dem Stuhl auf.

»Wie hießen sie doch gleich?«, fuhr Mahoney fort. »Ah, da hab ich's ja: Fahd ist zehn und die siebenjährige Aamina. Ausgesprochen hübsche Kinder.« Er lächelte ihr zu. »Und wann haben Sie das letzte Mal mit den beiden gesprochen?«

Hala Al Dossari blieb stumm.

»Schätze, das dürfte zehn oder elf Monate her sein.« Mahoney ließ die Feststellung nachwirken und tippte inzwischen etwas ein. »Verwenden Sie Skype, Dr. Al Dossari?«

»Nein.«

»Eine tolle Sache«, sagte er und drückte auf die Return-Taste. »Man kann direkt in ein Gebäude oder auf ein Grundstück auf der anderen Seite der Welt sehen.«

Er gab dem Laptop einen kleinen Schubs und drehte ihn dadurch so weit nach links, dass wir alle auf den Bildschirm schauen konnten.

Nach einem kurzen Blick darauf schoss die Araberin auf Mahoney zu. Nur die straff gespannte Kette hielt sie zurück. Doch sie zerrte daran, und nachdem sie Mahoney angespuckt hatte, fuhr sie ihn an: »Allah soll Sie in die Hölle stecken. Und meine Anwälte bringen Sie dafür vor Gericht.«

92

Mahoney hob abwehrend eine Hand und sagte: »Deswegen werde ich nie vor Gericht stehen, Dr. Al Dossari, weil es für das, was Sie gleich sehen werden, keine Zeugen gibt. Und was Allah anbelangt – dieses Risiko nehme ich auf mich.«

Während ich den Monitor betrachtete, verwandelte sich mein Unbehagen rasch in Entsetzen. Man sah eine Terrasse und einen Teil eines wunderschönen Gartens, mit violetten und roten Anemonen inmitten von üppigem Grün. Im Vordergrund der Terrasse stand ein Tisch, auf dem Süßigkeiten und Gebäck auf einem Tablett angerichtet waren, daneben ein Eiskübel mit einer Wasserflasche, vielleicht auch Limonade darin. Rechts im Hintergrund ragte eine hohe, kalkweiß geschlämmte Mauer empor. Zwei Männer mit Kapuzen auf dem Kopf und mit Kalaschnikows in der Hand standen neben drei schmiedeeisernen Stühlen, die vor der Wand genau gegenüber der Kamera aufgereiht waren.

Eine ältere Frau in arabischem Gewand, aber ohne Gesichtsschleier nahm den mittleren Platz ein. Sie war an die Armlehnen und Stuhlbeine gefesselt. Außerdem war sie geknebelt und wirkte starr vor Entsetzen. Zu ihrer Linken saßen ein jüngeres Mädchen und zu ihrer Rechten ein etwas älterer Junge; auch sie waren an ihre Stühle gefesselt und geknebelt.

Hala Al Dossari warf mir einen vor Wut glühenden Blick zu. »Das nennen Sie fair?«, schrie sie. »Sie lassen es zu, dass meiner Mutter, meinen Kindern so etwas angetan wird?«

»Damit habe ich nichts zu tun«, sagte ich zu Mahoney. »Lass das sein, Ned. Damit will ich nichts zu tun haben.«

»Ich kann das nicht einfach abblasen, selbst wenn ich es wollte«, erwiderte der FBI-Beamte. »Wir billigen das auch nicht. Wir haben keinen Einfluss darauf.«

»Lügner!«, kreischte Hala Al Dossari. »Sie können das unterbinden!«

Mahoney schüttelte den Kopf. »Wir können das genauso wenig unterbinden wie al-Qaida einige seiner Leute davon abhalten konnte, diesem Reporter vom *Wall Street Journal* den Kopf abzuschlagen. Ich habe allen Grund zu der Annahme, dass es sich hier um die saudische Geheimpolizei handelt. Die einzigen Menschen, von denen solche Typen Befehle annehmen, sitzen sehr viel weiter oben in der Hierarchie; das wären Männer mit unvorstellbarer Macht.«

»Lass uns jetzt nach draußen gehen, oder ich bin raus aus dem Spiel«, sagte ich. Ich stand auf und ging zur Tür.

Mahoney folgte mir.

»Was habt ihr mit diesen Kindern vor?«, fragte ich.

»Das weiß ich nicht«, entgegnete mein alter Freund und Kollege. »Darauf habe ich keinen Einfluss.«

»Du hast das doch inszenieren lassen!«, schrie ich ihn an. »Du hast selbst zu mir gesagt, du wolltest dafür ein paar Leute aufwecken, verdammt noch mal.«

»Hat sich aber herausgestellt, dass die meisten bereits wach waren«, gab Mahoney zurück. »Sie waren von der saudischen Regierung bereits kontaktiert worden, und zwar just zu dem Zeitpunkt, als unsere gute Frau Doktor in der Union Station aufkreuzte. Die Saudis haben zu Beginn des Tages eine verschlüsselte E-Mail zwischen zwei hochrangigen Mitgliedern von Al Ayla auffangen können. Bis jetzt ist es ihnen aber erst gelungen, drei Wörter darin zu entziffern. Sie lauten: Dossari, Zug und Gas.«

93

»Und was ist mit ›Gas‹ gemeint? Erdgas, Nervengas? Benzin?«

»Genau das ist es, was ich herausfinden will, Alex«, erklärte Mahoney kühl. »Deswegen haben die Saudis angeboten, die kleine Fernsehshow da drin zu inszenieren …«

»Ned, trotzdem kannst du es nicht billigen, wenn dabei Folter …«

»Wenn Al Ayla ein Attentat mit Nervengas innerhalb der Vereinigten Staaten plant, dann werde ich alles in meiner Macht Stehende tun, um das zu verhindern«, schnitt mir Mahoney in scharfem Ton das Wort ab. »Darf ich dafür die Hilfe einer Regierung in Anspruch nehmen, die ihren Bürgern nicht die gleichen Rechte gewährt wie bei uns? Jawohl. Damit kann ich leben, wenn es mir dabei hilft, das Leben auch nur eines einzigen Amerikaners zu retten. Und du kannst jetzt wieder mit reinkommen und mir dabei helfen, dass es nur bis zu diesem Punkt geht, oder du kannst aussteigen; aber dann riskierst du, mit daran schuld zu sein, wenn Hunderte, möglicherweise sogar Tausende sterben müssen.«

»Das ist doch alles Blödsinn und total unfair«, sagte ich.

»In solchen Situationen ist das Leben nun mal blödsinnig und unfair!«, schrie Mahoney mich an, dämpfte aber sogleich seine Stimme. »Ich brauche dich hier, Alex. Ich brauche deine Hilfe, um sie da drin zu knacken, damit wir ihren Plan durchkreuzen können.«

Ich schüttelte ratlos den Kopf. Es gab in dieser Situation keine eindeutig richtige Lösung. Keine der beiden Möglichkeiten wäre der anderen wirklich vorzuziehen. Sollte ich mich am Tag der Geburt meines Erlösers auf die Seite von Folterern oder von Massenmördern schlagen?

Bevor ich wirklich eine Entscheidung treffen konnte, gellte aus dem Verhörraum ein markerschütternder Schrei. Mahoney drehte sich auf dem Absatz um und ging zurück. Ich zögerte und hörte, wie Hala Al Dossari schrie: »Bitte nicht!«

Dann betrat ich wie in Trance den Raum. Ich spürte eine unendliche Müdigkeit und fürchtete mich davor, mein Gewissen noch in dieser Nacht mit einer unverantwortlichen Tat auf Dauer zu belasten. Dieses Gefühl verstärkte sich noch, als ich auf dem Bildschirm sah, was vor sich ging.

Die Kapuzenmänner hatten Halas Mutter gefesselt und geknebelt belassen, wo sie war, auf dem Stuhl vor der weißen Mauer. Aber sie hatten die Stühle mit den Kindern darauf nahe an den Tisch gerückt. Der Junge und das Mädchen schauten voll Panik in die Kamera.

Im Rücken der Kinder hatten die Schergen der Geheimpolizei eine schwere Hochleistungsbatterie herangeschleppt, von der Klemmkabel herabbaumelten. Eine schwarze Klemme war bereits an den Stuhl angeschlossen, auf dem Hala Al Dossaris Sohn saß. Der zweite der Männer hielt die rote Klemme in Bereitschaft.

Al Dossari sah mich wutentbrannt an. »Das könnt ihr nicht machen! Er ist noch ein Kind!«

»Es waren auch viele Kinder im Bahnhof, als Sie das Getränk bei McDonald's vergiftet haben, Frau Doktor. Erzählen Sie uns alles über das geplante Gasattentat, und wir lassen Ihre Kinder und Ihre Mutter ihr Leben ohne Sie weiterleben.«

»Ich weiß nicht, wovon Sie reden …«

Einer der Kapuzenmänner strich mit der Klemme ganz

leicht an der Rückseite des Metallstuhls ihres Sohnes entlang. Der Körper des Jungen zuckte wild und unkontrolliert, und er fing an zu schreien und zu winseln.

»Fahd!«, rief seine Mutter. »Sei tapfer!«

Der Junge schien sie tatsächlich hören zu können, was ihn noch mehr aufbrachte. Er krümmte sich zusammen und gab Geräusche von sich wie ein Tier mit einem gebrochenen Bein. Einer der Männer nahm ihm den Knebel aus dem Mund, und Fahd begann, auf Arabisch loszuschreien.

Der Übersetzer sagte: »Mama! Mama! Warum tun sie das mit mir?«

94

Ich stellte mir meinen Sohn Ali in dieser Situation vor und hatte das Gefühl, ich müsste mich übergeben. Ich war völlig durcheinander und rechnete jeden Moment damit, dass Hala Al Dossari die Fassung verlor. Dass sie in Tränen ausbrach, schluchzte. Irgendein Zeichen der Erschütterung. Doch sie drehte nur den Kopf weg, starrte an die Wand und biss die Zähne zusammen.

Mahoney streckte seine Hand aus, stellte die Tonübertragung des Laptops auf stumm und sagte: »Wir können das alles sogleich beenden, wenn Sie mir berichten, was es mit dem Gas auf sich hat.«

Sie erwiderte nichts.

»Richte die Kameralinse auf uns«, sagte ich. »Stell sie so ein, dass Fahd uns und sie sehen kann.«

Mahoney drückte auf einige Tasten; daraufhin erschien in einer Ecke des Displays ein kleines Bild mit dem Verhörraum, in dem wir uns befanden.

»Hallo, Fahd?«, meldete ich mich. »Kannst du mich hören? Siehst du deine Mutter?«

Sie versuchte gar nicht erst, auf den Bildschirm zu schauen.

Das Wimmern des Jungen hatte nachgelassen, aber als er seine Mutter jetzt erkannte, fing er wieder damit an. »Sie sind überall im Haus.« Er schluchzte sehr. »Überall fremde Männer und Frauen. Sogar in den Badezimmern, in den Vorratskammern und in den Dienerzimmern.«

Hala fand nur kühle Wort für ihren Sohn. »Aus diesem Grund habe ich euch beiden stets beigebracht, wie wichtig es im Leben ist, tapfer zu sein.«

»Pass auf, was ich sage, Fahd«, begann ich. »Manchmal hat Tapferkeit nichts mit Waffen oder Schmerzen oder Krieg zu tun. Manchmal besteht Tapferkeit darin, einfach das Richtige zu tun. Und sieh mal, gerade jetzt wäre es das Beste, uns zu helfen, damit wir euch helfen können. Bitte deine Mutter, uns zu sagen, was wir wissen müssen, damit niemand zu Schaden kommt, und dann werden diese Leute da euch wieder in Ruhe lassen.«

Ich schaute zu Hala Al Dossari hinüber, die mir einen hasserfüllten Blick zuwarf. Einer der Kapuzenmänner entfernte den Knebel aus dem Mund ihrer Tochter. Sie schleppten Batterie und Kabel hinter deren Stuhl.

»Sag ihnen, was sie wissen wollen, Mama«, rief Fahd. »Sag es ihnen, sonst werden sie Aamina wehtun.«

Die Tochter fing an, sich auf dem Stuhl hin- und herzuwinden und über die Schulter zu schauen, um zu sehen, was hinter ihr vorging. Die schwarze Klemme war bereits angeschlossen. Die rote Klemme befand sich nur noch wenige Zentimeter von dem schmiedeeisernen Stuhl entfernt.

»Ich kann ihnen meine Geheimnisse nicht verraten … weil es üble Schurken sind«, versuchte Al Dossari, ihrem Sohn zu erklären.

»Mama, Hilfe! Bitte hilf uns!«, schrie Aamina.

Einer der Kapuzenmänner ließ die rote Klemme an Aaminas Stuhl einschnappen und der ganze Körper des Kindes bog sich der Kamera entgegen, alle Muskeln verkrampften sich, auch die Gesichtsmuskeln; sie wollte schreien, aber sie schaffte es nicht. Stattdessen schrie ihr Bruder aus Leibeskräften, auch aus Furcht, die Männer könnten damit gleich wieder bei ihm anfangen. Ich hätte am liebsten losgeheult, als die Klemme wieder entfernt wurde und das Mädchen außer sich vor Schmerzen in dem Stuhl zusammensank.

In den Achselhöhlen von Hala Al Dossaris Gefängnisoverall zeichneten sich Schweißflecken ab, und feine Schweißperlen hatten sich auch auf ihrer Oberlippe gebildet. Doch ansonsten blieb sie unverändert bei ihrer unerschütterlichen Kriegerpose.

»Mama«, meldete sich Fahd wieder, der mittlerweile einen Schluckauf hatte, »hilf uns doch bitte.«

»Verschonen Sie Ihre Kinder, Frau Doktor«, sagte Mahoney.

Die Kapuzenmänner brachten die Gerätschaften wieder hinter den Jungen, der ebenfalls den Hals verdrehte, um nach hinten zu schauen, und sie weinend und winselnd bat, ihn in Ruhe zu lassen; doch die schwarze Klemme wurde abermals an seinem Stuhl befestigt.

Der Junge stierte nun mit verdrehten Augen und einem wilden Blick in die Kamera und sprach auf Arabisch und unter hemmungslosem Heulen die immer gleichen Worte. Wären es Hiebe oder Schläge gewesen, dann hätten sie wirklich wehgetan. An Hala Al Dossari konnte man nun ablesen, wie tief ihr das Entsetzen in die Glieder gefahren war. Sie sackte auf ihrem Stuhl zusammen und öffnete den Mund, als ob sie auf Fahds endlos wiederholte Worte antworten wollte.

Den Worten des Übersetzers im Ohrhörer konnte ich entnehmen, was der Junge sagte: »Mama, warum hast du uns nicht mehr lieb?«

95

Die Wange der Araberin zitterte, als hätte jemand sehr fest zugeschlagen. Dann fiel ihre Selbstbeherrschung in sich zusammen und versank im Nichts wie eine von Kindern errichtete Sandburg am Meer, über die eine Welle hinwegschwappt.

Sie begann nun ihrerseits zu schluchzen und sagte auf Arabisch: »Mama hat euch lieb! Mama liebt euch mehr als alles auf der Welt!«

»Das stimmt nicht«, erwiderte ihre Tochter und fing an zu heulen. »Das tust du nicht.«

»Aamina, Kind, du bist noch zu jung, um …«

Ein Kapuzenmann drückte drohend die rote Klemme auseinander.

Fahd schrie: »Mama, wenn du uns lieb hast, dann rede mit ihnen!«

Die Klemme befand sich bereits gefährlich nahe am Stuhl. Beinahe war der Stromkreis geschlossen.

Dr. Al Dossari bekam das durch den Schleier ihrer eigenen Tränen mit, sie zitterte am ganzen Körper, dann schrie sie: »Stopp! Stopp!« Sie sah mich mit einem Gesichtsausdruck an, den ich zuvor nur einmal in meinem Leben gesehen hatte. Das war vor dreißig Jahren in North Carolina, im Gesicht einer Mutter, die von der Liebe zu ihrem Kind so beseelt war, dass sie nach einem Unfall so viel Kraft hatte, den Kühler eines alten Jeeps vom Rücken ihrer zehnjährigen Tochter zu heben.

»Ich erzähle Ihnen alles«, sagte Hala Al Dossari in einem so kläglichen Ton, dass man schon fast wieder Mitleid mit ihr haben konnte.

»Eine weise Entscheidung«, bemerkte Mahoney leise.

Ich ließ den Kopf hängen und schämte mich, angewidert und mit einem Gefühl von Mitschuld angesichts dessen, was ich hier mit zu verantworten hatte. Unwillkürlich fiel mir Henry Fowler ein, der Mann, den ich vor einer gefühlten Ewigkeit gerade noch davon abhalten konnte, seine ganze Familie umzubringen. Ich fragte mich, ob das, was ich jetzt empfand, dem entsprach, was er gefühlt haben musste, wenn er seine Prozesse gewonnen hatte. Ich konnte mir nun sehr gut vorstellen, wie man einen enormen Selbsthass entwickeln konnte, wenn man die falschen Mittel einsetzte, nur um einen bestimmten Zweck zu erreichen.

»Dr. Al Dossari«, begann Mahoney, »wenn Sie alles zu unserer Zufriedenheit darlegen, verspreche ich Ihnen, dass Sie noch ein allerletztes Mal mit Ihren Kindern sprechen dürfen.«

Er schaltete die Kameraverbindung aus, auf der wir im Verhörraum zu sehen waren, aber die Übertragung aus Saudi-Arabien ließ er weiterlaufen, damit sie sehen konnte, wie ihren Kindern die Fesseln abgenommen wurden und sie sich zu ihrer Großmutter gesellen konnten.

»Was hat es jetzt mit dem Gas auf sich?«, fragte Mahoney.

Hala Al Dossari wischte sich über ihre Augen. »Es geht um Nervengas. Es soll bei einem Attentat eingesetzt werden.«

96

Omar Nazad konnte sich nicht erinnern, je in seinem Leben körperlich so ausgelaugt gewesen zu sein. Über anderthalb Stunden lang waren sie damit beschäftigt gewesen, den Schnee wegzuschaufeln, der über viele Stunden gefallen war. Da die Temperatur nach dem exzessiven Schneefall rasch bis an die minus fünfzehn Grad gefallen war, kam es ihnen vor, als müssten sie sich durch einen Eisblock hacken.

Sie hatten auf fast sechsundfünfzig Metern Länge eine annähernd zwei Meter breite Rinne freigeschaufelt.

»Ich kann nicht mehr«, beschwerte sich Mustafa. »Ich muss jetzt was trinken, Bruder.«

»Nur noch fünf Meter«, erwiderte Nazad und zeigte mit der Hand auf das kurze Stück, das sie noch von der M-Street trennte, die zwar auch nicht geräumt war, aber von jeder Menge Fahrspuren durchzogen. »Mehr ist es nicht. Spuck noch mal in die Hände, Bruder, dann schaffen wir es. Wenn wir jetzt aufgeben, war alles umsonst.«

Saamad war ebenfalls schweißgebadet, aber er hob schon wieder seine Hacke und haute größere Klumpen ab, die Nazad und Mustafa anschließend wegschaufelten. Kurz darauf kam dem Tunesier eine Idee, wie sie es sich von hier an leichter machen konnten.

»Hört auf«, sagte er. »Das reicht. Wenn wir mit dem Van schnell genug sind, dann brechen wir hier einfach durch.«

»Und wenn wir wieder stecken bleiben?«, fragte Saamad.

»Das wird nicht passieren«, erwiderte Nazad. »Ich werde es einfach nicht zulassen.«

»Und wenn wir doch stecken bleiben?«, beharrte Mustafa.

»Dann können wir immer noch weitergraben«, schrie Nazad und hätte dem Mann am liebsten die Schaufel über den Schädel gezogen. »Dann machen wir eben das, wenn's nötig ist.«

Im Handumdrehen saßen sie alle wieder in dem Lieferwagen, den sie an der ursprünglichen Stelle hatten stehen lassen, damit er von der Straße aus nicht entdeckt werden konnte. Der Tunesier überlegte noch, ob er mit ein- oder ausgeschalteten Scheinwerfern fahren sollte, und entschied sich dann für das Standlicht, damit er wenigstens den Weg unmittelbar vor sich erkennen konnte.

Er tippte vorsichtig aufs Gaspedal und hörte zuerst das gefürchtete Durchdrehen der Räder, doch dann griffen die Profile der Reifen, und der Wagen setzte sich in Bewegung; langsam zunächst, doch dann immer schneller.

»Ab geht die Post!«, sagte Nazad und neigte den Kopf ein wenig, um mit dem verbliebenen Auge besser sehen zu können.

»Stopp, Bruder! Stopp!«, schrie Saamad plötzlich und zeigte nach links. Draußen auf der M-Street kreisten rote und gelbe Blinklichter und näherten sich langsam, aber unaufhaltsam.

Nazad trat auf die Bremse und schaltete die Standlichter aus.

Zwei Schneepflüge tuckerten schräg hintereinander auf ihrer Fahrbahnseite die Straße entlang. Die Schneeräummaschinen schleuderten den gesamten Schnee von zwei Fahrbahnen an den Straßenrand. Vor ihnen baute sich dadurch eine kompakte Wand aus Schnee und Eis auf, die annähernd zwei Meter hoch und mehr als vier Meter dick war.

97

»Reden Sie, Frau Doktor«, mahnte ich sie. »Diese Männer befinden sich immer noch bei Ihren Kindern auf dem Grundstück.«

»Sie müssen mir eine Garantie für ihre Sicherheit und Unversehrtheit geben …«, fing sie an.

Mahoney packte sie am Kinn. »Wir garantieren Ihnen gar nichts, bevor wir nicht zuverlässig einschätzen können, was Sie uns mitzuteilen haben.«

Sie schüttelte ihn ab und warf mir einen wütenden Blick zu.

»Wo ist das Nervengas jetzt?«, wollte ich wissen. »Und wo soll es eingesetzt werden?«

Hala Al Dossari zögerte, aber nach einem weiteren Blick auf den Computerbildschirm mit ihren Kindern und ihrer Mutter sagte sie: »Es befindet sich in einem Güterzug, der nach New Jersey unterwegs ist.«

Nachdem sie einmal mit ihren Enthüllungen begonnen hatte, wirkte sie höchst befriedigt, angesichts unserer Reaktionen auf das ruchlose Vorhaben, Tausende Menschen zu töten und New York erneut mit Todespanik zu erfüllen. Sie erklärte uns, dass etliche Gefolgsleute von Al Ayla im Reinigungs- und Instandhaltungsbereich von Pinkler Industries beschäftigt waren, einem Chemiekonzern mit Hauptsitz in South Carolina. Diese Leute hatten herausgefunden, dass Pinkler völlig neue chemische Grundkomponenten im Bereich der Organophosphate entwickelt hatte.

»Solche Phosphorsäureester sind die Grundlage für alle modernen Pestizide und für Nervengas, wie etwa Sarin und VX«, sagte Mahoney und rückte auf die Stuhlkante vor.

Hala Al Dossari nickte. »Die Herstellung dieser neuen chemischen Verbindungen kann so präzise gesteuert werden, dass durch derartige Schädlingsbekämpfungsmittel auf einem Feld ganz gezielt nur eine bestimmte Insektenart bekämpft wird, die übrigen aber nicht betroffen sind. Aus diesen neuen chemischen Verbindungen lassen sich jedoch auch Nervengase produzieren, die sehr viel gefährlicher sind als Sarin oder VX. Wir haben in Erfahrung gebracht, dass eine aus drei Fässern bestehende Lieferung dieser speziellen Phosphorsäureester an eine Firma in New York gehen sollte, die sie zur Herstellung von Schädlingsbekämpfungsmitteln verwendet. Wir fanden heraus, dass diese drei Fässer an Heiligabend auf einen Güterzug verladen würden, der am Weihnachtstag die Union Station passieren sollte; Ziel war ein großer Güterbahnhof am Westufer des Hudson River in New Jersey in der Nähe von New York. Einer unserer Mitkämpfer wird dort dafür sorgen, dass die Fässer auf ein Transportschiff nach Manhattan kommen.«

Ich runzelte die Stirn, denn ich war mir nicht sicher, ob ich ihr diese Geschichte wirklich abkaufen sollte. »Mal schön der Reihe nach! Was war eigentlich Ihr Job dabei?«

»Ich habe den Zug aufgehalten.«

Ich linste zu Mahoney hinüber, der anfangs auch nicht ganz folgen konnte, der es sich jetzt aber zusammenreimte: »Sie haben den ganzen Zirkus im Bahnhof nur veranstaltet, um den Zug aufzuhalten?«

»Ja.«

»Wo sollte er denn stehen bleiben?«

Hala Al Dossari zuckte die Achseln und sagte: »Kurz vor der Einfahrt in den First-Street-Tunnel, der unter dem Kapitolshügel durchführt, bevor die Strecke weiter durch Union Station zum Ivy City Yard führt.«

Ich wusste genau, worüber sie sprach. Als wir noch Schuljungen waren, waren Sampson und ich dort mehrmals über den Zaun des Eisenbahngeländes geklettert. Unsere Teenager-Mutproben bestanden darin, mehrere Hundert Meter in den Tunnel hineinzugehen, bis wir einen Zug kommen hörten, und dann zurückzulaufen. War ich jemals in meinem Leben schneller gerannt?

Mahoney wollte sich noch einmal vergewissern: »Wie also: Sie haben dafür gesorgt, dass der Zug lange genug stehen bleibt, damit Ihre Komplizen genug Zeit haben, um die Fässer zu stehlen?«

Sie schüttelte den Kopf ein bisschen zu rasch und sagte: »Ich habe ihn aufgehalten, damit ein Doktorand in Chemie genügend Zeit hat, um ein mit einem Zeitzünder verbundenes System anzubringen, das die Chemikalien in Nervengas verwandelt, wenn es aktiviert wird.«

»Und?«, fragte ich. »Wer löst den Zünder aus, beziehungsweise, wer aktiviert dieses System?«

Hala zuckte die Achseln. »Derjenige, der in einem Pick-up sitzt, der morgen die Fracht am Hudson abholt.«

»Wie heißt der Fahrer dieses Pick-ups?«, wollte Mahoney wissen.

»Keine Ahnung«, antwortete sie. »Das muss ich auch nicht wissen. Es ist besser so.«

»Also dieser Fahrer kommt zu dem Frachtkahn. Und was passiert dann?«, fragte ich.

Sie lächelte. »Er lädt die Fässer auf seinen Pick-up, aktiviert das System, stülpt sich eine Gasmaske über und fährt in der Stadt umher, während das Gas aus den Fässern strömt. Geplant ist, dass er als Erstes in der Zeit nach Börsenschluss durch die Gegend an der Wall Street fährt, wenn dort sehr viele Menschen unterwegs nach Hause sind.«

Nun kam mir wieder jener Güterzug in den Sinn, den ich von Captain Johnsons Büro aus beobachtet hatte, wie er aus dem Tunnel kroch und in Richtung Ivy City Yard fuhr. Das war kurz nach Hala Al Dossaris Festnahme, und ich erinnerte mich noch, wie ich gedacht hatte, dass im Bahnhof nun allmählich wieder Normalität einkehrt.

In Wirklichkeit hatte ich dabei zugesehen, wie ein ganzes Chemiewaffenarsenal direkt vor unserer Nase vorbeifuhr.

98

Ich schaute auf meine Armbanduhr: eine halbe Stunde nach Mitternacht. Mit Ablauf dieses Weihnachtstags war auch mein Versprechen gegenüber Bree gebrochen, noch rechtzeitig nach Hause zu kommen. Außerdem hatte ich an dem gerade zu Ende gegangenen Tag eine Schuld auf mich geladen, von der ich nicht gedacht hätte, dass sie mich jemals treffen könnte. Auch wenn ich schon Zeugenberichte darüber gelesen hatte, hatte ich noch nie mit eigenen Augen gesehen, wie Kinder gefoltert wurden.

Der Güterzug musste inzwischen einen Vorsprung von mindestens drei Stunden haben. Doch wir konnten ihn immer noch abfangen und den Zündmechanismus deaktivieren.

Anscheinend ging Mahoney gerade das Gleiche durch den Kopf. Er stand auf und verließ den Verhörraum. Sicherlich würde er sofort versuchen, die Krisen-Interventions-Abteilung CIRG des FBI zu alarmieren, und anschließend herausfinden wollen, wie und wo sich der Zug stoppen ließ.

Inzwischen beobachtete ich Hala Al Dossari, die unverwandt auf die Tischplatte starrte und so wirkte, als könne sie selbst nicht glauben, wie sie zur Verräterin an ihrer Sache geworden war.

Ich fragte sie: »In welchem Waggon befinden sich eigentlich dieser Phosphorsäureester?«

Die Araberin sah mich an, und ihr Blick wirkte wie der eines Kartenspielers, der seine letzte Karte ausspielt. »Es ist der neunundzwanzigste hinter der Lok«, sagte sie. »Die Fässer befinden sich in einem grünen Container mit der Aufschrift CSX und C. Itoh. Ist nicht zu übersehen.«

99

Eine Viertelstunde später, morgens um Viertel vor eins, stand ich mit Ned Mahoney im tiefen Schnee auf dem Dach des Untersuchungsgefängnisses in Alexandria. Wir warteten auf einen Hubschrauber von der Marine-Basis Quantico mit einer Abteilung Männer der CIRG.

»Wir haben den Zug orten können«, sagte Mahoney. »Er befindet sich kurz vor Trenton. Wir lassen ihn die Stadt passieren und halten ihn weiter nördlich an, in einer ländlichen Gegend.«

»Und was macht ihr, wenn sie ihn mit Sprengfallen versehen haben?«, fragte ich.

»Keine Bange, wir werden von oben bis unten mit HAZMAT-Schutzkleidung ausgerüstet«, erklärte Mahoney. »Wo bleibt dein Sportsgeist? Ich kann mir gar nicht vorstellen, dass du nicht dabei sein willst.«

Ich kannte Mahoney nun schon seit fünfzehn Jahren, hatte jahrelang eng mit ihm zusammengearbeitet, war unzählige Male bei ihm zu Hause eingeladen gewesen und kannte daher auch seine Frau und seine Kinder bestens. Dennoch hatte ich in diesem Augenblick das Gefühl, einem Fremden gegenüberzustehen.

»Was bei diesem Verhör von Al Dossari vor sich ging, hat mir ganz und gar nicht gefallen, Ned«, sagte ich zu ihm.

»Meinst du, mir hätte es gefallen?«, gab er zurück.

»Das ist unter unserem Niveau.«

»Da gebe ich dir recht«, sagte er und verzog das Gesicht. »Aber es zeigt, dass man sich mit Menschen wie diesen nur verständigen kann, wenn man eine Sprache spricht, die sie verstehen; und sie verstehen eben offenbar nur die härteste Gangart. Traurig, aber wahr.«

»Wir hatten es mit Kindern zu tun.«

»Sie waren das einzige Druckmittel, das wir gegen diesen Wahnsinnsplan in der Hand hatten.«

Am lauter werdenden Geräusch der Rotorblätter hörte man, wie sich der Hubschrauber näherte, und dann war auch schon der grelle Scheinwerfer an dessen Unterseite zu erkennen. »Was passiert, wenn ihr Anwalt dahinterkommt, Ned? Wenn er die Aufzeichnung des Verhörs sehen will? Alles, was Hala Al Dossari uns verraten hat, gilt dann als Frucht vom verbotenen Baum und darf vor Gericht nicht als Beweis verwendet werden.«

»Man muss nicht alles vor Gericht zerren«, erwiderte Mahoney ganz kühl und trocken. »Als ich übrigens meine Hand hob, wenn du dich erinnerst, kurz bevor wir wirklich ans Eingemachte gegangen sind, fiel leider unerklärlicherweise der Akku der Videokamera in der Beobachtungskammer aus. Alles, was angeblich danach geschah, beruht lediglich auf Aussagen von Dr. Al Dossari. Ihr Wort steht gegen unseres. Und wem würde ein Richter wohl mehr vertrauen, Alex? Einem Angehörigen des FBI mit zwanzig Dienstjahren und dem legendären Alex Cross oder einer Verrückten, die bei der Vorbereitung eines Wahnsinnsplans mitgewirkt hat, bei dem Manhattan mit Nervengas verseucht werden sollte?«

Ich starrte ihn an, als ob er sich vor meinen Augen in ein anderes Wesen verwandelte, und entdeckte ganz neue Seiten an ihm. »Ich hätte nicht gedacht, dass du solch ein Meisterstratege bei Verhören bist, Ned.«

Er hob seinen Arm, um sich gegen den Schnee zu schützen, der von den Rotorblättern aufgewirbelt wurde. »Manchmal habe ich eben auch meine lichten Momente«, schrie er. »Wenn du willst, nimm meinen Wagen, um nach Hause zu kommen, wenn du noch fahren kannst.«

»Das werde ich«, erwiderte ich und nahm dankend die Schlüssel entgegen, als der Hubschrauber auf die Schneedecke aufsetzte. »Ned?«

»Was gibt's noch, Alex?«

»Sei vorsichtig«, sagte ich. »Es gibt eine Menge Leute, die dich noch brauchen.«

Mahoney sah mir tief in die Augen. Er verstand sehr wohl, was ich meinte, und schüttelte mir die Hand. »Danke, Alex. Das bedeutet mir sehr viel.«

100

Um zwei Uhr morgens kam ich endlich wieder zu Hause an. Alle waren längst ins Bett gegangen, aber die Kerzen des Christbaums leuchteten mir noch aus dem Wohnzimmerfenster entgegen. Sie hatten die Lichter angelassen, vermutlich als Willkommenssignal für mich. Was war von diesem Feiertag geblieben?

Ich zog mir die Schuhe aus und stieg die Treppe hinauf. Hinter den Schlafzimmertüren meiner Kinder und meiner Großmutter ertönte ihr gleichmäßiges Atmen, das mich ebenfalls sofort schläfrig machte. Nicht einmal das leichte Schnarchen von Nana würde mich wach halten.

Auf Zehenspitzen betrat ich unser Schlafzimmer, ließ sämtliche Kleidungsstücke einfach fallen und schlüpfte ins Bett neben Bree. Der Duft ihres angenehm warmen Körpers erfüllte den ganzen Raum. Sie drehte sich um, legte ihren Kopf an meine Brust und murmelte schlaftrunken: »Alles in Ordnung, Schatz?«

»Jetzt geht's mir gut«, sagte ich und schloss die Augen. Du musst jetzt abschalten, sagte ich zu mir selbst. Du liegst in deinem eigenen Bett, deine Frau hält dich in den Armen, und du kannst dich ausruhen.

Doch als ich Bree nun an mich drückte, kam mein Geist noch nicht zur Ruhe. Immer wieder kamen mir die Bilder in den Sinn, wie die Kinder gefoltert wurden, und andererseits kreisten meine Gedanken um das, was Al Dossari uns erzählt hatte.

Kurz bevor ich endlich einschlief, fiel mir ein Satz wieder ein, den ich zu Mahoney am Abend gesagt hatte: Durch Folter erzwungene Aussagen sind nichts wert. Meistens handelt es sich um eine Mischung aus Halbwahrheiten und dem, wovon das Folteropfer glaubt, was die Vernehmer hören wollen.

101

Etwa anderthalb Stunden lang schlief ich tief und traumlos. Doch dann tauchten aus den tintenschwarzen Tiefen meines Unterbewusstseins wirre Bilder auf, die ich als Traumgesichte vor mir sah: wie Hala Al Dossari eine Handgranate auf mich schleuderte; wie Henry Fowler seiner Exfrau eine Waffe an den Kopf drückte und nach seinen Kindern trat, die sich in Al Dossaris Kinder verwandelten, jedes an einen Stuhl gefesselt.

Die Saudis von der Geheimpolizei mit ihren Kapuzen auf dem Kopf kamen ebenfalls vor; einer trug die Batterie, der andere hielt die Klemmkabel in der Hand. Derjenige mit der Batterie schob seine Kapuze zurück und entpuppte sich als Mahoney. Der andere versuchte zu fliehen, doch Mahoney zog ihm die Kapuze mit einem teuflischen Grinsen ebenfalls vom Kopf.

Das war ich. Ich war derjenige, der die Klemmkabel gehalten hatte. Mahoney und ich bogen uns vor Lachen, wir hatten sehr viel Spaß miteinander, so wie es Dutzende von Malen bei Grillfesten und anderen Familienzusammenkünften der Fall gewesen ist.

Im Traum drückte ich die Klemme des roten Kabels weit auf und weidete mich an dem Entsetzen, das allein schon dieser Anblick bei ihnen auslöste. Ich schloss das Kabel an Aaminas Stuhl an, um noch einmal das unkontrollierte Aufbäumen und Zittern ihres Körpers zu beobachten, das ich zuvor schon gesehen hatte.

Irgendein Geräusch, ein Brummen oder Sirren, das sich ständig wiederholte, brach den Bann, und ich wachte auf.

Ich war in Schweiß gebadet. Bree drehte sich zur anderen Seite und schlief weiter. Völlig ermattet schaute ich auf den Wecker. Er zeigte 3.40 Uhr. Eigentlich sollte ich mindestens noch zehn Stunden schlafen, aber mich drückte meine Blase. Und was war das für ein Geräusch, von dem ich aufgewacht war?

Ich stand so behutsam wie möglich auf und war ganz wackelig auf den Beinen. Dann bemerkte ich das blinkende Signallicht an meinem Mobiltelefon. Ich griff danach und taumelte ins Badezimmer, wo ich mich auf der Schüssel niederließ. Noch bevor ich Zeit gefunden hatte, die SMS zu lesen, fing das Telefon in meiner Hand wieder an zu summen. Das war das Geräusch, das mich aus dem Schlaf gerissen hatte.

Auf dem Display sah ich, dass der Anruf von Mahoney kam.

»Bist du so 'ne Art Vampir, dass du ohne Schlaf auskommst oder was?«, knurrte ich ihn unfreundlich an und ließ meinen Bedürfnissen freien Lauf.

»Ja, ich bin die neue Hauptfigur in der Twilight-Saga, die meine Tochter ständig liest«, erwiderte er humorvoll, und ich konnte hören, wie im Hintergrund der Wind pfiff.

»Habt ihr die Fässer mit dem Nervengas?«

»Es kam zu einer Schießerei mit einem der Komplizen von Al Dossari«, berichtete Mahoney. »Er hielt die Lokführer sozusagen als Geisel. Einer von unseren Scharfschützen hat ihn erwischt, und wir konnten die Eisenbahner befreien. Einer von den beiden ist schwer verwundet. Ein Auge wurde verbrüht.«

Damit war ich hellwach. »Wie bitte? Von einem Lokführer das Auge?«

»Das war eine Vergeltung dafür, dass er dem Komplizen des Toten heißen Kaffee ins Gesicht geschüttet hatte.

Ist ’ne lange Geschichte, erzähle ich dir ein andermal. Aber die Eisenbahner haben uns erzählt, dass dieser Typ den Zug noch am Tunnel an der First Street verlassen hat. Dort ist auch der dritte Mann von der Eisenbahner-Crew verschwunden, Robby Simon.«

»Und? Habt ihr jetzt den Phosphorsäureester und den Zündmechanismus gefunden?«

»In dem genannten Wagen standen zwar drei Fässer von Pinkler Industries«, antwortete Mahoney, »doch als wir sie aufgemacht haben, war nur Sand und Kies drin.«

Mir fiel wieder ein, wie aufgekratzt Hala Al Dossari wirkte, als sie uns diesen Plan offenbarte.

»Sie hat uns mit einer Mischung aus Halbwahrheiten und dem, was wir hören wollten, hereingelegt«, sagte ich. Ich hätte mich ohrfeigen können. Weil ich ihr das Geständnis unbedingt glauben wollte, hatte ich meine Zweifel und Skepsis hintangestellt.

»Mein Bauchgefühl hatte doch recht«, sagte Mahoney. »Sie hat den Güterzug zum Anhalten gebracht, damit ihre Komplizen von Al Ayla die Chemikalien aus dem Waggon stehlen konnten.«

Ich fasste mich unwillkürlich an den Kopf. »Das bedeutet, dass sie noch hier sein müssen. Hier in Washington.«

»Und wir wissen definitiv, wo sie sich noch vor Kurzem befanden: drei Kilometer vom Kongressgebäude entfernt.«

»Lieber Himmel«, sagte ich.

»Wir knöpfen uns Al Dossari noch einmal vor«, sagte Mahoney.

Sofort sah ich mit Entsetzen vor mir, wie ihre Kinder von Neuem gefoltert wurden.

»Das überlasse ich dir, Ned«, sagte ich. »Ich will damit nichts mehr zu tun haben.«

Ich beendete das Gespräch und schaltete auch das Rufzeichen ab. Ich musste unbedingt wieder ins Bett. Doch dann wurde mir klar, dass auch ich mich nur fünfzehn Häuserblocks von der Stelle entfernt befand, wo Al Dossaris Komplizen diese Chemikalienfässer entwendet hatten.

Und nicht nur ich, sondern auch meine Familie.

Im ersten Moment wollte ich sie alle aufwecken und sofort von hier wegbringen, bis die drei Fässer gefunden und unschädlich gemacht worden waren. Doch dann griffen wieder altvertraute Gewohnheiten. Der Boden ist überall mit Schnee bedeckt. Also mussten sie irgendwo irgendwelche Spuren hinterlassen haben, die nicht schwer zu finden sein dürften.

Ich griff wieder zum Telefon und rief den Mann an, dem ich mehr als jedem anderen vertraute.

102

Während er hinter dem Lenkrad des Kastenwagens saß, spürte Omar Nazad, wie seine schmerzenden Hände und Füße allmählich auftauten. Er starrte durch die Windschutzscheibe auf die massive Mauer aus Schnee und Eis, die sich innerhalb kürzester Zeit zwischen ihnen und der M-Street aufgetürmt hatte.

Gut möglich, dass er und seine beiden Helfer in den vergangenen Stunden in etwa dieselbe Menge Schnee weggeräumt hatten, die jetzt wieder vor ihnen lag. Und sie hatten den Durchbruch zur Straße immer noch nicht geschafft. Sie hatten seit zwölf Stunden nichts gegessen und seit sechs Stunden auch nichts mehr zu trinken gehabt. Der Schnee, den sie sich in den Mund gesteckt hatten, schien sie erst recht durstig zu machen.

»Inschallah«, murmelte der Tunesier immer wieder vor sich hin. So ist der Wille Allahs, dachte er. Es ist sein Wille, dass wir leiden müssen und Opfer bringen und dass wir wieder leiden müssen, um seine Feinde zu bezwingen. Auf eine besondere Weise ist das ein Geschenk, eine Auszeichnung.

»Wir sollten das Ganze abblasen, Bruder«, sagte Mustafa, der auf dem Beifahrersitz saß.

»Das meine ich auch«, ergänzte Saamad. »Hauen wir ab, solange wir es noch können.«

Nazad sah die beiden an, als seien sie übergeschnappt. »Wir sollen die beste Waffe, die Al Ayla je hatte, im Stich lassen? Kommt nicht infrage. Das ist nicht das, was Gott will.«

»Aber ist es Gottes Wille, dass wir verhaftet und ins Gefängnis gesteckt werden?«, wollte Saamad wissen.

»Schweig«, erwiderte Nazad. Er hatte die Nase voll von diesen nichtsnutzigen Algeriern, die so schnell bereit waren, aufzugeben und davonzulaufen.

»Ich muss etwas essen und auch etwas trinken«, jammerte Mustafa.

»Da kann ich euch auch nicht weiterhelfen.«

»Vielleicht finden wir in dem Schuppen etwas zu essen«, sagte Saamad. »Und etwas zum Trinken.«

Nazad drehte sich zu ihm um. »Ich dachte, ihr hättet den Schuppen schon durchsucht?«

Mustafa zuckte mit den Schultern. »Die Schaufeln und die Spitzhacke standen direkt neben der Tür.«

Schon wenige Sekunden später liefen sie in der gleichen Spur, welche die Algerier schon früher benutzt hatten, auf den Baustellenschuppen zu. Die Tür hing lose in den Angeln und klapperte im Wind. Sie gingen hinein und knipsten ihre Taschenlampen an. Drinnen entdeckten sie einen tragbaren Generator, ein halbes Dutzend Elektrowerkzeuge, einen Presslufthammer, weitere Spitzhacken, ein Dutzend Bauhelme und einen Kühlschrank. Mustafa und Saamad gingen direkt darauf zu, rissen ihn auf und schrien auf vor Freude.

Saamad schnappte sich einen Müsliriegel und eine Flasche Gatorade. Triumphierend hob er sie in die Luft. »Allah sei Lob und Preis! Wir haben genug zu essen und zu trinken, Bruder.«

»Und hier ist ein Presslufthammer!«, rief Mustafa.

Doch Nazad schenkte ihnen keine Beachtung. An der Wand hatte er einen massiven Metallkasten entdeckt, der mit einem Vorhängeschloss gesichert war. Unwillkürlich griff er sich einen der Vorschlaghämmer und drosch damit auf das

Schloss ein, aber es gelang ihm nicht, es zu zerstören. Dann sah er sich die große Auswahl weiterer Werkzeuge an und wurde fündig.

Nazad setzte den Generator in Gang. Dann schloss er das Kabel des elektrischen Bolzenschneiders an und fixierte den Bügel des Vorhängeschlosses in der Zwinge des Elektrogeräts. Ein Knopfdruck, und der Elektrobolzenschneider hatte das Schloss in weniger als einer Sekunde geknackt.

Währenddessen hatten sich die Algerier mit dem Inhalt des Kühlschranks beschäftigt und weitere Müsliriegel verdrückt. Erst als Nazad den Bolzenschneider absetzte und die Tür des Metallkastens öffnete, zeigte Mustafa Interesse. »Was hast du da gefunden, Bruder?«

Der Tunesier strahlte bereits vor Freude; erneut spürte er den Segen Gottes. Im Schein seiner Taschenlampe entdeckte er eine ganze Reihe von Schlüsseln, die ordentlich an Haken aufgehängt und mit Schildchen versehen waren.

Am ersten Schlüssel von rechts stand zu lesen: CAT D6K.

103

»Erst reißt du mich aus dem Tiefschlaf, und dann soll ich mich in diese Sardinenbüchse quetschen?« John Sampson stöhnte und versuchte, seinen massigen Körper so zusammenzufalten, dass er in Mahoneys Subaru-Forester passte. Und das um vier Uhr morgens. Die Kapuze seines Parkas hatte er hochgeschlagen; außer seinen schlaftrunken blinzelnden Augen war von seinem Gesicht hinter dem Pelzfutter am Kapuzenrand wenig zu sehen. Immerhin akzeptierte er den Styroporbecher mit Kaffee, den ich unterwegs besorgt hatte.

»Ich muss einen vermutlichen Tatort ausfindig machen, bevor ich die Spurensicherung anfordere«, erklärte ich ihm und legte den Gang ein. Dank seines Allradantriebs und des nicht unbeträchtlichen Gewichts von uns beiden surrte der Kombi wie ein kleiner Panzer durch die Fahrspuren im Schnee, die bereits von anderen Fahrzeugen in der Straße gezogen worden waren, in der Sampson wohnte.

»Vermutlicher Tatort?«, fragte Sampson leicht gereizt. »Was soll denn das sein?«

»Es bedeutet, dass ich nicht genau weiß, wo sich der Tatort befindet, John«, versuchte ich, ihm zu erklären. »Genau deshalb brauche ich dich ja. Du sollst mir helfen, ihn zu finden.«

Wieder stöhnte er auf und nippte an seinem heißen Kaffee. »Warum habe ich das Gefühl, dass ich zweihundert Schritte hinter dir herhinke?«

»Weil du in dem Fall noch nicht auf dem Laufenden bist«, erwiderte ich und fasste die Ereignisse des vergangenen Abends und der Nacht zusammen. Die Information, dass Mitglieder von Al Ayla höchstwahrscheinlich chemische Grundsubstanzen für die Herstellung von Nervengas aus einem Güterzug gestohlen hatten, hob ich mir bis zum Schluss auf.

»Ich weiß genau, wo das ist«, sagte Sampson, als ich ihm die Lage vor Ort erklären wollte. »Kannst du dich daran erinnern, wie wir da als Jungs immer rausrannten?«

»Das waren vermutlich die einzigen Wettrennen, bei denen ich schneller war als du.«

»Vor sechs oder sieben Jahren wurde dort eine Leiche gefunden.«

Das hatte ich inzwischen vergessen, aber jetzt fiel es mir wieder ein. »Emily Rodriguez«, sagte ich.

»Armes kleines Ding«, meinte Sampson. »Wie alt war sie? Sieben? Das Schwein hat sie furchtbar zu Tode gequält, bevor er sie umgebracht hat.«

Ich musste kurz an Hala Al Dossaris Tochter denken, die ebenfalls sieben Jahre alt war, und wie sie sich unter dem Stromstoß aufbäumte. Dann fuhr ich fort: »Wo würdest du in erster Linie anfangen zu suchen? Eher in der M-Street oder bei der zum Freeway gelegenen Seite der Gleise?«

»Bei der Freeway-Seite«, antwortete Sampson. »Von der M-Street her braucht man sicher feste Stiefel. Von dort ist es ein ganz schöner Marsch bis zum Eisenbahngelände, und außerdem gibt es da schon seit ewigen Zeiten eine Baustelle für eine neue Ausfahrt. Damit werden und werden sie einfach nicht fertig.«

»Aber bei der Böschung am Rand des Freeways geht's ausgesprochen steil runter«, gab ich zu bedenken. »So ein Fass wiegt echt 'ne Menge, und wenn sie es oben direkt am Freeway hätten einladen wollen, hätten sie damit rechnen müssen, dass es jemandem auffällt, selbst bei einem Schneesturm. Das Risiko, gesehen zu werden, ist einfach zu groß. Ich glaube, sie sind von der M Street her zu den Gleisen gegangen, auch wenn der Weg deutlich weiter war.«

»Na gut. Woher soll ich es so genau wissen?«, sagte Sampson. »Ich bin ja hier nur zum Spaß unterwegs.«

So hohe Schneewehen wie entlang der Eleventh Street hatte ich noch nie gesehen; das kannte ich bisher nur von Bildern aus den Städten in Alaska. Sampson und ich hatten Mühe, den Schutzzaun zu erkennen, der am Rand der Straße angebracht war, wo sich diese über das Tunnelportal spannte.

Ich hielt den Wagen einfach auf der Fahrbahn an, schaltete die Warnblinkanlage ein und sagte Sampson, er solle den Wagen zur Seite fahren, falls jemand Probleme hatte vorbeizukommen. Bevor er wieder zu nörgeln anfing, stieg ich aus und kletterte über die Schneewehe bis zu dem Sicherheitszaun.

Dann zog ich die Maglite aus der Tasche und richtete den Schweinwerfer durch den Maschendraht nach unten. Im Schnee auf dem Boden waren jede Menge Schuhabdrücke zu erkennen, und zwar auf beiden Seiten der Gleise, direkt am Tunnelmund. Etwas weiter hinten, an der Böschung zur M-Street, war der Schnee ebenfalls niedergetrampelt; hier hatte sich ein etwa zwei Meter breiter Pfad gebildet.

Ich zog mein Mobiltelefon heraus und rief die Telefonzentrale der Washingtoner Polizei an, damit sie umgehend ein Spurensicherungsteam losschickten. Als Treffpunkt gab ich die Kreuzung Eleventh Street und M-Street an. Lucy, die in dieser Nacht in der Zentrale dafür zuständig war, die Einsätze zu koordinieren, kannte ich recht gut. Sie meinte, dass es wegen des Schnees eine Stunde dauern könnte, bis das Team vor Ort sei.

»John Sampson und ich werden den Tatort schon mal provisorisch sichern. Wir warten dann auf sie«, sagte ich. »Und vielen Dank auch, Lucy.«

Nachdem ich mein Telefon wieder zugeklappt hatte, rutschte ich auf dem Hosenboden wie ein kleiner Junge über die Schneewehe wieder nach unten auf die Fahrbahn. So kam ich praktisch aufrecht stehend auf dem Boden an, ging hinüber zu dem Kombi und wischte mir dabei den Schnee vom Hosenboden. Unterwegs hörte ich etliche Fehlzündungen eines großen Motors, der dann in dieser beinahe geräuschlosen Nacht mit einem gewaltigen Rumpeln und Dröhnen ansprang. Der Lärm kam aus südöstlicher Richtung, ungefähr aus der Gegend der M-Street.

104

Gepriesen sei Allah!

Omar Nazad hätte am liebsten vor Freude geweint, als der Motor der Planierraupe ansprang. Immer wieder dankte er seinem Gott, der ihm so segensreich beistand, und justierte den Gaszug so lange, bis der Motor rund lief. Dann betrachtete er eine Zeitlang das Diagramm mit den Angaben für die Bedienungshebel, bis er sich einigermaßen sicher war, verstanden zu haben, welcher Hebel wofür benötigt wurde.

Der Tunesier sah sich weiter in dem Führerhaus um. Über sich entdeckte er einen Kippschalter und legte ihn um. Augenblicklich gingen kleine Scheinwerfer auf dem Dach des Führerhauses an, die den draußen vor der Raupe gelegenen Bereich ausleuchteten. Dann zog er einen der Hebel zu sich heran, und der gewaltige Schild hob sich ächzend vom Boden. Als es so weit war, fingen seine beiden Helfer, die danebenstanden, an zu jubeln.

Im Eifer des Erfolgs sah sich Nazad das Schaltdiagramm noch einmal genau an und schob dann einen anderen Hebel nach vorn. Er spürte, wie sich die gewaltige Maschine in Bewegung setzen wollte. Er drückte das Gaspedal durch und ließ es langsam wieder kommen, die Planierraupe bockte zunächst, doch dann splitterte das Eis an der Laufkette, und die Raupe knirschte langsam durch den Schnee und an dem Van vorbei auf die massive Schneewand zu, die sie noch von der M-Street trennte. Bald war der Weg frei, und sie konnten sich endlich aus dem Staub machen.

»Saamad! Spring in den Van!«, rief Nazad. »Und du, Mustafa, klettere auf die Schneewand, damit du von oben auf die

Straße sehen kannst. Gib mir Zeichen, damit ich nicht in die falsche Richtung fahre.«

Saamad nickte und lief zu ihrem Lieferwagen. Mustafa schien über Nazads Anweisung nicht besonders begeistert zu sein, trottete aber vor dem Planierraupenschild auf die Schneemauer und die Straße zu.

Kurz vor der gewaltigen Schneewand verlangsamte Nazad und senkte den Schild wieder. Er beobachtete, wie Mustafa auf die gewaltige Böschung aus Schnee und Eis kletterte. In der Dunkelheit konnte er auch immer wieder Scheinwerferkegel erkennen, die von der Eleventh Street in östlicher Richtung in die M-Street abbogen.

Bis zu diesem Moment hatte der Tunesier auf geradezu obsessive Weise alles vermieden, was Aufmerksamkeit erregen könnte. Er hatte immer dafür gesorgt, dass der Van möglichst weit weg von der Straße stand, und als sie in der Nacht den Weg freischaufelten, mussten sich alle jedes Mal auf den Boden werfen, wenn sich die Scheinwerfer eines vorbeifahrenden Fahrzeugs näherten.

Jetzt war ihm das gleichgültig, insbesondere als der Algerier ihm zurief, dass es sich bei dem nächsten heranfahrenden Wagen um einen weißen Subaru Forester handelte, also ein typisches Privatfahrzeug von Berufspendlern und mit Sicherheit kein Streifenwagen. Nun nahm Nazad mit der Planierraupe richtig Fahrt auf und konzentrierte sich auf den Schild. Als dieser auf die Schneemassen traf, fraß er sich zunächst ein wenig fest und die ganze vordere Hälfte der Planierraupe schien nach oben klettern zu wollen. Doch schließlich geriet der Schneeberg in Bewegung.

Endlich geht's los, dachte der Tunesier. Jetzt kann uns nichts mehr aufhalten.

105

»Was zum Teufel hat dieses Ding denn hier zu suchen?«, rief ich völlig überrascht Sampson zu und spähte über meine Schulter nach hinten. Urplötzlich war eine Planierraupe auf dem Kamm der Schneeberge am Straßenrand erschienen und schaufelte Schneemassen auf die M-Street.

Als die Planierraupe rückwärts wieder verschwand, meinte Sampson nur: »Wahrscheinlich hat die Baufirma, die diese Abfahrtsrampe vom Freeway baut, ein paar Leute vorausgeschickt, die die Baustelle freiräumen, bevor die Bauleute erscheinen.«

»Aber doch nicht am zweiten Weihnachtsfeiertag morgens um Viertel nach vier?«

»Hast du nicht letzte Woche den Artikel in der *Washington Post* darüber gelesen? Die machen denen jetzt richtig Dampf deswegen. Viele Leute haben sich beschwert, dass es mit dem Bau nicht vorangeht, außerdem heißt es, dass die Kosten inzwischen völlig aus dem Ruder laufen. Das Ding hätte schon vor zwei Jahren fertig sein sollen.«

»Egal, aber diesen Blödsinn müssen wir trotzdem unterbinden«, sagte ich und wendete im nächsten Kreisel. Kurz darauf fuhr ich rechts ran, parkte außer der Reichweite der Planierraupe und schaltete die Warnblinkanlage ein.

Als Sampson und ich ausstiegen, erschien die Planierraupe erneut oben auf dem Schneeberg und schob eine weitere Riesenladung einfach auf die Fahrbahn der M-Street. Die Fahrspuren in westlicher Richtung wurden dadurch völlig blockiert. Dann fuhr die Raupe wieder so weit zurück, dass wir selbst das Dach kaum noch erkennen konnten.

Die Scheinwerfer auf dem Dach der Planierraupe beleuchteten einen Mann in einem blauen Arbeitsoverall, der oben auf der Riesenschneewehe stand. Er schien den Raupenfahrer zu dirigieren und bemerkte nicht, wie wir quer über die Straße näher kamen. Wir stapften durch den Schnee, den die Planierraupe auf der Straße ausbreitete, an manchen Stellen durch beinahe kniehohe Schneeplacken.

Ich winkte ihm zu und rief: »He! Sagen Sie dem Führer, er soll anhalten!«

Der Mann erstarrte, machte ein paar Schritte auf uns zu und hielt sich die Hand ans Ohr. »Was haben Sie gesagt?«

»Er soll die Raupe abstellen!«, schrie Sampson und richtete den Scheinwerferkegel seiner Taschenlampe auf die Ausweismarke, die er mit der anderen Hand hochhielt. »Polizei!«

Wieder erschien die Planierraupe oben. Der Mann hielt inne und nickte uns zu. Dann rannte er in Richtung der Raupe, auf den Führerstand zu. Von dem Führer konnte man nichts erkennen.

»Da ist Polizei!«, schrie er. »Sie sagen, wir sollen aufhören!«

Die Maschine blieb auf dem Kamm der Schneewehe stehen. Der Motor tuckerte weiter.

»Was ist denn los?«, rief uns der blau gekleidete Mann von oben zu.

»Wären Sie so freundlich, mal zu uns runterzukommen?«, erwiderte ich. »Wir haben Grund zu der Annahme, dass hier in der Nähe ein Verbrechen begangen wurde; das ganze Gelände soll als Tatort abgesperrt werden. Wer hat Ihnen denn den Auftrag gegeben, die Baustelle freizuräumen?«

Der Mann zögerte und tippte mit dem Finger an sein Ohr, um uns zu bedeuten, dass er uns wegen des Motorlärms der

Raupe neben ihm nicht verstehen konnte. Er ging in die Hocke, als wolle er auf dem Hosenboden über die Schneeböschung zu mir herunterrutschen. Dann setzte das Jaulen der Hydraulik erneut ein, und der Raupenschild ging wieder in die Höhe.

»CSX?«, sagte Sampson zu mir.

Er richtete den Strahl seiner Maglite-Taschenlampe auf die Brust des Mannes, der oben auf dem Schneeberg saß. Auf der Außenseite seiner Jacke stand deutlich CSX zu lesen. Warum um alles in der Welt sollten Arbeiter der Eisenbahn um kurz nach vier Uhr morgens auf einer Baustelle einer Bundesstraße mit Räumarbeiten beschäftigt sein?

Ich tastete schon mal probehalber nach meiner Dienstpistole; dabei wäre es mir im Moment lieber gewesen, nicht mitten in tiefem Schnee zu stehen. Dann richtete ich den Strahl meiner eigenen Taschenlampe auf die Planierraupe, sodass er durch die Windschutzscheibe des Führerstands leuchtete. Unmittelbar bevor sich der Schild so weit gehoben hatte, dass er mir die Sicht nahm, erkannte ich einen Mann, der ebenfalls blaue Arbeitskleidung der CSX trug. Sein rechtes Auge war von einem ziemlich provisorisch wirkenden Verband verdeckt.

106

»Schussbereitschaft!«, brüllte Sampson. Er ließ sich auf sein rechtes Knie nieder und hielt seine Pistole mit ausgestreckten Armen im Anschlag.

Mit einem Ruck hatte ich meine Glock aus dem Holster gezogen und sah, wie der Mann auf der Schneewehe sich auf den Bauch fallen ließ, bevor er zu schießen anfing. Die erste Salve schlug vor mir ein, Eissplitter stoben davon.

In unserer Position und inmitten der Schneeplacken gaben wir für den Schützen von seiner erhöhten Position aus perfekte Ziele ab. Aber Sampson schien das nicht zu kümmern. Er schoss zwei Mal auf den Mann auf der Schneewehe, als der Motor der Planierraupe aufheulte. Beide Schüsse schlugen links von dem liegenden Mann ein, und er erwiderte sofort das Feuer. Ich zielte mit der Glock und konnte förmlich spüren, wie eines seiner Geschosse meinen Kopf nur um Zentimeter verfehlte. Mein Schuss schlug ein wenig unterhalb von ihm ein.

Die Planierraupe kam wieder auf Touren und rollte über die Schneeböschung auf uns zu; der Schild war in der Höhe so angehoben, dass er die Windschutzscheibe des Führerstands schützte.

Sowohl Sampson als auch ich sind groß. Ich bin eins neunzig. Und er ist noch einmal fast zehn Zentimeter größer. Was auch bedeutet, dass wir lange Beine haben. Und das nutzten wir nun dazu, in entgegengesetzte Richtungen zu laufen. Sampson rannte direkt auf den auf dem Bauch liegenden Schützen zu und schoss dabei ohne Unterbrechung. Damit zwang er den Mann zum Rückzug.

Ich hingegen stolperte und fiel längs in das letzte Stück Schnee vor dem geräumten Teil der Fahrbahn. Mit der Schulter krachte ich gegen einen Eisbrocken und spürte, wie mindestens ein Knochen brach und ich weiß nicht was zerriss.

Die Schmerz- und Schockwellen dieses Aufpralls, die meinen Körper durchzuckten, waren unbeschreiblich. Mit geschlossenen Augen biss ich die Zähne zusammen und stöhnte auf; die Pistole fiel mir aus der einen Hand, die mir nicht mehr gehorchte.

»Alex!«, brüllte Sampson, um das Röhren der Planierraupe zu übertönen.

Ich musste meinen ganzen Willen zusammennehmen, um meine Augen zu öffnen und durch die Punkte, die vor meinen Augen tanzten, etwas zu erkennen. Sampson war ungefähr zwanzig Meter von mir entfernt, der Schild der Planierraupe hing nur drei Meter von ihm weg drohend über ihm, und er rannte so schnell er konnte auf die geräumte Fahrbahn der Eleventh Street zu.

Er rutschte aus und geriet ins Stolpern. Der Schild senkte sich über ihm.

»John!«, stieß ich krächzend aus. Ich versuchte, wieder auf die Beine zu kommen, und merkte, dass mein rechter Arm nutzlos an der Seite baumelte.

Mein ältester Freund war in jüngeren Tagen durch und durch Athlet gewesen, ein Mann mit unglaublich flüssigen Bewegungen und verblüffendem Gleichgewichtssinn. Aber inzwischen war Sampson mehr Schreibtischhengst als an Gerenne im Schnee gewöhnt. Und als die Planierraupe mit dem Schild nur noch einen Meter von ihm entfernt war, stolperte er erneut, und ich sah es kommen, wie er hier mitten auf der M-Street den Todesstoß erhielt.

107

Als der Planierraupenschild nur noch zwei Handbreit von Sampson entfernt war, feuerte der Typ auf der Schneewehe einen Schuss auf Sampson ab, der jedoch auf der Rückseite des Schilds abprallte. Der Querschläger zerschmetterte die Windschutzscheibe im Führerstand.

Die Planierraupe torkelte augenblicklich nach links, weil sich der Führer wohl weggeduckt und dabei unwillkürlich den Steuerhebel herumgerissen hatte. Nun rollte die schwere Maschine mit dem Schild voran aus ungefähr fünfzehn Metern Entfernung direkt auf mich zu. Trotz der wahnsinnigen Schmerzen an meiner rechten Schulter richtete ich mich zunächst auf ein Knie auf, dann konnte ich auf beiden Beinen stehen.

Wo war meine Waffe?

Der Pistolengriff meiner Glock ragte direkt vor mir aus dem Schnee, ihr Lauf war bis zum Abzug darin versunken. Ich griff mit der linken Hand danach, während sich die Raupe unaufhaltsam näherte. Dann hörte ich einen Schuss und danach einen Schrei.

Ich stand etwas unsicher auf den Beinen. Beinahe automatisch kam mir in den Sinn, was ich nun zu tun hatte, um mich zu retten: Warte noch, bis er unmittelbar vor dir ist, und spring erst kurz vor dem Schild zur Seite. Am seitlichen Einstieg ins Führerhaus hast du freies Schussfeld. Es geht zwar nur mit der linken Hand, aber du müsstest nahe genug dran sein.

Doch dann schoss mir noch ein anderer, viel dringenderer Gedanke durch den Kopf: der Schnee! Da am Boden ist

Schnee in den Lauf der Pistole geraten, und wenn du abdrückst, explodiert der ganze Griff.

Die Planierraupe war mittlerweile ganz nahe herangekommen, höchstens noch drei Meter entfernt. Gleich würde ich vollkommen zerschmettert, wie bereits meine rechte Schulter. Doch dann fiel mir auf, dass der Mann im Führerhaus mich überhaupt nicht sehen konnte, da der Schild seine Sicht blockierte. Er fuhr sozusagen blind auf mich zu.

Nun sprang ich zur Seite. Eine Ecke des Schilds hätte um ein Haar meinen Kopf berührt. Ich machte noch einen Sprung und drehte mich um hundertachtzig Grad. Ich wollte mit der Pistole auf den Fahrer zielen und ihm zurufen, ich würde schießen, wenn …

Hinter mir feuerte Sampson einen Schuss ab. Ich hörte das metallische Ping, als die Kugel im Führerhaus einschlug. Nun reagierte der Fahrer, wie ich es überhaupt nicht erwartet hatte. Er sprang aus dem Führerstand heraus und landete einen Meter vor mir etwas ungelenk im Schnee. Die Raupe fuhr indes führerlos weiter, überstieg die Schneewehen auf dem Streifen in der Mitte der mehrspurigen Fahrbahn der M-Street und ratterte dann auf ein Bürogebäude auf der anderen Straßenseite zu.

Ich zielte mit meiner Pistole auf den Einäugigen, der gleichzeitig seine Pistole auf mich in Anschlag brachte.

108

Unsere Pistolen waren nur noch wenige Zentimeter voreinander entfernt, und wir zielten aufeinander. Der einäugige Terrorist und ich befanden uns in einer Patt-Situation, bei der ich ganz schlechte Karten hatte. Wenn er den Abzug durchdrückte, war ich tot. Wenn ich abdrückte, würde meine Waffe explodieren, und ich war ebenfalls tot.

Das freie Auge des Mannes war weit aufgerissen und glitzerte. »Inschallah!«, flüsterte er.

Ich verstand, was er meinte. Wir befanden uns beide in Gottes Hand und würden sogleich wissen, welches sein Wille war.

Dann hörte man, wie die Planierraupe in das Gebäude krachte. Unmittelbar danach folgte ein Schuss, der hinter und irgendwo über mir abgefeuert wurde. Sowohl der Einäugige als auch ich zuckten unwillkürlich zusammen und duckten uns, aber ich hatte mich schneller wieder gefangen.

Meine Arme waren deutlich länger als seine. Ich musste nur ungefähr acht bis zehn Zentimeter überbrücken, um ihn zu treffen. Mit dem rechten Arm konnte ich nichts machen, aber mit der Pistole in der linken Hand konnte ich zum Schlag ausholen und musste dabei den Arm nicht einmal ganz ausstrecken. Ich stieß mit der linken Faust gerade vor; sein Gegenschlag mit seiner Rechten verpuffte beinahe wirkungslos.

Der andere Terrorist schoss wild um sich. Sampson feuerte praktisch gleichzeitig los. Ich konnte hören, wie eines der Geschosse traf und beinahe gleichzeitig den Aufschrei des verletzten Mannes irgendwo oben auf dem Schneehügel.

Dann ließ ich meine Pistole auf den Verband am Auge des Mannes herunterkrachen, direkt auf den Knochen.

Seine Knie versagten, und sein ganzer Körper sackte zusammen. Er fiel bewusstlos auf die Seite.

109

Eine Woche später war es wärmer geworden und es regnete. Der Frost, welcher die Stadt so fest im Griff gehabt hatte, war verschwunden, und der Schnee hatte sich in Matsch verwandelt. Aber das konnte mich natürlich nicht davon abhalten, meine Frau am Silvesterabend groß auszuführen. Dazu hatten wir uns mit John Sampson und seiner Frau Billie verabredet. Es war alles genau geplant, wir hatten einen Wagen mit Chauffeur gemietet, der uns zum Dachterrassenrestaurant im historischen Washington-Hotel bringen sollte, von wo aus man den besten Blick über die Stadt hat, und anschließend auf die andere Seite des Potomac, in den Havana Breeze Latin Club in Fairfax, um ein bisschen Salsa und Merengue zu tanzen.

Und warum auch nicht? Wir waren alle richtig in Feierlaune, da wäre ein Jazzklub nicht ganz das Richtige gewesen. Schließlich hatten wir nicht nur Hala Al Dossari und ihre Mitverschwörer hinter Gitter gebracht, wir hatten auch noch rechtzeitig ihren perfiden Anschlagsplan durchkreuzt, der alles bisher Dagewesene in den Schatten gestellt hätte.

Aus Unterlagen, die wir im Kastenwagen der Terroristen gefunden hatten, konnten wir entnehmen, was sie vorgehabt hatten: Die gestohlenen Fässer mit dem Phosphorsäureester sollten die nächsten sechsundzwanzig Tage in einer Einliegerwohnung in der Nähe des Kapitolhügels gelagert werden, die Nazad angemietet hatte. In den frühen Morgenstunden des 20. Januar, am traditionellen Tag der Amtseinführung eines amerikanischen Präsidenten, sollte Nazad, der ein ausgebildeter Chemiker war, die Flüssigkeiten in einen gemieteten größeren Tank umfüllen und diese Grundsubstanz für das Nervengas zusammen mit seinen beiden Helfern auf einen Pick-up laden. Dann wollten sie mit dem Truck die wegen der Zeremonie rund um das Kapitol abgesperrten Straßen umfahren, bis sie in eine Gegend kamen, wo der Wind in Richtung Kapitol wehte.

Hier sollten sie Gasmasken anlegen, die tödliche Mischung präparieren und die Chemikalie versprühen. Sie gingen davon aus, dass der Wind die Giftwolke über die gewaltige Menschenmenge auf der National Mall und auf die Treppenanlage am Kapitol wehen würde, wenn der Oberste Richter des Verfassungsgerichts den Präsidenten einschwört.

Das Ganze war so hirnrissig, aber es hätte funktionieren können. Hunderte, sogar Tausende hätten sterben können. Darunter der Präsident, die obersten Richter und sämtliche Mitglieder des Kongresses, Senatoren wie Abgeordnete. Es war so verrückt, dass ich gegen sechs Uhr am Silvesterabend beschloss, nicht mehr weiter darüber nachzudenken. Unterdessen wartete ich in der Küche auf Bree, die sich noch die Haare frisieren und für ein Ausgehkleid entscheiden musste.

Mein jüngerer Sohn Ali sowie Jannie und Ava schmausten gerade gebratenes Kaninchen, eine der Spezialtäten meiner Großmutter. Ava war davon ursprünglich nicht besonders angetan, doch als sie beobachtete, wie Jannie und Ali sich regelrecht darauf stürzten, probierte sie es auch und aß mittlerweile schon ihr zweites Stück.

»Schmeckt gut, oder?« fragte ich sie.

»Sehr lecker«, antwortete Ava. »Hätte nicht gedacht, dass Kaninchen so prima schmeckt. Wie Hühnchen, nur noch viel, viel besser.«

»Das kommt von der Buttermilch«, erklärte Nana Mama mit zufriedener Miene. Sie war gerade dabei, die schmiedeeiserne Pfanne zu säubern, in der die Kaninchenteile zubereitet worden waren. »Weißt du, ich lege die Fleischstücke an den Knochen über Nacht in Buttermilch ein, dadurch werden sie so zart.«

»Damon wird eine Stinkwut bekommen, wenn er mitkriegt, dass du deine Kaninchenspezialität erst gemacht hast, nachdem er wieder zu seiner Schule zurückgefahren ist.«

»Dann hätte Damon eben bis morgen hierbleiben sollen«, erwiderte meine Großmutter. »Aber er wollte ja ausdrücklich früher zurück.«

»Weil er noch einiges zu lernen hat«, erlaubte ich mir, sie zu erinnern.

»Das kann man ihm nicht vorwerfen«, räumte Nana Mama ein. »Aber auch die beste Entscheidung hat eben bisweilen nachteilige Folgen.«

»Beispielsweise indem man gebratenes Kaninchen verpasst«, schlussfolgerte Ali.

Nana musste lächeln und deutete stolz auf ihren Urenkel. »Sieh da, sieh da. Hab ich's nicht immer gesagt, dass du ein sehr kluger Junge bist?«

Ali grinste von einem Ohr zum anderen und wollte sich das letzte Stück nehmen, doch Ava kam ihm zuvor. Er stöhnte.

»Ich gebe dir die Hälfte«, sagte Ava.

Nana Mama schaute zu mir herüber. »Und? Wie geht's jetzt mit der Schulter?«

»Immerhin ist es jetzt vierundzwanzig Stunden her, seit ich die letzte Schmerztablette genommen habe, und solange ich den Arm nicht bewege, spüre ich auch nichts.« Ich schaute auf den rechten Arm in der Schlinge.

Als ich der Planierraupe ausweichen wollte und ausrutschte, hatte ich mir beim Aufprall mein Schlüsselbein gebrochen, die Schulter ausgerenkt und den Oberarmkopf gebrochen. Vor vier Tagen hatte ein Chirurg alles wieder zusammengeflickt. In drei Monaten wäre alles wieder so gut wie neu, hatte er gesagt.

Bree betrat die Küche in einem äußerst schmeichelhaften schwarzen Cocktailkleid und mit hochhackigen Schuhen.

Nana pfiff anerkennend. Ich ebenfalls.

»Hast du wirklich vor, in dieser Aufmachung mit Alex auszugehen?«, fragte meine Großmutter in leicht ironischem Ton.

Bree wirkte ziemlich ernüchtert. »Stimmt damit irgendwas nicht?«

»Es ist alles in bester Ordnung mit deinem Outfit«, erwiderte Nana Mama. »Aber sieh dir den Mann an, mit dem zusammen du das neue Jahr einläuten willst. Er trägt den Arm in einer Schlinge und sieht noch etwas mitgenommen aus. Die Leute werden denken, du wärst 'ne Krankenschwester. Sieht so der Mann aus, mit dem du Händchen halten möchtest, wenn du so angezogen bist, als gingst du zu einer Preisverleihung oder so was?«

Alle mussten lachen, ich auch.

Bree schlang mir ihre Arme um den Hals, küsste mich auf die Wange und sagte: »Liebling, aus dieser Perspektive siehst du großartig aus.«

»Selbst mit einer kaputten Schulter?«, fragte ich.

»Das steht dir ganz gut«, versicherte sie mir, gab mir noch einen Kuss und schaute zu meiner Großmutter. »Hab ich nicht recht?«

Nana Mama versuchte, eine besonders kritische Miene aufzusetzen, doch dann lachte sie lauthals los.

Es läutete an der Tür. Der Fahrer holte uns ab. Nana Mama und die Kinder schauten vom Erkerfenster im Wohnzimmer aus zu, wie wir in die Limousine einstiegen und losfuhren.

Das Abendessen war einfach superb. Ebenso der chilenische Wein, den Sampson ausgesucht hatte.

Gegen halb elf kamen wir im Havana Breeze an, nahmen einen Tisch in einer Nische und bestellten Mojitos. Billie sagte zu Sampson, dass sie gleich tanzen wolle.

»Widerspruch zwecklos«, erwiderte er und zwinkerte uns zu.

Die beiden gingen auf die Tanzfläche. Unterdessen nippte ich an meinem Drink und sah köstlich amüsiert dabei zu, wie mein ellenlanger bester Freund mit seinen Storchenbeinen gemeinsam mit Billie, die ihm auch mit hohen Absätzen nur bis zur Brust reichte, eine Samba aufs Parkett legen wollte.

»Du bist wirklich was Besonderes, habe ich dir das schon jemals gesagt, Alex?«, bemerkte Bree.

Ich blickte meine Frau an, die wirklich umwerfend aussah. »Was für einen Unsinn redest du denn da?«

Bree lächelte, schüttelte den Kopf und sagte: »Nein, ganz ehrlich. Ich habe zwar keine Ahnung, wie du das schaffst, aber immer wieder stürzt du dich in diese haarsträubenden Abenteuer und trotzdem gerätst du nie aus dem Gleichgewicht. Ich bewundere es wirklich, wie es dir gelingt, trotz dieser Horrorszenarien, in die sie dich reinschicken und wo sich Menschen die schlimmsten Sachen antun, ein geradliniger und normaler Mensch zu bleiben.«

Mir kamen die Kapuzenmänner in den Sinn, die Hala Al Dossaris Kinder malträtiert hatten. Dabei merkte ich, wie meine Miene sich verfinsterte, und ich wendete den Blick ab. »Manchmal bin ich mir dessen gar nicht so sicher.«

Sie fasste an mein Kinn und drehte meinen Kopf wieder

so, dass ich sie anschauen musste. »Eines kann ich dir versichern, Alex Cross. Du bist der beste Mann, den ich kenne.«

Ich sah ihr in die Augen, doch ich fand es zum Kotzen, dass es Dinge gab, die ich ihr vorenthielt. Dazu gehörten auch die beiden Gespräche, die ich inzwischen insgeheim mit Pater Harris geführt hatte; dabei war es darum gegangen, den Maßnahmen, die Ned und ich getroffen hatten, um einen Anschlag mit Nervengas am Tag der Amtseinführung des Präsidenten zu unterbinden, einen Sinn abzugewinnen. Stattdessen gab ich Bree einen Kuss und sagte zu ihr: »Und du bist die beste Frau, die mir jemals begegnet ist.«

Aus den Lautsprechern erklang eine Salsa-Melodie, bei der man einfach nicht mehr stillsitzen konnte. »Wollen wir?«, fragte ich.

»Meinst du im Ernst, ich soll mit einem Mann tanzen, der einen Arm in einer Schlinge trägt?«, erwiderte Bree.

»Na ja, heute Abend hast du gesagt, ich halte mich ganz ordentlich.«

»So? Hab ich das gesagt?« Sie schaute mich skeptisch an.

»Hast du sehr wohl«, bestätigte ich, rutschte aus der Nische und streckte ihr meine unversehrte Hand hin.

Meine Gattin griff danach, lächelte mir zu und stand ebenfalls auf. Doch auf dem Weg zur Tanzfläche verzögerte sie den Schritt, lehnte sich noch einmal an mich und musste die laut pulsierende Musik übertönen: »Alex, schaffst du es wirklich?«

»Na, hör mal«, erwiderte ich, »ich bin in Begleitung der schönsten und aufregendsten Frau im ganzen Klub. Nur noch ein paar Minuten bis Mitternacht. Und wir werden gleich gemeinsam das neue Jahr einläuten. Eng umschlungen. Was sollte ich da nicht schaffen?«